아무도 가르쳐 주지 않는
여 행 의   기 술

여행의 기술

카트린 파시히·알렉스 숄츠

이미선 옮김

김영사

아무도 가르쳐주지 않는 여행의 기술

지은이_ 카트린 파시히·알렉스 숄츠
옮긴이_ 이미선

1판 1쇄 인쇄_ 2011. 7. 28.
1판 1쇄 발행_ 2011. 8. 3.

발행처_ 김영사
발행인_ 박은주

등록번호_ 제406-2003-036호
등록일자_ 1979. 5. 17.

경기도 파주시 교하읍 문발리 출판단지 515-1 우편번호 413-756
마케팅부 031)955-3100, 편집부 031)955-3250, 팩시밀리 031)955-3111

값은 뒤표지에 있습니다.
ISBN 978-89-349-5416-3   03800

독자의견 전화_ 031)955-3200
홈페이지_ http://www.gimmyoung.com
이메일_ bestbook@gimmyoung.com

좋은 독자가 좋은 책을 만듭니다.
김영사는 독자 여러분의 의견에 항상 귀 기울이고 있습니다.

우리 이전에 길 잃기 경험과 시행착오를
하나하나 쌓아준 수많은 사람들에게 이 책을 바친다.
그들의 노력은 우리의 삶을 더욱 빛나게 할 것이다.

1_ 지도를 던져라

2_ 목적지를 잃으셨습니다

3_ 화살표를 따라가세요

4_ 길 잃은 사람들의 이야기

VERIRREN

빌 터너: 고장난 나침반을 가지고 도대체 어떻게 항해를 한단 말이야?
깁스: 그래. 이 나침반은 북쪽을 가리키지 않아. 그런데 우리가 북쪽을 찾는 것도 아니잖아?

_영화 〈캐리비안의 해적〉 중

지도를 가방 속 깊이 넣어두고 길을 찾아나선 우리는 수없이 길을 잃었다. 스코틀랜드 고원, 캐나다와 칠레, 하와이와 체코뿐만 아니라 더블린과 애틀랜타 공항에서, 집으로 돌아오는 길에도 길을 잃었다. 하지만 그때마다 흥미로운 사건들을 만났다.

사건들의 결론은 제쳐두더라도, 길을 잃는 과정에서 우리는 중요한 한 가지를 깨닫게 된다. '길 잃기'에 익숙해져서 수렁 속으로 걸어 들어가면서도 자신 있게 말할 수 있다.

"길 잃는 것쯤은 아무 문제도 아니야. 우리는 지금 세상을 탐험하고 있는 중이야."

사람들은 '길 잃기'를 두려워한다. 그래서 지도와 나침반을 만들었고, 갈림길마다 표지판을 세웠다. 최근에는 내비게이션까지 개발되어 우리는 내비게이션 기계음이 시키는 대로 좌회전 우회전을 하고, 차선을 바꾸다보면 어느새 목적지에 도착하게 된다. 심지어 휴대전화에도 내비게이션 프로그램이 깔리기 시작했다. 휴대전화만 켜면 자신의 위치뿐만 아니라 주변 몇 킬로미터 반경 내의 정보까지 정확하게 알 수 있는 시대가 되었다. 사람들은 더 이상 길을 잃지 않게 되었다.

그런데 사람들은 아직도 여행을 떠나기 전 '길 잃음'에 대해서 이야기하며, 어떻게 하면 이를 피할 수 있는지 정보를 교환한다. 사람들은 '길을 잃는 것'에 대해 긴장하고 두려워한다. 어떤 이유로든 길을 잃는 경우, 작게는 식사 시간을 놓칠 수도 있고 크게는 죽음에 이를 수도 있기 때문이다.

하지만 잘 생각해보면 이것이 길을 잃었다는 상황 때문에 생긴 결과는 아니다. 길을 잃은 상황을 스스로 적절하게 통제하지 못했기 때문에 크고 작은 일들이 벌어진 것이다. 우리는 바로 이런 오해를 풀어보려고 한다. 여기서 '사람들이 더 이상 길을 잃을 필요가 없다'는 것이 '길을 잃을 가능성이 없다'는 뜻은 아니다. 실수로 길을 잃는 일이 없어지면, 의도적으로 '길 잃는 것'은 더욱 흥미로워진다. 이런 길 잃기를 '의도적 길 잃기'라고 한다. 그러면 우리가 '의도적 길 잃기'에 대해 무엇을 어떻게 왜 해야 하는지 하나씩 알아보기로 하자.

길을 잃는 것은 시간을 절약해준다

누군가 런던을 여행하기 위해 히드로 공항에 내렸다. 런던을 처음 방문한 사람이라면 누구나 그렇듯, 이 여행자도 맨 먼저 런던에서 가장 유명한 시계탑 '빅벤'이 보고 싶을 것이다. 그리고 그는 지도를 꺼내들고 히드로 공항에서 빅벤까지 지도에서 가장 빠른 길을 찾을 것이다. 만약 지도가 없다면 어떻게 될까? 엉뚱한 곳에서 지하철을 탈 것이고, 런던 시내를 이리저리 헤맬 것이 뻔하다.

그가 알고 있는 런던과 빅벤에 대한 모든 정보를 동원해서 길을 찾는다고 해도, 지도나 내비게이션을 이용할 경우에 비해서는 여섯 배 이상의 시간이 더 걸릴 것이다. 하지만 이런 이유 때문에 지도를 구입하는 것은 어리석은 일이다. 왜냐하면 그는 런던을 다시 방문할 것이기 때문이다. 런던뿐만 아니라 그만큼 멋진 도시라면 다시 가보고 싶은 것이 당연하다. 그래서 두 번째 런던 여행길에서는 전에 보았던 빅벤 대신 런던 금융가에 있는 남성 성기 모양의 '스위스 르 타워'를 구경하고 싶을지도 모른다. 그러면 지도를 들고 모든 과정을 다시 시작해야 한다. 지도에서 스위스 르 타워를 찾고, 찾아가는 길을 찾아 줄을 그으며 시간을 낭비하게 된다. 런던에 머물 때마다 지도에 줄 긋기를 반복하면 결국 지도에 줄만 가득하고 실질적으로 아는 것은 아무것도 없는 상황이 될 수 있다.

만약 런던을 처음 방문했을 때 제대로 길을 잃고 주변을 헤맸다면 비록 몸이 녹초가 되긴 했겠지만, 빅벤은 당연히 보았을 것이다. 왜냐하면 런던에서 빅벤을 보지 못하고 지나친다는 것이 그리 쉬운 일이 아니기 때문이다. 그러고 나면 두 번째 런던 여행길에는 탐색할 필요도 없이 단번에 스위스 르 타워를 찾아갈 것이다. 이전에 빅벤을 찾으며 길을 헤매던 중 다른 여러 볼거리들도 이미 보았을 것이고, 런던 토박이조차 잘 모르는 런던 길을 훤히 꿰고 있을 것이기 때문이다.

길을 잃는 것이 훨씬 경제적이다

현대인에게 모험을 즐긴다는 것은 값비싼 취미다. 그리고 세계화로 인해 이제 세계 어느 나라로 여행을 가든 같은 브랜드의 대형마트에서, 같은 브랜드의 맥주를 구입해서 마시고, 전 세계에 체인망이 있는 호텔에서 머무르게 된다. 수천 킬로미터가 떨어진 해외여행을 갔음에도 자기 나라와 다를 것이 없다. 게다가 인터넷을 통해 낯선 여행지에서 필요한 모든 정보들을 미리 찾아보고 정리할 수 있다. 모험 자체가 불가능한 상황이다. 모험을 즐기고 싶은 사람에게 이런 메커니즘은 절대적으로 피해야 할 요소다.

이런 상황을 피해 모험을 할 수 있는 방법은 두 가지가 있다. 하나는 오지로 떠나는 것이다. 아직 세계화의 손길이 닿지 않은, 예를 들면 북극

아무도 가르쳐주지 않는 여행의 기술

같은 곳으로 가는 것이다. 그곳에는 슈퍼마켓도, 맥주도, 호텔도 없어서 모험을 즐기기에 딱 좋은 곳이다. 하지만 여행 경비만으로 1만 유로에 가까운 거금을 지불해야 한다. 하지만 모험을 포기할 수는 없는 일이다.

다른 방법은 아주 간단하다. 모험을 하고 싶은 순간, 지도나 여행 안내 책자, 그 밖에 어떤 사전 정보도 없이 길을 나서는 것이다. 이것은 시간과 돈을 절약하면서도 제대로 된 모험을 즐길 수 있는 좋은 방법이다. 왜냐하면 지도 없이 여행하는 사람에게는, 가까운 북부 독일 메클렌부르크의 호수가 많은 지역이나 멀리 스페인의 코스타브라바 해안이나 거리에 상관없이 미지의 세계이기 때문이다.

지도 없이 길을 떠난 사람들은 옛 사람들이 메클렌부르크에서 길을 잃었던 것처럼 길을 잃을 것이고, 이런 방식으로 각자 개인적인 오지를 갖게 된다.

길을 잃는 것은 휴가다

우리의 삶은 시계와 시간을 관리하는 스케줄 다이어리에 꽉 묶여 있다. 그뿐만 아니라 새벽에 울리는 알람, 출퇴근 시간의 전철이나 버스 시간표는 대항할 수 없는 폭군 같은 존재다. 현대인의 일상은 빈틈없이 빡빡하게 짜여 있다. 매일 반복되는 일상은 컨베이어벨트와 비슷하다. 그리고 이렇게 기계적으로 돌아가는 일상에서 단 한 번의 실수라도 발생하면 운행이, 즉 삶이 멈춘다고 생각하게 된다. 그래서 우리는 일상의 긴장을 놓치지 않기 위해 최선을 다한다.

이렇게 몸에 배어버린 습관은 비록 휴가라고 할지라도 변함없이 유지된다. 휴가 몇 달 전부터 지도와 안내 책자를 사고 호텔을 예약하고 여행의 매 순간을 계획한다. 이런 휴가는 즐기기 위한 여행의 계획과 실행이라기보다는 군대의 작전 수행 준비와 비슷하다. 휴가에서 돌아온 뒤에는 또 어떤가? 손가락으로 지도를 짚어가며 휴가 코스를 제대로 다 들렀는지 확인한다. 그리고 매 단계마다 몇 시간 몇 분이 걸렸는지, 소요 비용은 얼마였는지 최대한 상세히 인터넷에 올리고서야 휴가가 끝났다고 안도한다.

사람들이 휴가 중에도 왜 긴장을 늦추지 못하는지에 대한 연구 결과는 분분하다. 1년 중 비록 며칠일지라도 시간이라는 코르셋을 벗어던지는 것은 힘들다. 갑자기 주어진 자유에 겁을 먹게 되는 걸까? 여행사의 문제일까?

어찌되었든 이 갑갑하기 짝이 없는 시간의 코르셋에 대처할 만한 아주 간단한 방법이 있다. 이미 짐작하겠지만, 지도를 던져버리고 '길을 잃는 것'이다. 구체적인 여행 계획은 세울 필요가 없다. 어느 먼 여행지라도 좋고, 혹은 그동안 갈 필요가 없다고 생각했던 가까운 이웃 도시라도 좋다. 그저 아무 계획 없이, 지도 없이, 그곳에 도착하기만 하면 그동안 한

아무도 가르쳐주지 않는 여행의 기술

번도 느끼지 못했던 자유를 느끼게 된다. 호텔을 미리 예약하지 않았다고 잘 곳이 없을까 걱정할 필요도 없다. 분명 한두 곳 정도는 예약을 하지 않았다는 이유로 거부당할 것이다. 하지만 더 찾아보면 분명히 더 좋은 호텔을 찾게 되고, 운이 좋으면 멋진 저녁식사를 할 만한 레스토랑도 덤으로 발견할 것이다. 또 상상하지 못했던 낯선 곳에서라면, 평범한 저녁노을일지라도 벅찬 감동으로 가슴이 먹먹해지는 경험도 할 것이다. 이런 예상치 않은 조우는 생각지도 않았던 큰 선물로 불안한 중에 뜻밖의 큰 기쁨이 된다.

길을 잃어야 새로운 세계를 발견할 수 있다

가이드를 따로 두지 않고 여행을 하게 되는 경우, 여행자들이 가장 많이 의지하게 되는 것이 안내 책자다. 책자는 볼거리 A에서 볼거리 B로 가는 가장 효율적인 수단과 길로 여행자들을 안내한다. 만약 책이 시키는 그대로 따라간다면 여행자는 책에 있는 것만 보게 된다. 휴가가 끝날 무렵 책에 적힌 곳을 다 보기는 하겠지만, 도대체 어디를 갔었는지 제대로 기억하지 못할 것이다.

이와 반대로 지도와 상세한 여행 정보가 빼곡한 책자를 버리고 '길 잃기'에 돌입한다면, 여행자는 여행지에 대해 완전히 새로운 모습을 보게 된다. 뿐만 아니라 틀에서 벗어난 편안함과 자유도 만끽하게 될 것이다.

또 가이드의 인솔을 받거나 책자, 지도 등의 도움을 받을 때보다 주변에 훨씬 더 집중하게 된다. 지도를 들고 여행하는 사람은 대부분의 시간을 지도를 보는 데 쏟는다. 하지만 지도 없이 여행을 떠난 사람은 주변 풍경을 더 많이 볼 수 있다. 진귀한 동물도 더 자주 만날 것이고, 오래된 성곽의 흔적도, 수정처럼 맑은 산속 호수도 더 많이 발견하게 될 것이다.

길을 잃은 사람은 자신이 알지 못하는 주변 지역을 확대경으로 살피듯, 세밀화를 보듯 관찰하게 된다. 이렇게 되면 황량한 지역에서도 흥미로운 것을 발견하게 된다. 안개 속에서 길을 잃은 사람이라면 미끄러지지 않기 위해 바위의 상태를 자세히 살피며 길을 가다가 바위 틈에 숨은 바위너구리를 발견하게 될지도 모를 일이다.

지도로 무장하면 여행자의 세계는 축소된다. 세계를 파악하는 기준으로 지도를 선택하면, 대도시든 황무지든 할 것 없이 모든 세계는 한정적인 정보만을 담고 있는 곳이 된다. 다시 말해 세계는 지도에 표시되어 있는 것들만 포함하고 있는 것처럼 보인다. 그러나 실제로 자세히 살펴보면 지구는 1제곱미터마다 아주 흥미롭고 세세한 것들을 수도 없이 담고 있다. 길 잃기는 이런 기발한 것들을 만끽할 수 있게 한다. 또 부족한 방향 감각을 보완하기 위해 두뇌가 어떻게 대응하는지 알게 된다.

내비게이션이 모든 문제를 해결해주지는 않는다

미래학자들은 앞으로 길을 잃을 필요가 없는 시대가 온다고 예측했다. 지금도 널리 사용되고 있는 내비게이션 같은 기계 장치들이 더욱 발달할 것이기 때문이다. 그렇지만 사람들이 내비게이션을 항상 가지고 다니는 것은 아니며, 미래의 어느 때라도 인간이 완벽한 방향감을 가진다는 것은 불가능하다. 따라서 '방향 감각 부족'이 각종 사고의 원인 리스트에서 사라지는 일은 없을 것이다.

길을 잃게 되는 과정을 인과적인 순서로 따져보자.

- 길을 잃는다.
- 당황해서 패닉 상태에 빠진다.
- 더 이상 자신이 가는 길에 놓인 위험에 주의를 기울이지 못한다.
- 발목이 삐거나 다리가 부러지거나 동상에 걸리는 사고를 당하게 된다.

따라서 중요한 것은 '길을 잃지 않는 것'이 아니라, 어떻게 하면 길을 잃더라도 '패닉에 빠지지 않을까'이다. 하지만 잘 생각해보면 우리는 이미 그 해결책을 알고 있다.

격투기를 하는 사람이 제일 먼저 배우는 것은 낙법, 바로 넘어지기 기술이다. 카약을 타는 사람은 거친 물살을 헤쳐 나가거나 피하는 방법 대신, 카약이 뒤집어졌을 때 몸의 균형을 바로 잡는 기술을 제일 먼저 연습한다. 같은 이유로 방향 감각을 잃었을 때는 당황하지 않고 방향 감각을 찾는 법을 연습하면 된다.

'길 잃기'를 마스터한 사람은 히말라야에서 길을 잃든, 우체국 가는 도중에 길을 잃든, 절대 초조해하지 않는다. 그러므로 패닉에 빠져 바로 옆의 절벽을 보지 못하고 떨어지는 일 같은 것은 일어나지 않는다. 자신의 방향 감각만으로는 더 이상 앞으로 나갈 수 없는 상황이더라도, 분명히 확실한 비상구를 찾을 수 있다. 길을 잃어서 죽는 일은 없다. '길 잃기'를 마스터한 사람은 길 잃는 것이 즐거울 것이고, 길을 잃게 되더라도 죽지 않는다는 믿음으로 그 상황을 즐길 줄 아는 여유를 가지게 된다. 물론 인간이니까 길을 잃는 이유가 아닌 별개의 이유로 언젠가는 죽음의 순간을 맞이하겠지만 말이다.

옛날 사람들은 자신이 우주의 한가운데 놓인 원판의 중심에 서 있다고 생각했다. 이 믿음은 아주 오랫동안 지속되었다. 이것이 사실이 아님을 밝히는 데는 오랜 시간과 엄청난 시행착오가 따랐고, 그때마다 사람들은 그들의 세계상을 바꾸어야 했다.

오늘날에는 '우리는 우주의 어느 한 곳에 있음'으로 결론이 난 상태다. 이런 제법 현명한 결론에 도달했을 무렵 내비게이션이 개발되었다. 또다시 사람들은 자신이 어디에 있는지 정확히 알고 있다는 환상에 빠지게

아무도 가르쳐주지 않는 여행의 기술

되었다. 내비게이션은 범위가 한정된 지역 내에서만 우리의 위치를 정확히 가르쳐준다. 하지만 내비게이션을 통해 전달된 세계상은 그리스인들이 가지고 있던 세계상과 마찬가지로 오만하고 터무니없으며 잘못된 것이다. 예를 들어 아테네에서 아크로폴리스를 단번에 발견했다고 해서 그것이 반드시 최고의 방향 기술이라고 할 수 없다. 이런 기술에 대한 환상을 가져서는 안 된다. 아테네를 통과하는 길에서 완벽하게 길을 잃은 사람은 결국 아크로폴리스뿐만 아니라, 주변의 모든 장소와 사물들을 발견할 것이다.

우리는 길을 잃었다는 당황스러움과 눈에 보이는 낯선 풍경들 때문에 혼란스러운 상황으로 몰린다. 이때 본능을 믿고 몸을 맡기면, 자신의 새로운 모습을 발견하게 될 것이다. 우리의 본성은 생각하는 것 이상으로 감각적이어서, 위기의 상황에 맞닥뜨리면 숨겨두었던 구체적이고 세세한 방향 찾기 능력을 마음껏 발휘한다. 이런 경험을 한 번이라도 해본 사람이라면 당연히 겸손해지고 현실적이며 독단적이지 않은 세계상을 얻게 된다.

1

지도를 던져라

VERIRREN

11시경 우리는 산책을 나갔다가 길을 잃었다.
신이 아주 잠깐 팔러먼트 힐을 사라지게 한 것이다. _에블린 워, 1924년 6월 24일 일기

우리는 감각만 믿고 걸었다. 출발한 지 이틀 만에 겨우 나이아가라 근처에 도착했다. 정말 행운이었다. 나이아가라 근처에 도착한 것만으로도 너무 기뻐 우리는 서로 얼싸안았다. 이제 더 이상 두려워하거나 조급해할 필요 없이 방향 찾기에만 집중하면 되게 되었다.

아직 최종 목적지에 도착한 것은 아니었다. 최종 목적지는 나이아가라 폭포가 아니라 별로 유명하지 않은 계단식 폭포였다. 우리의 첫 번째 '의도적 길 잃기'는 어느 지역정보지에 짧게 실린 계단식 폭포에 대한 기사를 우연히 보면서 시작되었다. 그런데 기사와 함께 소개된 지도에는 계단식 폭포의 위치가 표시되어 있지 않았다. 우리는 지도 없이 목적지에

만 집중해서 나이아가라 지역까지 온 것이다.

　자동차는 나이아가라 공원 식물원 입구에 세워두었다. 우리는 식물원 동쪽으로 나 있는 나이아가라 협곡으로 가는 가파른 경사의 계단을 내려갔다. 물거품이 사납게 이는 큰 물줄기가 바위 사이로 흐르는 것이 보였다. 폭포를 향해 제대로 가고 있다고 생각했다. 왜냐하면 흘러 들어오는 물보다 내려오는 물이 훨씬 거칠어 보였기 때문이다. '저곳에 분명 큰 폭포가 있을 거야.' 이렇게 생각해서인지 폭포 소리는 엄청나게 크게 들렸다. 강이 휘어지는 바로 그 뒤쪽에 폭포가 있을 것 같았다. 강이 휘돌아가는 곳을 세 번째 지나면서도 여전히 그렇게 생각했다.

　오솔길이 사라진 지는 이미 오래되었다. 그러나 가도 가도 여전히 강과 숲만 보일 뿐 폭포는 나오지 않았다. 왼쪽에는 부글거리며 흐르는 강물이, 오른쪽에는 수직의 협곡이, 눈앞에는 황무지가, 머리 위쪽 저 꼭대기에는 아이스크림 장수들이 줄줄이 있는 도로와 문명의 세상이 있었다.

　강이 바위 사이를 통과하면서 물길이 급격하게 사나워졌다. 물이 바위 위로 솟구쳐 오르는 카리스마 넘치는 모습도 볼 수 있었다. 강은 그 깊이를 짐작할 수 없었다. 이에 비해 길은 지루했다. 몇 시간째 아무것도 발견할 수 없었다. 우리는 천천히 걸었다. 자연 그대로인 아름다운 길을 느끼고 싶었기 때문이다. 일행 중 앞장 선 사람은 나무숲과 바위 사이에서 겨우 길을 찾아 앞으로 나아갔다. 간혹 절벽 위 도로에서 사람들이 던진 쓰레기를 줍는 것은 오히려 기쁜 일이었다. 대부분은 큰 거미가 매달린

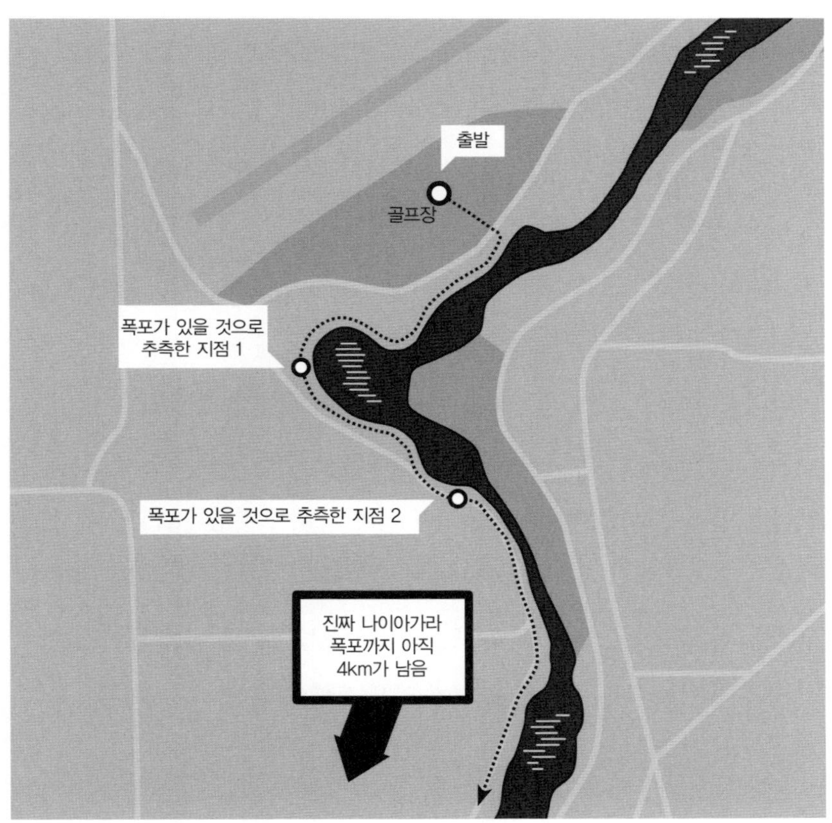

나이아가라 도보 여행

거미줄을 걷어내며 걸어가야 했기 때문이다. 해는 협곡 위 끄트머리에서 서서히 사라지고 있었다. 고대하던 계단식 폭포를 찾지 못한데다가 거미들까지 얼굴에 달라붙어 짜증이 절정에 달했을 즈음에, 덤불 사이로 언뜻 보호책과 사람들이 보였다. 난간에 서서 월풀 래피드를 구경하고 있는 사람들이었다.

나이아가라 폭포 북쪽 약 4킬로미터 지점부터 협곡과 강폭이 점점 좁아졌다. 폭이 좁아지면서 거의 끝나는 지점에서 계곡은 오른쪽으로 방향을 틀어 동쪽으로 흘렀다. 이때 물길이 방향을 다시 잡는 잠깐의 시간 동안 계곡이 끝나는 곳에 물이 모여 저수지를 이루었다. 이때 강물은 내려오던 힘을 이기지 못하고 소용돌이치며 빙빙 돌게 된다. 이렇게 물길이 급격히 좁아진 이곳이 세상에서 가장 위험한 급류 지역 중 하나인 월풀 래피드다. 이곳은 나이아가라 강 주변 여행지 중 중요한 곳이다. 사실 20달러면 절벽 위 도로에서 케이블카를 타고 아래쪽 전망대로 내려가 월풀 래피드의 거대한 소용돌이를 볼 수 있다. 이런 정보를 알려고만 했다면 쉽게 알 수 있었을 것이다. 하지만 우리는 의도적으로 길을 잃는 중이었기 때문에 정보 수집을 하나도 하지 않은 상태였다. 앞서 말한 것들도 나중에야 알게 된 사실이다.

보호책을 넘어 안전하게 문명 세계로 돌아온 기념으로 전망대 자판기에서 찬 음료수를 뽑아 마셨다. 기쁨은 이루 말할 수 없었다. 문명 세계로 올라갈 때는 무료 케이블카를 탔다. 그것마저도 주체할 수 없는 기쁨이었다.

이날 월풀 래피드에 이어 나이아가라 폭포까지 갔다. 나이아가라 폭포는 절벽 위 케이블카가 시작되는 지점에서 약 4킬로미터 떨어진 곳에 있었다. 자동차로 10분 남짓 걸리는 길을 5시간 이상 걸어가는 쪽을 택했다. 다행히 거미는 없는 길이었다. 걷는 내내 월풀 래피드를 찾는 동안 본 것들에 대해 이야기했다. 전쟁에서 이기고 돌아오는 장수가 된 기분이었다.

우리는 지도나 안내표지판 없이 온전히 감각만으로 나이아가라 폭포를 발견한 사람들이 되었다. 1678년 유럽인으로 최초로 나이아가라를 발견하고, 이 폭포의 웅장함과 힘에 감명을 받은 프랑스 신부 루이 에네팽이 아마 이런 기분이었을 것이다.

길 잃음: 지형적으로 익숙한 길에서 벗어나는 것으로, 특히 여행자들이 숲속에서 쉽게 경험할 수 있는 상황이다. _〈모든 학문과 예술에 관한 체들러 대사전〉

길을 잃는 것은 쉽지 않은 일이다. 처음 나이아가라 폭포를 여행하는 사람도 마찬가지다. 왜냐하면 지구상의 모든 장소와 위치를 알려주는 수많은 정보들 때문이다. 여행 관련 서적을 주로 내는 출판사들과 작가들은 여행객들이 길을 잃지 않도록 하는 데 가장 큰 주의를 기울인다.

그러므로 길 잃은 사람이 되기 위해 가장 먼저 해야 할 일은 모든 여행안내책과 지도를 방해물로 분류하고 무시하는 것이다. 그러고 나면 우리 몸의 감각들이 살아 움직이기 시작한다. 무지의 상태에 놓이는 것이야말로 길을 제대로 잃기 위한 가장 중요한 전제조건이다. 특히 지도가 없다면 길을 잃기는 한결 수월해진다. 지도는 '길 잃기' 게임을 방해하는 최고의 물건이다. 지도는 목적지로 가는 중에 무엇을 보아야 하는지를 미리 알려준다. 이것은 줄거리와 결말까지 다 아는 영화를 보는 것과 다를 게 없다.

매년 천오백 만 명의 관광객이 무엇을 볼지를 정확히 알면서 나이아가라 폭포를 찾아간다. 이것은 미스터리다. 사람들은 다른 사람들이 이미 모아놓은 정보를 근거로 목적지의 모습을 미리 머릿속에 그린다. 그러고서 그곳을 찾아가 실제와 비교하고, 여행 안내책이 옳음을 증명한다. 그 이상의 것은 보지도 느끼지도 못한다. 여행자들은 그저 외부 세계를 탐구하는 것이 아니다. 그들은 새로운 세계에 마주한 자신을 탐구한다.

길 잃기의 첫 단계에서는 물론 약간의 극기와 인내가 필요하다. 자전거를 탈 때 보조바퀴를 떼어내거나 처음으로 튜브 없이 수영하는 것과 같다. 초보자는 이런 상황을 극복하는 데 어려움을 겪으면서 자신의 결정에 화를 내기도 한다. 내가 헤매고 다니는 동안 안내 책자를 따라 안전하게 여행한 사람들의 기쁨에 들뜬 여행 후기를 들을 때면 화가 나기도 할 것이다. 하지만 이후에 갖게 될 그의 능력과 감성을 생각한다면 하나도 속상해할 필요가 없다.

앞에서 나이아가라에서 의도적 길 잃기에 대한 이야기를 했다. 그곳은 빙하의 균열도, 사람을 위협하는 사나운 야생동물도 없는 안전한 곳이다. 사실 지역들의 난이도는 대체로 비슷하다. 다만 목적지를 어디로 잡느냐에 따라 '길 잃기'의 초보자와 전문가가 구분된다. 초보자는 가까운 독일 루르 지역에서 길 잃기를 좋아하고, 전문가들은 멀리 오스트레일리아의 오지에서 길 잃는 것을 즐긴다.

미국인 크리스 맥캔들리스는 오랫동안 숲, 사막과 같이 문명과 다소 거리가 있는 곳에서 살았다. 1992년 초, 그는 이상을 실현하기 위해 알래스카로 히치하이킹을 떠났다. 미국 소설가 존 크라카우어는 그의 작품 《황무지 속으로Into the Wild》에 맥캔들리스의 여행을 썼다.

"맥캔들리스는 사람들의 발길이 닿지 않은 곳을 도보로 여행하며, 지도에 표시되지 않은 곳을 찾으려고 했다. 그러나 알래스카를 포함해서 지도에 명시되지 않은 지역은 어디에도 없었다. 하지만 맥캔들리스는 결국 멋진 해결책을 찾았다. 방법은 의외로 간단했다. 지도를 지참하지 않는 것이었다. 그렇게 되면 적어도 그 상황에서 그가 밟고 있는 땅은 미지의 지역이 되었다."

하지만 그는 의도적으로 길을 잃은 사람이 되지 못했다. 모험 중에 안타깝게도 사망해버린 것이다. 돌아오는 길을 찾지 못하고, 길을 완전히 잃어버리는 것은 (더욱이 목숨까지 잃는 것은) '의도적 길 잃기'의 기준에서 보면 실패다.

'길 잃음'에 대한 학술적 정의를 내리려고 한다면, 캐나다 세인트메리대학의 심리학과 교수 케네스 힐을 반드시 만나게 된다. 힐은 세계에서 '길 잃음'을 연구하는 몇 안 되는 연구자 중 한 사람으로, 길 잃은 사람의 태도에 초점을 맞춘 연구를 했다. 그는 조난자들의 생각과 행동 패턴, 그들을 자극하는 요소들을 알면 그들을 보다 효과적으로 구조할 수 있을 것이라고 했다. 연구 결과를 거꾸로 생각하면 조난당하지 않기 위해서 어떻게 행동해야 하는지를 알 수 있다. 힐은 길 잃은 상태를 두 가지로 정의한다.

- 길을 잃은 사람은 자신이 알고 있는 장소를 기준으로 현재 자신의 위치를 파악할 수 없다.
- 길을 잃은 사람은 다시 방향을 찾을 수 없다.

하지만 이 정의는 우리의 '의도적 길 잃기'와는 조금 다른 문제다. 지나가는 사람에게 길을 물을 수 있는 장소는 이 정의를 내리는 데 해당되지 않는다. 즉 앞서 예를 들었던 나이아가라로 가는 중의 에피소드는 해당되지 않는 것이다. 왜냐하면 언제라도 지나가는 사람에게 길을 물을 수 있었고 자동차로 돌아갈 수 있었기 때문이다.

우리에게는 사람들이 살짝 길을 잃은 상태, 그것도 자발적으로 길을 잃은 상태에 대한 정의가 필요하다. 힐의 정의 중 '찾을 수 없다'를 '찾으려고 하지 않는다'로 바꾸면 우리의 목적과 제대로 부합하게 된다. '길을 잃는다'는 것에 대한 우리의 의미는 바로 이런 것이다.

- 길을 잃은 사람은 알고 있는 장소를 기준으로 하여 현재 자신의 위치를 파

악하려고 하지 않는다.

● 길을 잃은 사람은 당분간 방향을 제대로 잡으려고 하지 않는다.

'의도적 길 잃기'가 성공하려면 다양한 기술과 지식을 습득해야 한다. 아무리 다분히 의도적으로 길을 잃는 것이라고 해도 곤경에 처할 수 있기 때문이다. 다양한 기술과 지식은 '찾을 수 없는' 상태에서 벗어날 수 있는 유일한 힘이다. 깊은 물속으로 뛰어들 수 있다고 해서 수영할 수 있다고 하는 사람은 없을 것이다. 마찬가지로 언제라도 '길 잃기' 게임을 끝낼 수 있는 능력을 가진 사람만이 '길 잃기'를 할 수 있는 사람이다.

초보자들이 '찾을 수 없는' 상황에서 스스로를 구조할 수 있는 기술은 간단하다. '사람들에게 물어보기'와 '택시 부르기' 같은 것이 있다. 하지만 조금만 더 생각해보면 더 많은 기술을 개발하고 알아낼 수 있다. 하지만 '길 잃기'의 전문가가 되려면 자신의 주변 세계에서 길을 잃는 단계를 뛰어넘어야 한다.

아무도 가르쳐주지 않는 여행의 기술

다음 골목으로
가라

그는 자신이 어디에 있는지 몰랐다. 비텐베르크 광장에서 1번 버스를 타고 가다가 포츠담 다리에서 번호를 확인하지 않고 전철에 올라탄 뒤, 전철에 프리드리히 대왕을 닮은 여자가 앉아 있다는 이유로 20분 뒤에 전철에서 내렸으니 자기가 어디에 있는지 정말로 모를 수밖에. _에리히 캐스트너, 《파비안》

지도가 없었던 시대가 있었다. 고대 그리스 대서사시 《오디세이아》의 주인공 오디세우스는 유럽 문학에서 길을 잃고 방황하는 인간의 전형이다. 오디세우스 시대 사람들에게 길 잃기는 흔한 일이었다. 당시 사람들은 지구가 그리스와 지중해로만 이루어졌고, 지금의 모로코 어느 지점에 저승이 있다고 생각했다. 또 지도 자체가 없었기 때문에, 길을 잃기 위해 일부러 지도를 버릴 필요도, 조언자를 구할 필요도 없었다. 그저 이전에 누구도 가본 적이 없는 곳, 몰아치는 폭풍에 자신을 맡기기만 하면 간단히 길을 잃을 수 있었다.

이에 반해 현대인은 길을 잃는 모험을 즐기려면 사소한 트릭을 써야 한다. 우선 몇 킬로미터 떨어져 있는 출발지와 목적지를 정한다. 추천할 만한 장소로는 두 지역 사이에 숲과 초원 외에 아무것도 없는 곳, 대도시에 있는 거리가 떨어진 두 지하철역, 서로 다른 지역에 있는 두 술집 등을 출발지와 목적지로 정한다. 이때 중요한 것은 출발지나 목적지 모두 모르는 곳이어야 한다. 집에서 적당히 떨어진 거리면 충분하다. 길을 잃는 모험이 조금은 두렵겠지만 내비게이션의 사용은 당연히 금해야 한다. 그리고 출발지와 목적지를 고를 때 자신이 길을 잃게 될 지역도 미리 결정해야 한다. 사람들이 길을 잃을 때 전혀 엉뚱한 곳에서 헤매지는 않는다. A에서 B로 가는 도중, 그러니까 A나 B의 근처라는 것이다.

모든 준비를 완벽하게 했다고 해도 최악의 경우 '길 잃기'를 실패할 수도 있다. 목적지가 정확히 표시된 표지판을 만나거나, 더는 갈 수 없는 막다른 골목을 만날 수도 있다. 하지만 실패했다고 실망할 필요는 없다. 해결 방법은 아주 간단하다.

다음 골목으로 들어가서 길을 벗어나면 된다. '길을 벗어남'은 길을 잃기 위한 단호한 대처다. 길을 벗어나는 기술로 다음 골목으로 들어가기 외에도 방향 바꾸기, 모르는 곳에서 오른쪽 왼쪽으로 방향 바꾸기, 길 안내판 무시하기 등이 있다. 이 중 몇 가지 기술만 쓰면 사람들은 방향을 찾기 위해 은밀히 태양의 위치를 살피기 시작한다. 이것은 성공적으로 길을 잃었다는 확실한 표시다.

우리 모두가 알다시피 '길'은 놀라운 장치다. 사람들이 지나다녀 저절

아무도 가르쳐주지 않는 여행의 기술

로 만들어진 길은 두 장소 사이의 최적의 구간이다. 이런 점에서 볼 때 길은 오랜 세월 이어진 민주주의적 과정의 결과다. 길은 황무지와 달리 문명, 명확함, 구조를 상징한다. 길은 협정이다. 즉 수많은 길 중에서 하나의 길이 선택되면 사람들은 그 뒤를 이어 길을 따라 걷는다. 이런 의미에서 길은 주변 환경이나 방향 감각에 대한 사람들의 자유로운 생각과 본능의 방해물이기도 하다. 길은 우리에게서 부담을 덜어주기도 하지만, 유감스럽게도 재미있는 일까지 없애버린다.

영국의 여행 작가 에릭 뉴비는 힌두쿠시 산을 등반하기 위해 친구인 영국 외교관 휴 칼레스와 함께 아프가니스탄으로 여행을 떠났다. 두 사람 다 등산에 대해 무지했고 즉흥적으로 감행할 계획이었기 때문에 준비가 허술했다. 판지시르 지역의 인적 없는 계곡에서 두 사람은 원래 계획했던 길을 무시하고 다른 길로 들어섰다. 얼마 지나지 않아 세차게 흐르는 강을 만났고, 강을 건너가다 목숨을 잃을 뻔했다. 그때 동행했던 아프가니스탄 사람은 두 사람에게 "길을 헤매지 않는 유일한 방법은 길을 따라가는 겁니다"라고 조언했다. 뉴비는 그 아프가니스탄 사람과 함께 길을 따라 몇 킬로미터를 걸었고, 강을 가로지르자 길은 계속 이어졌다. 거기서부터 칼레스는 혼자 길도 없는 쪽으로 걸었다. 길은 진흙 늪으로 바뀌었고, 그나마 이리저리 커브를 그리더니 없어져버렸다. 하지만 휴식 장소에는 칼레스가 훨씬 일찍 도착했다. "길을 따라가는 것이 유일한 방법입니까?" 하고 칼레스가 묻자, 아프가니스탄 사람의 얼굴은 붉어졌다.

뉴비의 이 이야기를 담은《힌두쿠시에서의 산책A Short Walk in the Hindu Kush》
은 그의 베스트셀러가 되었다.

길에 대한 상황은 늘 변한다. 길은 때로 유용하지만 전혀 아니기도 하
다. 자신이 선택한 길이 유용했는지 아닌지는 항상 나중에야 알게 된다.

어떤 사람은 자신이 사는 지역의 주변 환경을 잘 알지 못한다. 너무나 당연하게 주변을 보기 때문에 전혀 관심을 기울이지 않는다. 참 희한한 일이다. _프리드리히 아우구스트 퀼러, 《튀빙겐에서 울름까지의 알프 강 도보 여행》

의도적 길 잃기의 핵심인 '길 잃기'와 '길 잃은 상황을 통제'하기 위해서는 실제 세계를 컴퓨터 게임하듯 볼 수 있어야 한다. 길 잃기 게임 과정은 다음과 같다.

사람들은 게임 세계 안에서 미션을 완수해야 하는 아바타로 '자신'을 선택한다. 그런데 주변 세계가 조금이라도 신경이 쓰인다면 게임을 시작하지 않아야 한다. 이 게임은 자신 외에 모든 존재를 인식하지 않는 것이 궁극적인 미션이기 때문이다. 즉 게임자의 아바타는 특정 환경에 놓이게 된다. 이 환경은 평범한 세계일 수도 있고, 독이 든 증기로 가득 찬 혹독한 세계일 수도 있다. 아지만 이곳에는 미션 수행에 도움이 되는 특정 기기나 초능력 같은 것들이 곳곳에 숨어 있다. 이것들을 적절히 이용해 지역을 정찰하고 자신이 무엇을 먼저 해야 하는지 알아내 미션을 완수한다. 그러면 모든 것이 다시 시작되는 새로운 환경 즉 다음 레벨에 진입하게 된다.

'길 잃기' 게임의 배경이 되는 현실은 컴퓨터 게임 안 시뮬레이션의 환경보다 훨씬 다양한 모습을 가지고 있다. 그리고 게임자가 의욕이 없다는 핑계로 게임 환경을 바꿀 수도 없다. 또한 아바타가 미션을 수행하는 데 도움을 주는 요소들을 현실에서 획득할 수 있는 가능성은 희박하다.

넓은 공원이나 골프장 같은 곳이 우리가 계획한 '길 잃기' 게임에 적합하다. 아이러니하게도 순수한 자연 지역보다는 인공적으로 조성된 지역이 보다 더 현실적으로 보이기 때문이다. 그리고 사람들이 거의 없는 낮 시간이 좋다. 게임을 시작할 때는 주변 환경을 꼼꼼히 살펴야 한다. 일반적인 상황에서 산책을 할 때 주변 환경과 상호작용하는 것은 아주 어렵다. 예를 들자면 사람들은 대부분 앞만 보고 걷는다. 가끔 왼쪽과 오른쪽을 살피거나 특정 전망을 보기 위해 잠시 멈추기는 하지만 이것은 예외적인 상황이다.

우리는 주로 '밖'에 있다. 그런데 이 '밖'이라는 공간은 더럽다거나 주의를 기울일 만한 가치가 없다는 등 다소 부정적으로 인식되는 경향이 있다. 이것은 '밖'이라는 세상과 직접적으로 연결된 신체가 겨우 발뿐이라는 것만 봐도 알 수 있다. 물론 가끔 손으로 땅을 짚기도 한다. '길 잃기'에 대해 진지하게 생각해보거나 길을 완전히 잃은 상황에서 목숨을 잃지 않으려고 한다면, 이런 점에 대해 깊이 생각해볼 필요가 있다.

목숨을 잃지 않기 위해서라는 다소 추상적인 목적은 제쳐놓고라도 '밖'이라는 공간을 신중하게 대해야 한다. 컴퓨터 게임에서 레벨을 올리기 위해 한두 가지 요소들을 획득하고 사용해야 하는 것처럼, '길 잃기'의 단계를 높이려면 길을 가는 중에 한두 가지 능력을 가져야 한다. 그러기 위해서는 몸을 똑바로 세워 걸으며 신선한 공기를 마시는 것만으로 부족하다. 걷는 중에 멈춰 서야 하고 주변의 사물과 지물들을 찬찬히 살펴보아야 한다. 나무의 옹이, 해변의 조개, 특이한 모양의 바위, 강바닥에서 자라난 물풀, 숲 위를 나는 작은 새까지…… 이 모든 것들은 게임자가 자신의 아바타를 위해 미리 획득해놓은 것일지도 모른다.

자연은 그렇게 쉽게 이해할 수 있는 대상이 아니다. 주의를 기울여 새겨두어야 할 정보들로 가득하다. 누가 알겠는가! 한가운데 구멍이 뚫린 부싯돌이 붉은 눈의 잔인한 거북이 군단이 공격할 때 나를 지키는 필수 아이템이 될지 말이다. 주변 환경에 대해 다양한 관점을 갖기 위해 정기적으로 태도를 바꾸어주는 것도 좋은 방법이다. 그저 서 있거나 걷기만 하다보면 자연이 주는 중요한 정보를 놓칠 수가 있다. 의도적으로 에피소드를 만들고 누워보고 앉아보고 기어보고 나무에 올라보아야 한다. 아이들이 이런 일에는 선수다. 그래서 아이들이 어른들보다 밖에서 노는 것에 즐거움을 더 많이 느낀다.

사람들은 주변 환경을 인지할 때 자신의 감각 기관에 절대적으로 의지한다. 어느 곳은 이러저러하게 보일 뿐만 아니라 향이 나고 소리가 난다. 감각 기관에 우리에게 주는 정보들은 반드시 필요한, 사용 가능한 것들이다. 유감스럽게도 우리는 이런 감각 기관이 주는 정보들을 소홀히 대하여 환경으로부터 얻을 수 있는 정보를 스스로 무용지물로 만들고 있다.

컴퓨터 게임이 나오기 전 사람들은 자신의 감각 기관으로부터 얻는 정보에 의지했다. 배를 깔고 엎드려 코를 자극하는 향을 뿜어내는 두 그루의 전나무를 바라볼 때 두 나무 사이에서 보이는 달은 무슨 의미인지, 지평선 위에 서 있는 고층 빌딩에서 새어나오는 불빛에서 문득 보이는 커다란 'F'자는 무슨 의미인지, 어느 순간 느껴지는 둔중한 울림은 어디에서 오는 것이며 무엇을 의미하는지를 시시각각 생각하고 느끼며 자신들의 안에 의미를 새겼다. 공원 벽에 반쯤 지워진 분필 낙서는 무슨 의미인지, 절벽에 불쑥 튀어나온 각진 돌출부는 숨겨진 기계 장치의 손잡이는 아닌지 등 별의별 상상을 했다. 찾아내야 할 것들이 수도 없이 많아서 사람들은 종일 이런 것들을 찾아내는 데 몰두했다.

그 선두에 있던 사람들이 초현실주의자, 다다이즘 예술가, 허무주의자, 상황주의자와 심리지리학자들이다. 그들은 대부분 도시에서 살았다. 그래서 주변 지역에 대한 탐구에서 20세기에 재미를 찾는 다양한 기술들을 발전시켰다. 왜냐하면 그들의 집 문 앞에 바로 도시가 놓여 있었고, 그들이 사는 도시의 주변 환경이 점점 황량해지고 획일화되는 것에 반대

했기 때문이다. 이런 그들의 세계 발견 과정에서 우연, 길 잃음, 왜곡된 지도, 의도적인 방황은 중요한 역할을 했다.

실제 세계에서 이런 삼차원적 모험 게임을 할 때는 두 가지 목표를 위해 트릭을 써야 한다. 첫째, 두뇌를 방향 감각 유지에서 다른 쪽으로 주의를 돌리도록 해야 한다. 길을 잃기 위해서는 정신을 집중한 상태에서 길을 가는 것만으로는 부족하다. 더해서 곳곳에 숨겨진 요소들, 즉 레이저 무기에 대항할 수 있는 방패나 금괴가 숨겨진 곳을 찾아내려는 절대적인 의지도 필요하다. 둘째, 주변 환경을 철저하게 살펴보기 위한 동기를 부여해야 한다. 이제 호두 몇 알을 찾기 위해 밖으로 나가는 사람은 없다. 그것이 아주 흥미로운 일인데도 말이다. 좋은 핑곗거리가 절실히 필요하다.

다시 말해 우리가 주변을 어떻게 생각하느냐에 따라 주변 그림은 달라진다. 몸을 낮추어 구석구석 살피는 사람이 몸을 똑바로 세워 앞만 보고 걷는 사람보다 주변 환경을 더 세세하게 알게 된다. 주변 환경에 대해 다양한 인상을 갖는 것은 길 잃기 전문가가 되기 위해 아주 중요한 요소다. 이렇게 수집한 정보들로 무엇을 어떻게 해야 할지는 아직 확실히 알 수 없다. 다만 확실한 것은 이 정보들이 다음 레벨로 진입하는 데 꼭 필요하다는 사실이다.

겉모습이 썩은 나무줄기처럼 생긴 동물이 길 안내표지판인 척 뒷발로 서 있다가 지나가는 다른 동물이나 사람을 잡아먹는다면, 이것은 표지판을 제대로 관리 감독하지 않았기 때문이다. _스타니스와프 렘, 《별들의 일기》

무작정 앞사람 따라가기

앞사람만 철석같이 믿고 느릿느릿 뒤따라가는 사람은 대개 상대를 편안하게 해주는 특징이 있다. 이런 사람은 앞사람이 주변 사람에게 길을 물어도, "길을 묻는 걸 보니 잘못 가고 있었구나!" 하며 투덜대지 않는다. 다만 그들은 평균 이상으로 자주 길을 잃는다. 이때 길을 잃는 종류는 두 가지다. 하나는 어미 오리를 졸졸 따르는 새끼 오리처럼, 어미 오리 역할을 하는 사람이 방향 감각을 잃는 경우다. 이렇게 되면 뒤따르던 사람은 낯선 장소에서 어쩔 줄 몰라하며 사방을 두리번거리고만 있게 된

아무도 가르쳐주지 않는 여행의 기술

다. 다른 하나는 낯선 도시나 가본 적 없는 곳을 다른 사람들과 동행하다가 혼자 집으로 와야 하는 경우다. 영화에서 보면 길을 알고 있는 일행들은 모두 좀비에게 잡히고, 주인공은 홀로 살아남아 홀로 돌아오는 길을 찾는 장면이 자주 등장한다. 하지만 산이나 계곡 같은 자연 속에서 일행들과 떨어졌다면 영화와는 달리 꽤 위험한 상황이라고 할 수 있다.

바로 이런 일이 영국인 롭 브룩스에게 일어났다. 1993년 5월 그는 열두 살, 열네 살짜리 아들 둘과 친구와 함께 스코틀랜드의 벤네비스 산에 올랐다. 정상의 경사면은 대략 20미터쯤이었는데, 특별히 위험한 곳은 아니었다. 그는 정상쯤에서 지도와 나침반을 친구에게 맡겼다. 정상 근처의 고원 지대를 지나가던 중 작은아들이 배낭에서 점퍼를 꺼내려고 잠시 멈춰 섰다. 친구와 큰아들이 앞서가는 동안 그는 작은아들을 기다렸다가 다시 출발했다. 그는 자욱한 안개 속에서 앞서간 두 사람을 따라잡으려다가 길을 잃고, '서전스걸리'라는 협곡으로 들어서게 되었다. 이 협곡은 경사가 급한 높이 30미터의 폭포가 끝나는 곳이다. 두 사람은 여섯 시간 동안 애타게 도움을 기다린 끝에 어두워질 무렵에야 산악 구조대를 만날 수 있었다.

다른 사람을 뒤따라 걷다보면 순식간에 방향 감각을 잃게 된다. '뒤따라가기'는 인구가 밀집한 지역에서 실행해보는 것이 좋다. 그런 곳에서는 길을 잃더라도 굳이 헬리콥터를 탄 전문가에게 구조를 요청하지 않아도 되니까 말이다.

반복되는 동일한 사물을 지표로 설정하기

도보 여행자는 '목초지를 지나면 혹은 죽은 나무를 지나면 갈림길이 나온다'와 같은 것들을 지표로 삼는다. 그러나 그 주변에는 목초지나 죽은 나무들과 갈림길들이 아주 많이 있을 수 있다. 여행자는 되돌아올 때야 비로소 명확한 지표라고 생각했던 것이 실제로는 기준이 되기에 부적합했음을 알게 된다.

또 도시에서는 '담배 광고 포스터가 붙은 담벼락에서 오른쪽으로 꺾음'이라든가 '왕복 10차대로 교차로에서 우회전한다'라는 것을 염두에 두고 길을 가지만, 길을 따라 서 있는 담벼락에는 담배 광고 포스터가 수도 없이 붙어 있고, 교차로는 너무 자주 나타난다. 코엔 형제의 영화 〈파고〉의 마지막에 '수없이 반복되는 지표'의 기념비가 될 만한 장면이 나온다. '카를'은 돈가방을 눈 쌓인 나무 기둥 아래 묻는다. 그러나 그 기둥은 울타리로 줄줄이 엮인 기둥 중 하나고, 울타리는 끝없이 이어진다. 돈가방은 흔적도 찾을 수가 없게 된다.

이런 반복적인 요소를 일상에서 찾는다면 두 대의 엘리베이터가 있는 서로 마주 보고 있는 건물, 앞면과 뒷면이 비슷한 건물에서 이런 요소들을 찾을 수 있다. 길 잃기 연구가인 에릭 존슨은 이렇게 말한다. "한 친구가 거대한 쇼핑몰에서 일을 보고 주차장에서 차를 찾는데 도저히 찾을 수가 없었다. 나중에야 알게 된 사실은 쇼핑몰 반대편에 서로 똑같이

생긴 두 개의 주차장이 있는데, 엉뚱한 주차장에서 헤매고 다녔다는 것
이다."

대칭의 회전축을 가진 건물의 경우도 비슷하다. 베를린 중앙역에는 똑
같이 생긴 입구가 두 군데다. 이 입구들은 방문객들을 혼돈과 흥미로운
길 탐색의 세계로 안내한다. 베를린 여행 안내자는 사람들에게 다음과
같은 조언을 한다.

"주의사항: 베를린 중앙역에서는 길 찾기가 까다롭다. 가장 가까운 출
구라고 선택해서 나가보면, 원래 나가야 했던 출입구로 다시 들어가는
경험을 하게 될 것이다."

보통 확실하다고 철석같이 믿는 방향 설정 지표도 마찬가지다. 레베카
솔닛은 《길 잃기를 위한 전문 가이드A Field Guide to Getting Lost》에서 로키 산
맥의 사냥꾼에 대한 이야기를 썼다. 사냥꾼은 정상의 고원 지대를 떠나
면서 특이하게 생긴 봉우리를 다음 목표로 정했다. 하지만 그는 반대쪽
에 그것과 똑같이 생긴 봉우리가 하나 더 있다는 것을 상상도 하지 못하
고 있었다. 그가 서 있던 곳에서는 반대쪽의 봉우리가 울창한 나무숲에
가려서 보이지 않았던 것이다. 그는 잘못된 길로 접어들었고, 저체온증
이 올 때까지 밤낮으로 걸었다. 물론 이런 상황은 매우 드문 경우이기는
하다.

어디를 봐도 똑같은 사물을 지표로 설정하기

넓은 지역 내에 오로지 하나만 존재하는 지표도 나를 속이기로 작정한 것 같을 때가 있다. 세상의 모든 탑들은 어느 방향에서 보아도 모두 하늘을 향해 치솟아 있다. 그래서 둥근 모양의 탑은 어느 방향으로 돌아도 똑같아서 아무리 유일한 지표라 할지라도 사람들을 헷갈리게 한다. 두 면이 똑같이 생긴 건물들도 혼란을 빚기에 충분하다. 에릭 존슨은 다음과 같이 말한다.

"파리의 드골 광장에는 개선문이 있다. 개선문은 두 개의 회전축을 기준으로 대칭을 이루고 있어서 어느 방향에서 보든 모습이 똑같다. 언젠가 친구와 파리를 여행할 때 나는 이 개선문 때문에 호되게 골탕을 먹었다. 샹젤리제 거리를 걸어 개선문까지 가서 왼쪽으로 방향을 틀려고 했다. 하지만 어디를 봐도 모습이 똑같은 개선문을 기준으로 뻗은 열두 개의 도로와 지옥 같은 교통 체증 때문에 우리는 개선문을 거의 한 바퀴나 돌았다. 그러고도 우리가 제대로 방향을 잡았는지 판단조차 할 수 없었다. 아무리 도로를 하나하나 손꼽으며 세려고 해봐도 계속 헷갈릴 뿐이었다. 우리가 가까스로 방향을 잡았을 때는 이미 같은 곳을 몇 바퀴나 돈 후였다. 하지만 그렇게 방향을 잡고 간 길도 우리가 애초에 가려고 했던 길은 아니었다. 하지만 우리는 그 혼돈 속에서 빠져나왔다. 그 순간만큼은 그 사실이 가장 중요했다."

변하기 쉬운 사물을 지표로 설정하기

외형이 변하는 것은 절대로 방향 설정 지표로 삼으면 안 된다. 시야 상황은 기후에 따라 쉽게 변한다. 날씨가 쾌청할 때는 절벽이나 낭떠러지를 따라 뻗은 길이 잘 보이지만, 밤이 되거나 안개가 끼었을 때는 완전히 달라 보인다. 길이 없는 것 같기도 하고, 어느 곳으로도 길이 이어지지 않는 것 같기도 하다. 여름에 호수이던 곳이 겨울이 되면 눈 덮인 평원처럼 보인다. 변하기 쉬운 요소를 지표로 삼은 경우는 길을 떠나기 전에 사전 준비를 많이 해야 한다. 돌아올 때 계절이 바뀔 수도 있다는 사실도 염두에 두어야 한다.

또 눈에 띄는 초록색 페인트를 칠한 집이나 플래카드 혹은 건설 현장, 공원의 넓은 주차장에 주차된 하얀 화물차를 방향 지표로 삼았다면, 이런 것들은 예기치 않게 어느 순간 그 외형을 바꿀 수 있다는 것을 생각해야 한다.

오직 한 가지만 생각하기

'우리는 터무니없이 실수하고 있었던 거야'라고 말하는 사람은 그다지 철저하지 못한 성격일 것이다. 벌써 여러 번 확실한 지표들 때문에 길을 착각했다면 주위의 특징적 사항들에 더 시선이 가고 주의를 기울였을 것이다. 물론 그렇다고 그 사람이 이제 다시는 길을 잃지 않으리라는 것은 아니다. 《지도, 나침반, GPS로 방향잡기 Orientierung mit Karte, Kompass, GPS》의 저자 볼프강 링케는 다음처럼 말한다.

"방향 지표를 따라갈 때는 정신을 바짝 차려야 한다. 우리는 라플란드에서 스키 여행을 하고 돌아오는 길에 개울을 만났다. 이 개울은 우리 숙소 앞으로 흘렀다. 물론 눈에 덮이고 굴곡이 심했지만, 눈 속에서도 흔적을 뚜렷이 남기면서 흘렀기 때문에 우리는 개울을 따라 가면 숙소에 도착할 것이라고 너무나 당연하게 생각했다. 하지만 우리는 정반대의 길로 가게 되었다. 어느 지점에서 다른 개울물이 우리가 따라가던 개울에 유입되었는데, 우리는 이것을 전혀 알아차리지 못하고 새로 유입된 개울물의 줄기를 따라 상류로 가게 된 것이었다."

정말 확실하게 길을 잃고 싶다면 가장 좋은 방법은 오직 한 가지만을 근거로 삼아 제대로 가고 있다고 확고하게 믿는 것이다. 도보 여행자나 자동차 운전자가 자신이 가는 길을 과신하면 할수록 그는 길 잃기에 빠져들 가능성이 더 커진다.

다른 데 정신 팔기

재미있는 일에 빠져 있는 사람은 주변의 소소한 것들을 완전히 잊어버린다. 무아지경에서 깨어날 즈음에는 어디가 어딘지 모르는 상태가 된다. 길을 잃게 만드는 가장 고전적인 원인들에는 사냥, 버섯 찾기, 열매 따기 혹은 길 가면서 휴대전화 사용하기 등이 있다.

인류학자 클로드 레비스트로스는《슬픈열대Tristes Tropiques》에서 길 잃기에 대해 이야기하고 있다. 그는 나귀를 타고 원주민을 따라 정글로 가던 중 동행인들을 놓쳤다고 한다.

"이런 상황을 알아차릴 겨를도 없이 나는 숲속에 혼자 남게 되었고 방향 감각을 완전히 잃어버렸다. 책에는 총을 쏴서 자신의 위치를 알리라고 되어 있어서, 나귀에서 내려 총을 쐈다. 두 번 세 번 쏘았지만 아무 일도 일어나지 않았고, 도리어 나귀가 놀라 저쪽으로 달아났다. 어깨에 메고 있던 무기와 사진 장비들을 벗어 어느 나무 아래에 두고, 나귀를 잡으러 갔다. 나귀는 처음에는 가만히 있는 듯하다가 고삐를 잡으려는 순간 다시 도망갔다. 나귀를 쫓아 점점 짐을 내려둔 장소에서 멀어졌다. 가까스로 나귀 꼬리를 움켜잡고서 안장에 올라탈 수 있었다. 다시 짐을 찾으러 가려고 했지만 아무리 둘러봐도 내 짐은 보이지 않았다."

레비스트로스는 나귀에 올라타고서 그다지 현명하지 않은 행동을 했다.

"다른 사람들이 어떤 길로 갔는지 전혀 알 수 없었다. 방향은 아랑곳

하지 않고 보이는 길로 그냥 들어서려 하는데 나귀가 그 길로 가는 것을 완강하게 거부했다. 고삐를 늦추었고 나귀는 같은 자리를 계속 맴돌았다. 해는 이미 지평선 가까이 내려앉았고, 무기도 없이 언제 화살 세례를 받을지 모를 일이었다. 외지인에게 적대적인 이 지역에서 길을 잃고 헤맨 사람이 내가 처음은 아닐 것이다. 나보다 먼저 여기에서 길을 잃은 사람들은 모두 되돌아오지 못했다. 내가 아니더라도 먹을거리가 없는 이곳 사람들에게 내 나귀는 최고의 노획물이 될 것이다. 이런 씁쓸한 생각을 하며 해가 완전히 지기만을 고대했다. 그나마 가지고 있던 성냥으로 숲에 불을 놓아볼까 생각했다."

길을 잃은 사람이 절망적인 상황에서 선택한 행동이 상황을 더욱 어렵게 만드는 경우가 있다. 불을 놓는 것이 방향을 다시 잡을 수 있는 유일한 방법이라고 생각했지만, 사실 이것은 머릿속에서만 가능한 일이었다. 실제 행동으로 옮겼다가는 더 큰 위험이 닥칠지도 모를 일이다. 길을 잃은 사람은 초조한 마음에 현실을 제대로 받아들이지 않고 성급하게 '게임 종료'만 생각한다. 다행히 그는 실행에 옮기지 않았다.

"불을 놓을 준비를 하려고 하는데 어렴풋이 어떤 목소리를 들었다. 내가 사라진 것을 알고 두 명의 남비콰라 인디언들이 길을 되돌아 내 흔적을 따라온 것이다. 그들에게 내 무기와 사진 장비를 찾는 것은 너무 쉬운 일이었다. 저녁 무렵 그들은 나를 일행들이 있는 곳으로 데려다주었다."

행동지리학자 요제프 존넨펠트는 알래스카 원주민 이누이트족들의 방향 감각에 대해 연구했다. 그는 다른 데 정신이 뺏기는 행동을 제어할 수 있는 이누이트의 전통 기술에 대해 보고서를 제출했다. 이누이트들은 보통 부부가 함께 일을 한다. 사방을 살피기 어려운 지역에서 남편이 동물의 흔적을 찾는 동안, 아내는 방향 문제를 담당한다. 그래서 두 사람 중 한 사람은 반드시 돌아오는 길을 알고 있게 된다.

"길을 되돌아가야 할 때가 되면 자신들의 현재 위치가 어디인지 어디로 가야 하는지 남편과 아내 사이에 꼭 다툼이 일어난다. 아내가 방향 문제에 있어서는 한 치의 틀림이 없지만, 남편은 사냥에 집중하는 동안 자신이 방향 감각을 완전히 상실했다는 것을 절대로 인정하지 않는다."

바로 이 지점에서 길 잃기와 길 찾기의 두 가지 기회가 동시에 마련됨과 함께, 길을 잃을 때 발생하는 이차적 갈등을 해소할 기회가 생긴다. 이누이트들은 이때 인내심을 가져야 한다고 충고한다. 그들은 의견이 일치되지 않는 상황에서 길을 잃은 동행자가 자신의 실수를 깨달을 때까지 잘못된 길을 계속 간다.

"집 밖에서 길을 가는 중에는 싸우지 않습니다. 말을 한 번 하긴 합니다. 한 번으로 충분합니다. 그런 다음에 그냥 함께 갑니다."

길 잃기를 시도해보았다면, 이제 길 잃기를 어떻게 끝맺을 것인가를 생각해야 한다. 앞에서 언급한 것처럼, 스스로 길을 찾아 돌아오는 것이 가장 좋다. 누구도 '길 잃기' 후에 다른 사람에게 도움을 청해야 하는 상황을 바라지 않는다. 우리에게는 길을 찾기 위한 확실한 전략이 필요하다. 이제부터 다루려고 하는 기술은 사람들이 '길 찾기'의 기본이라고 생각하는 '방향'에 대한 확실한 지식을 전제로 하지 않는다. 우리는 초보자의 수준에 맞추어 몇 가지 길 찾기 기술들에 대해 이야기할 것이다.

무조건 헤매기

사실 이것을 기술이라고 하기는 어렵다. 하지만 대도시에서 길을 잃었을 경우 상당히 유용하다. 길을 찾는 가장 빠른 방법이라고 할 수는 없지만 가장 손쉬운 방법임은 틀림없다. 예를 들어 베를린에는 버스정류장이나 지하철역, 택시정류장이 줄줄이 늘어서 있다. 인구밀도가 높은 도시일수록 조금만 헤매다보면 방향을 잡을 수 있는 기준점을 쉽게 발견할 수 있다. 그러나 숲이나 사막, 바다에서는 다른 기술을 사용하기 바란다.

아무 길이나 따라가기

길은 재미로 만들어진 것이 아니다. 길을 잃은 사람에게 직접적인 도움이 되지는 않겠지만, 어쨌든 길은 반드시 어떤 목적지로 연결된다. 그런데 길의 끝에 가축 방목지나 주말농장, 선착장 등이 있다면 주저하지 말고 왔던 길을 되돌아오는 것이 좋다. 이 기술도 도시에서 쓸모가 있다. 사실 도시에서는 이것 외에 별다른 방법이 없다. 그러나 이 기술도 '무조건 헤매기'와 유사하다. 즉 아주 효율적인 기술은 아니고 인구밀도가 높은 지역에서 사용할 만하다.

남의 말 무조건 따르기

'모든 강은 문명사회로 흘러든다'라는 말은 길을 잃은 사람들이 자주 듣는 조언이다. 분명 맞는 말이다. 따라서 미리 뭔가를 할 필요가 없다. 그러나 이 조언을 무턱대고 따르다가 정말 강이나 늪, 잉어가 가득한 연못에 도착할 수도 있다. 미국의 서바이벌 교육자인 진 피어는 《예상치 못한 황야의 위험에서 살아남기 Surviving the Unexpected Wilderness Emergency》에서 재미있는 조언을 했다.

"사람들은 자신이 태어난 곳을 바라볼 때 가장 강해진다. 따라서 차례차례 이 방향 저 방향을 돌아보면서 동행하고 있는 사람에게 자신의 팔 힘을 시험해보라고 한다. 그러면 내가 태어난 곳을 알게 되어 방향을 잡는 데 도움이 될 것이다. 물론 나중에 구조대원이 당신을 비난하더라도 내 탓은 하지 말기를……."

무조건 앞으로 가기

프랑스 철학자 르네 데카르트는 숲에서 길을 잃은 여행객들에게 "이리저리 배회하지 말고, 같은 장소에 서 있지 말고, 가능하면 한 방향으로 가라. 왜냐하면 이렇게 하면 비록 가고자 하는 방향은 아니라도 숲속보다는 훨씬 나은 어떤 곳에 도착하게 될 것이다"라고 충고했다. 하지만 이것은 위대한 철학자의 잘못된 판단이다. 길 잃기 전문가 케네스 힐에 따르면 이 기술 역시 가장 보편적인 방법으로 대도시에서 사용하기에 적합한 기술이다. 이 기술은 종종 목표가 '바로 저기!' 있다며 빽빽한 덤불 숲을 가리키는 그런 류다. 평범한 지역에서는 일직선으로 똑바로 갈 수도 없으며, 그 자리를 맴돌 수밖에 없다는 사실은 제쳐놓고라도, 이런 의도를 가지고 길을 갈 경우 길 찾기는 더 어려워진다. 길을 잃은 사람은 무조건 앞으로 나아가야 한다는 생각에 사로잡혀 덤불을 통과하고, 울타리를 기어오르며, 때로 길을 가로질러 가기도 해야 한다. 가끔 자신의 길 찾기 능력을 과신하는 사람들이 이런 기술을 쓰는데, 이것은 쓸모없을 뿐 아니라 위험하기까지 한 방법이다.

여러 길 차례로 가보기

점점 과학적인 방법으로 다가가고 있다. 과학은 대개 인내를 요구한다. 교차로를 출발점으로 해서 차례대로 모든 길을 시험해본다. 한참 동안 길을 따라가면서 익숙한 풍경이 나타나기를 고대하며 두리번거리다가 아니면 다시 돌아온다. 이 기술은 가능한 길들을 체계적으로 탐색하는 것이 중요하다. 모든 길을 탐색했다면 다른 교차로에서 똑같은 행동을 반복하거나 아니면 뭔가 확실한 다른 방법을 시도해본다. 성격이 급해서 허둥지둥 서두르는 사람이 아니라면 기대할 만한 방법이다.

어느 기점을 중심으로 탐색하기

이 기술은 길이 없는 곳에서 사용하기를 바란다. 예를 들어 밑동만 남은 큰 나무처럼 눈에 띄는 장소를 출발점으로 정하여 여러 방향으로 길을 찾는 시도를 하는 것이다. 길이 많지 않은 지역에서는 꽤 쓸 만한 방법이다. 출발점을 놓치지 않도록 항상 주시하는 것이 중요하다. 만약 출발점을 놓쳐버리면 되돌아갈 수 없어 모든 노력이 허사가 되고 만다. 하지만 이 방법을 제대로 사용했을 경우, 주위 반경 몇 킬로미터쯤은 펠 수가 있어서 가장 효율적인 방법과 길을 알아낼 수 있다.

그대로 있기

그대로 있는 것은 가장 고전적인 기술이다. 무엇보다 이 방법을 사용할 경우 길을 잃은 당사자는 큰 노력을 하지 않아도 된다. 구조에 관한 전문 지식이 있는 외부인에게 책임을 넘긴다. 위급한 경우, 앉아서 기다리는 것이 가장 좋다는 것은 대부분의 사람들이 알고 있다. 그런데 실제로 실행하는 사람은 소수다. 사람들은 '곧 목적지에 도착할거야'라든가 '최악의 상황은 아니야'라고 생각하면서 그 자리에 서지 않고 계속 어디론가 간다. 다시 말하지만 길을 잃는다고 해서 모두 궁지에 빠지는 것은 아니다. 따라서 그냥 앉아 있는 것도 일반적으로 볼 때는 이성적인 선택이 아니다. 하지만 주변 상황을 전혀 알 수 없는 장소에서 이 장소를 알고 싶다는 호기심이 없을 때 이 기술은 꽤 유익하다.

높은 곳 올라가기

길을 잃었을 때 높은 곳에 올라가는 것은 좋은 방법이다. 산이나 탑 혹은 나무를 찾거나 때로는 다리 위도 괜찮다. 길 찾기에 높은 지대보다 더 좋은 곳은 없다. 높은 곳에서 내려다보면 모든 것이 작게 보이고, 지형의 특징이 보다 명확하게 파악된다. 대부분의 도시들에는 방송탑, 성당 혹은 성곽 등 멀리서도 단번에 보이는 큰 건축물 하나쯤은 다 있다. 이런 건축물들은 길을 확인하거나 기억하는 데 도움이 된다. 높은 곳에서 확인해야 할 것들을 다 본 뒤에는 다시 낮은 곳으로 내려와도 된다. 이 기술의 유일한 단점은 잘못하면 높은 곳에서 떨어질 수 있다는 것이다.

왔던 길 되돌아가기

만약 길을 잃은 사람이 기억력과 인내심이 좋은 편이라면 이 기술은 아주 훌륭하다. '길 잃기' 계획에 되돌아가는 시간을 설정해놓는 것도 나쁠 것은 없다. 여행 저널리스트 존 크라카우어는 그의 《희박한 공기 속으로Into Thin Air》에서 1996년 에베레스트에서 직접 겪은 15명이 사망한 불행한 사고에 대해 이야기한다.

"아침에 이 구간의 길을 겨우겨우 찾으며 산을 올랐다. 바람이 앞서 산을 올라간 사람들의 흔적을 지워버렸기 때문에 제대로 된 길을 알아보기 힘들었다. 나는 산을 내려갈 때 사용할 지표를 정하고 기억하기 위해 자주 아래쪽을 내려다보았고, 주변 지역을 억지로라도 기억하려고 했다. '뱃머리처럼 보이는 기둥에서 왼쪽으로 가야 한다. 그런 다음 만년설의 경계가 오른쪽으로 급커브를 그리는 곳까지 따라간다.' 이것은 내가 등반 준비를 할 때마다 의무적으로 해온 훈련이었다. 이런 습관이 에베레스트에서 내 목숨을 구한 것 같다."

크라카우어의 글에 있는 '훈련'이나 '의무적'과 같은 단어에서 볼 때, 되돌아가는 길을 머리에 새기기 위해서는 '계획'만으로 충분하지 않다는 것을 알 수 있다. 그러므로 충분히 훈련받지 않은 사람에게는 부적합한 기술이다. 게다가 이미 길을 잃은 상황이라면 이 기술은 사용할 수조차 없다.

다르게 생각하기

스웨덴은 앞을 볼 수 없을 만큼 울창한 숲으로 덮인 나라로, 길을 잃는 것이 일상화되어 있다. 따라서 스웨덴 사람들은 길을 잃었을 때 바로 찾을 수 있는 특별한 기술을 하나쯤은 모두 가지고 있다. 길 잃기 연구가인 에릭 존슨은 다음처럼 이야기했다.

"끝내는 당황하여 자기 집을 찾지 못하게 된다. 이 정도가 되면 입고 있던 스웨터의 앞뒤를 돌려 입거나 주기도문을 거꾸로 외워야 한다."

스웨덴에서는 숲에서 길을 잃으면 스콕스누바의 마법에 걸렸다고 믿는다. 스콕스누바는 숲에 살면서 재미로 인간들에게 주술을 걸어 길을 잃게 만드는 요정이다. 옷을 돌려 입어 스콕스누바가 알아보지 못하도록 하면 마법에서 벗어나게 된다. 만약 스콕스누바가 없는 곳이라면 주기도문을 거꾸로 외운다. 이렇게 하면 길을 잃은 사람은 자신의 당황스러운 상황에서 단 몇 분이라도 벗어나게 되어, 생각이 더 이상 한 곳을 맴돌지 않고 선입관에서 벗어나 주변을 둘러볼 수 있게 된다. 만약 약간의 운이 따르면 어느 틈에 자기 집 앞에 서 있을 수도 있다. 이 기술은 다른 상황에서도 유용한데, 두뇌를 고정된 사고의 틀에서 해방시켜서 인지 기능이 새롭게 작동되도록 한다.

다른 목표 찾기

《푸가 집을 지어요》라는 동화책에서 곰돌이 푸와 새끼 돼지 피글렛, 나귀 이요르는 숲에서 길을 잃고 헤맨다. 어느 방향으로 가도 똑같은 모래구덩이다. 그래서 결국 푸가 말한다. "우리 앞으로는 모래구덩이가 보이지 않으면 바로 모래구덩이를 찾도록 하자." 그러자 이요르가 "그게 무슨 말이야?" 하고 묻자, 푸는 이렇게 설명한다.

"우리가 계속 집으로 가는 길을 찾았는데 못 찾았잖아. 그래서 생각했는데 우리가 집으로 가는 길 대신 모래구덩이를 찾는다면 분명 모래구덩이를 못 찾게 될 거야. 얼마나 좋아? 그러면 우리가 찾지 않았던 다른 뭔가를 찾게 될 것이고, 어쩌면 그게 우리가 원래 찾던 집일 수도 있잖아."

만약 사람들이 다른 모든 방법을 거부하고, 길을 잃은 사람이 생각이라고는 눈곱만큼도 없는 곰 같은 사람이라면 쓸 만한 방법이다.

뜻밖의 발견

살다보면 뜻밖의 행운을 만날 때가 있다. 이 행운이 목숨을 잃을 법한 시점에 온다면 그것은 천운이라고 할 수 있다. 저스틴 보토스와 매튜 피츠가 2008년 오레곤 주의 최고봉인 후드산 눈 속에서 길을 잃었을 때 이들은 지도도 내비게이션도 없는 상태였다. 그들은 눈구덩이 속에서 밤을 보냈고, 다른 친구들이 구조대에 구조를 요청했다. 구조대는 이튿날에야 두 사람과 전화 연결을 할 수 있었다. 하지만 두 사람이 그들의 현재 위치를 알지 못해 구조대에게 어떤 정보도 알려줄 수가 없었다. 그런데 아래로 내려가던 중 보토스와 피츠는 우연히 GPS를 이용한 보물찾기 게임을 위해 숨겨둔 '지오캐시'를 발견했다. 구조대는 즉시 지오캐싱 사이트에서 GPS를 이용해 지오캐시의 위치를 찾았고, 몇 시간 뒤 그들이 있는 곳에 도착할 수 있었다. 절묘한 타이밍에 찾아온 엄청난 행운이었다.

길에 표시해두기

아돌프 크니게는 그의 《사람들과의 교류Über den Umgang mit Menschen》에서 "낯선 숲을 지나면서 2, 3일 안에 되돌아올 생각이라면 나뭇가지를 잘라 오솔길 여기저기 던져놓고, 돌아오는 길에 그것을 따라 길을 찾으면 된다"라고 했다. 돌탑을 쌓아놓는다거나 내비게이션에 위치를 저장해놓는 것도 여기에 속한다.

밀림에 사는 어느 부족은 노래를 부르며 길을 머릿속에 새긴다. 부러진 나뭇가지로 길을 표시하는 대신 마음속에 길을 새기는 방법이다. 이 방법은 최소한 《헨젤과 그레텔》에서처럼 흩뿌려놓은 빵조각을 새가 먹어버리는 불상사는 생기지 않는다. 하지만 이 방법은 길을 잃고 난 뒤에는 아무 소용없다. 사전에 준비를 철저히 하는 성격의 사람에게는 아주 좋은 방법이다.

몰려다니기

사람들이 떼를 지어 여행하는 경우도 있다. 여행 훈련이 되어 있지 않은 사람들이 많이 섞여 있는 이런 단체 여행의 최대 단점은 그들이 다른 일행들을 놓칠 확률이 거의 100퍼센트에 가깝다는 것이다. 그래서 결국에는 다른 사람들까지도 뿔뿔이 흩어지게 만든다. 그러나 다른 일행들을 놓치지 않으려는 주의를 기울인다면 이 기술을 사용할 수 있다. 특히 안개 낀 아침처럼 시야가 좋지 않은 상황에서는 일행을 잃어버리지 않기 위해 더 넓은 시야를 확보해야 한다.

개 쫓아가기

개는 탁월한 후각을 가지고 있어서 길 찾는 것쯤은 문제도 아니다. 물론 이렇게 하려면 개와 주인이 함께 몇 년에 걸쳐 훈련을 해야 한다. 그

아무도 가르쳐주지 않는 여행의 기술

렇다고 훈련받지 않은 개가 길을 절대 찾지 못한다는 것은 아니다. 결과가 어떻게 될지가 확실하지 않을 뿐이다. 길을 찾다가 주변에 음식 부스러기가 한 조각도 떨어져 있지 않거나 다른 암캐를 만나지 않는다면 가능할지도 모르겠다. 비록 훈련받지 않은 개들도 특별한 상황에서는 능력을 발휘할 수 있다. 어쨌든 길 잃은 사람을 다른 장소로 데려가는 일은 할 수 있다.

목적지를 멀리 잡기

낯선 지역을 지나 자동차를 세워둔 도로로 다시 돌아오고 싶을 때는 곧바로 목적지로 방향을 잡지 않는 것이 좋다. 주차장을 향해 곧바로 가다보면 아마 자동차가 있는 근처 어느 지점까지 왔다고 생각하게 된다. 하지만 바로 이어서 '어디로 가야 하지? 오른쪽 아니면 왼쪽? 어느 길로 가야 주차장이 나올까?' 하는 질문들이 머리에 떠오를 것이다. 충분히 연습을 한 방랑자는 처음부터 아주 멀리 있는 지점을 목표로 삼는다. 그래서 도로에 도착하면 확실하게 왼쪽으로 갈지, 오른쪽으로 갈지 정확히 방향을 잡을 수 있다.

존 로크: 그게 뭐요?
리처드 알퍼트: 나침반이요.
존 로크: 어디에 쓰는 거죠?
리처드 알퍼트: 북쪽을 찾는 데 사용해요.
_〈로스트〉

동서남북은 결국 인간의 편리를 위해 상상으로 만든 개념 구조다. 지금까지도 우주학자들은 세상에 얼마나 많은 방향이 존재하는지 결론 내리지 못하고 논쟁 중이다. 대부분의 사람들은 3차원의 공간과 1차원의 시간, 여기에 각 차원이 앞뒤로 움직일 경우를 추가하여 여덟 개의 방향이 존재한다고 생각한다. 또 다른 사람들은 스무 개의 방향, 쉰 개의 방향을 제시하기도 한다. 주장들이 통일되지 않고 다양하다고 하여 뭐라고 할 수도 없다. 반박할 근거가 없기 때문이다. 만약 우주학자와 '길 잃기' 게임을 하고 싶은 사람이 있다면 그가 얼마나 많은 공간과 시간 차원을 허용할지를 먼저 이야기하고 난 뒤 게임을 시작해야 한다.

우리가 '길 잃기' 게임을 할 때는 평지에서 쓰는 방향 정도면 충분하다. 즉 동서남북, 이 네 방향이면 족하다. 옛사람들이 이미 오랫동안 이 지구에서 길 찾는 법을 알아내기 위해 노력을 했고 그 결과물이 네 방향으로, 우리는 이것만 잘 구분해도 어느 정도 '길 잃기'에서 벗어날 수 있다.

대개 사람들은 방향을 잘 알고 있다고 확신하면서 그것을 증명하기 위해 나침반을 사용한다. 그러나 앞으로 멀지 않은 미래에 25만 년마다 방향을 바꾼다는 지구 자기장이 방향을 바꾼다면, 나침반만 믿고 있는 사람들은 황당한 경험을 하게 될 것이다. 지구 자기장이 마지막으로 방향을 바꾼 것이 70만 년 전이었으니, 당장 내일이라도 전 세계의 나침반이 무용지물이 될 수도 있다.

지금부터 '길 잃기'의 초보자들이 방향 감각을 사용해 '길 찾기'를 하려고 할 때, 불완전하지만 의지할 수 있는 도구들에 대해 이야기하려고 한다. 정확도가 떨어지는 순으로 태양, 달, 별, 이끼, 바람, 위성 안테나가 있다.

태양은 길을 잃은 사람에게 제공하는 가장 크고 밝은 구명대다. 날씨 좋은 날 온종일 길을 헤매는 사람이 있다면 태양을 기준으로 삼아도 좋다. 태양이 알려주는 방향은 아주 간단하다. 태양은 아침에는 동쪽, 정오에는 남쪽, 저녁에는 서쪽에 있다. 그리고 지구는 자전축을 중심으로 돌기 때문에 북쪽에서는 태양을 볼 수 없다는 것만 명심하고 있으면 된다. 태양은 나침반과 달리 시간에 대한 정보가 있을 때만 적절한 판단을 할 수 있도록 도와준다. 태양에 대해 무지한 사람은 지평선 가까이 떠 있는 태양을 본다고 해도 이게 동쪽인지 서쪽인지 일출인지 일몰인지 아무것도 판단하지 못한다.

태양은 일 년 중 두 번, 초봄과 초가을에 정확히 동쪽과 서쪽으로 떠올랐다가 진다. 여름에는 동쪽에서 남동쪽으로 이동하고, 겨울에는 동쪽에서 북동쪽으로 이동한다. 하지만 이것은 중부 유럽에 해당하는 사실이다. 만약 칠레 아타카마 사막에서 지도도 나침반도 없이 길을 잃었다면 태양의 위치는 남쪽이 아니라 북쪽이라는 사실을 기억해야 한다. 또한 북극에서는 일 년 중 절반은 태양이 수평선 위쪽에서, 나머지 절반은 수평선 아래에서 이동한다. 그래서 일출과 일몰이 일 년에 단 한 번밖에 없다. 따라서 북극에서는 태양을 보고 길을 찾기가 영 어렵다.

천문학적인 대상들은 질서정연한 규칙이 있다. 다시 말해 태양, 달, 별의 방향은 오로지 지구 자전축을 기준으로 해서 규정된다. 또 태양이 방향을 정하는 지표로 제 역할을 하지 못하는 경우란 없다. 태양이 뜨는 쪽은 서쪽이 될 수 없고, 지는 쪽은 동쪽이 될 수 없는 것이다. 그리고 밤이나 날이 흐려 태양을 관찰할 수 없을 때는 태양의 방향 지표로서의 효과는 완전히 상실된다.

지구가 태양 주위를 돌듯 달은 동일한 궤도를 따라 지구 둘레를 돈다. 그래서 표면상 달의 궤도는 태양의 궤도와 비슷하다. 중부 유럽에서 달은 동쪽에서 떠서 남쪽에서 가장 높이 떠 있게 되고 서쪽으로 진다.

별도 동쪽에서 서쪽으로 움직인다. 하지만 별은 하늘에 흩어져 있으며 태양의 주위를 돌지 않는다. 따라서 별이 뜨고 지는 방향은 이것을 알지 못하는 사람에게는 전혀 쓸모가 없다. 그러나 전문가들에게 있어 별은 정밀한 나침반이고 성능이 훌륭한 시계다. 그 예로 북극성을 들 수 있는데, 사람들은 북극성이 정확히 북쪽을 알려주기 때문에 방향 정하기에 가장 좋은 별이라고 생각한다. 북극성은 별자리에 익숙하지 않은 사람이라도 비교적 빨리 찾을 수 있다. 다만 북극성이 그렇게 밝은 별이 아님은 알아두어야 한다.

하늘뿐 아니라 땅 위에도 방향을 알려주는 여러 암시들이 있다. 잘 알려진 지표로 이끼를 들 수 있는데, 이끼는 해가 들지 않아 그늘지고 습한 북서쪽에서 자란다고 알려져 있다. 하지만 유감스럽게도 이끼는 불확실한 지표다. 왜냐하면 그것은 서식 장소의 방향만이 아니라 다른 요소들에 의해서도 영향을 많이 받기 때문이다. 볼프강 링케는 그의 《지도, 나침반, GPS로 방향잡기》에서 "나무에 비바람이 들이치는 곳, 특히 서쪽과 북쪽에서 이끼들을 발견하는 것보다, 함께 여행하는 사람들 중에 바늘이나 스테이플러를 가진 사람이 있는지 확인하는 것이 더 낫다"라고 했다.

이끼보다 조금 더 확실한 것이 바람이다. 바람은 사방팔방에서 불어오지만, 특정 시기에는 기본 방향을 유지한다. 바람이 일정 시간 지속적으로 분다면, 바람에 의지해서 방향을 찾을 수 있다. 바람 한 점 없는 우거진 숲속에 있다면 구름의 움직임으로 바람의 방향을 관찰할 수 있다. 부수적으로 동서남북의 방향을 대충이라도 알고 있다면 바람의 방향은 훨씬 효과적이다. 하지만 방위를 모른다면 바람이 늘 한 방향에서 불어온다는 사실을 기억해서 방향을 찾으면 된다. 북반구와 남반구의 온난 기후 지역에서 바람의 방향은 서쪽이고, 적도 지역은 동쪽이다. 바람은 도움이 되지만 완벽하게 믿을 만한 지표는 아니다. 산꼭대기나 고층 건물 사이에서 바람의 상황이 복잡해져서 바람의 방향이 바뀌는 경우도 있다.

접시 모양을 한 텔레비전 신호 수신기인 위성 안테나는 주거 지역에서 길을 찾는 내비게이션으로 아주 적합하다. 인공위성은 위도 0도인 적도 3만 6천 킬로미터 상공에 있다. 즉 인공위성은 지구 표면에서 상대적으로 항상 동일한 위치에 존재한다. 따라서 중부 유럽의 위성 안테나들은 대체로 남쪽을 향하게 된다.

길 잃기
중급자 과정

2

목적지를 잃으셨습니다

당신이 원하든 원하지 않든 | 지도 왜곡하기

안개 속에서 건져 올린 철학 | 길을 잃는 조금 심각한 이유

길 잃음의 단계 | 어떻게 길을 찾을 것인가

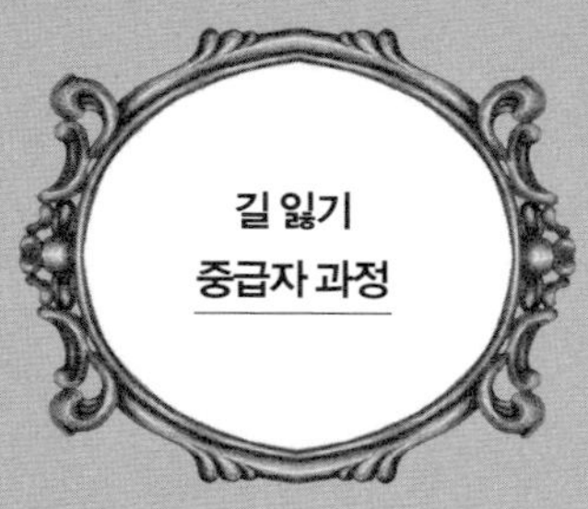

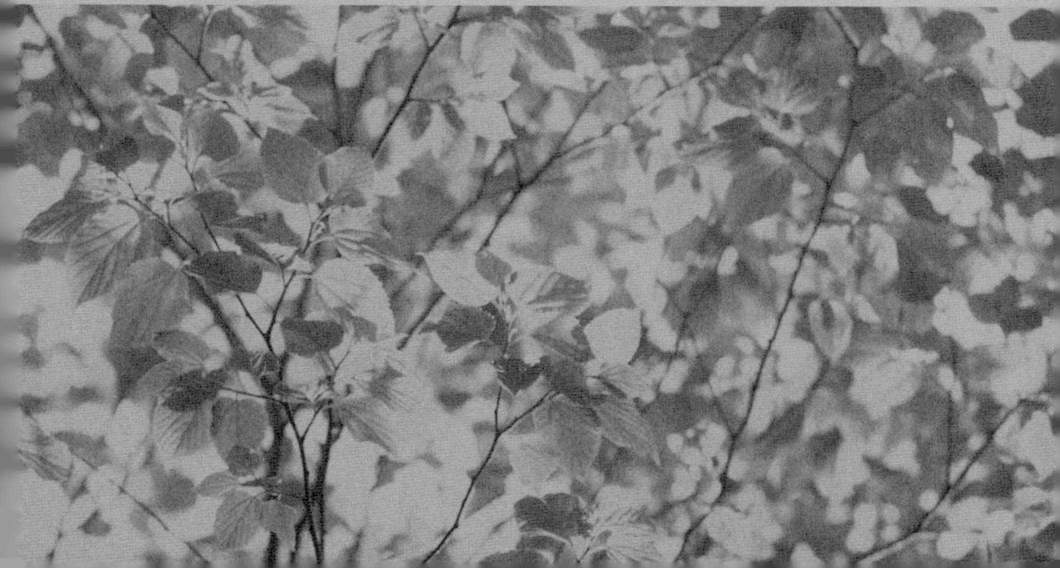

VERIRREN

우리는 나이든 남자를 앞질러 갔다. 그는 힘겹게 절뚝거리며 걸었다. 한참을 걸어가다가 우리는 다시 뒤돌아가야 하는 상황이 되었다. 다시 뒤돌아 걷고 있는데, 저 앞에 그 나이든 남자가 보였다. 그의 옆을 지나고 있는데 그 남자가 우리에게 말했다. "아, 또 만나는군요." 우리는 "네, 안녕하세요. 우리가 길을 잃었습니다"라고 했다. 그러자 그가 "괜찮아요. 대신 다른 길을 알게 될 거예요"라고 말했다._다니엘라 슈트리글

지금까지 본 초보자의 '길 잃기'는 도시, 도시의 골목, 어딘가 가다가 돌아오는 길 정도에서였다. 이제 살펴볼 중급자 과정의 '길 잃기'는 좀 멀리 떨어진 곳에서 길을 잃는 것이다. 하지만 공간적인 거리는 별로 중요하지 않음을 곧 알게 될 것이다. 중급자 과정에서 '길 잃기'는 주로 머릿속에서 일어난다. 이것을 이해하기 위해서는 우선 우리가 어떤 풍경을 볼 때 머릿속에서 무슨 일이 일어나는지를 알아야 한다.

사람들은 자연 속에서 보내는 여가의 형태는 나라에 따라 사람에 따라 다르다. 최근 독일에서는 변형 등산이 인기다. 이를테면 알프스를 케이블카를 타지 않고 오르는 것이다. 케이블카는 노인이나 여행객을 위한

것이기 때문이다. 산 정상을 향해 잘 닦여진 산림 지대를 걸어간다. 이때는 제대로 된 장비와 잘못된 장비가 중요한 테마가 된다. '제대로'와 '잘못된' 것에 대한 생각은 시간이 지나면서 바뀌었다. 등산이 시작되었던 초기, 어른 키만큼 긴 알펜슈토크, 즉 등산용 지팡이는 필수품이었다. 그리고 산에서 마시는 무알콜 음료는 건강에 해롭다고 생각했다. 어쨌든 열심히 걸어서 정상에 도착하면 최종 걸린 시간을 체크하여 안내 책자에 적힌 시간과 비교한다. 책보다 짧은 시간에 올라왔으면 게임에 이긴 사람처럼 아주 기뻐한다. 산장 휴게소에서 찬 음료수를 마시고 무릎을 보호하기 위해 케이블카를 타고 하산한다.

위의 글은 '길 잃기' 과정에서 보자면, 지하철 역 두 구간 사이의 짧은 산책으로 만족하는 사람보다는 조금 고급 단계고, 그린란드 종단을 시도하는 사람보다는 하위 단계다. 하지만 어쨌든 길을 따라 간다는 점에서는 동일하다.

모험을 즐겨 의도적으로 길을 잃는 사람들도 실제로 길이 없는 곳을 가는 것은 아니다. 산책하는 사람들로 북적대는 숲길을 벗어나고자 하는 사람에게 캐나다, 스코틀랜드, 아이슬란드, 스칸디나비아 같은 나라들은 상당히 매력적이다. 사람들은 낯선 땅에 인적조차 드물지만 산길을, 즉 길을 따라간다. 전문 산악인 라인홀트 메스너는 에베레스트 산을 예를 들면서 어디를 가도 길이 있다고 불평했다.

"에베레스트 정상은 길이 없는 듯 보이지만, 비포장일 뿐 어디든 길이 있다. 그러니 길을 잃을 수가 없다."

그런데 중급자 과정의 '길 잃기'는 길과 길의 안내 표지가 설치된 어느 지점이 아니라, 바로 우리 머릿속에서 일어난다. 앞서 말한 크리스 맥캔들리스처럼 문명과 작별한 사람조차도 머릿속에서 만들어진 길을 따라간다. 이런 경우는 미국의 위대한 자연주의자 헨리 데이비드 소로와 존 무어의 추종자가 될 수 없다. 언젠가부터 인간은 길, 계획, 구상을 머릿속으로 먼저 설계하지 않고서는 아무 일도 할 수 없게 되었다.

사람들은 자신들이 문화적 흐름에 이끌려 산을 오르고 내려온다는 사실을 깨닫지 못한다. 유명한 산에는 특별하고 숭고한 가치가 덧붙여지고 거기에 대해 숭배가 행해진다. 결국 사람들은 산을 오르는 것이 아니라 고결한 가치를 지닌 대상을 오르는 것이다. 이것은 새로운 일이 아니다. 옛날 사람들은 산을 전설 속의 괴물 혹은 악령의 거처쯤으로 생각했다. 하지만 오늘날에는 산이 자연과의 연대감, 스포츠 정신, 친교 혹은 자아발견의 장소로 인식된다. 여행의 동기가 되는 이런 가치 판단에 대해 다른 반대 의견을 제시한다는 것은 어려운 일이다. 프랑스 예술가 기 드보르는 런던 지도를 가지고 독일 중부의 하르츠 산맥을 도보 여행할 수 있다고 했다. 다만 자기가 들고 있는 것이 런던 지도라는 사실은 분명히 알고 있어야 한다.

'지하철역으로 가는 길을 찾고 있어' '반바지를 입고 독일에서 가장 높은 축슈피체를 등반할 거야' 혹은 '자전거로 파타고니아의 인적 없는 황야를 종주할 거야' 등 어떤 생각을 했든 상관없이, 모든 계획이 실패하고 머릿속이 텅 비는 순간이 있다. 바로 완전히 길을 잃었다고 확신하게 되는 순간이다. 이때 계획을 공들여 힘들게 세운 만큼 실패의 고통은 더 크다. 하지만 이런 실패는 앞으로를 위한 생산적인 경험이 된다.

메스너는 2008년 〈쥐트도이체차이퉁〉과의 인터뷰에서 다음과 같이 말했다.

"우리는 실패를 통해서만 배울 수 있습니다. 인간은 고통과 절망 속에서 뭔가를 배웁니다. 어떤 일이 아무 문제없이 성공한다면, 우리는 왜 성공을 했는지 알지 못합니다."

계획이 실패하기 전까지 우리는 일단 물리적으로 존재한다. 정신은 생각 안, 머릿속에서만 움직인다. 우리는 표시가 되어 있는 길이나 거리 표지판을 따라 움직인다. 그리고 표지판의 숫자, 차선의 색깔 등 주변 환경의 요소들이 길을 제대로 가고 있음을 증명해준다. 안개가 주위를 에워싸고, 길이라고 생각한 곳이 사실은 야생동물들이 다니는 길이고, 강이 없어야 할 곳에서 갑자기 강이 보인다면 우리 정신은 어쩔 줄 모르고 그저 멍하니 바라보며, 인적 없는 곳에서 길을 잃고서 외로움을 느끼게 될 것이다. 여기서 무엇을 해야 하지? 어떻게 여기까지 온 걸까? 어떻게 다시 길을 찾지?

만약 이 존재론적 질문에 답을 해야 하는 시점이라면, 원하든 원하지 않든 '길 잃기'의 중급자 과정이 시작된 것이다. 이때 길을 잃은 사람은

아무도 가르쳐주지 않는 여행의 기술

자신이 세운 계획에서 완전히 벗어나서, 새로운 계획을 짜야 한다. 자신의 생각을 바꾸어 상황에 맞게 가설을 다시 세우는 등 뇌를 긴장시켜야 한다. '길을 잃는다'는 것은 '시도'와 '오류'의 고전적인 절차다. 사람들은 잘못된 것들을 시도하면서 옳은 것을 찾게 된다. 제대로 된 길은 오랫동안 길을 잃은 결과 발견된 것이다.

앞에서는 위험하지 않은 지역에서의 '길 잃기' 즉, 초보자의 '길 잃기'에 대해 다루었다. 이런 길 잃기는 대부분 길을 물어봄으로써 상황이 종결된다. 이번 중급자 과정에서는 초보자의 '길 잃기' 이상의 상황일 때 어떤 일이 발생하는가를 다룰 것이다. 또한 초보자용 '길 잃기'는 기분이 나쁘다든가, 발이 시리다든가 하는 정도로 상황이 종료된다. 하지만 중급자의 '길 잃기'는 마치 롤러코스터를 탄 것 같아서, 겁이 난다고 중간에 그만둘 수 없다.

우리가 앞으로 다룰 '길 잃기'가 모두 해피엔딩으로 끝나는 것은 아니다. 누군가는 실패를 통해 무엇인가를 얻고 배울 수 있다. 또 반대로 아무것도 깨닫지 못하고 오히려 불행한 결말을 맞을 수도 있다. 그렇더라도 실패와 모험을 통해 작은 무엇이라도 배우는 사람이 아직은 더 많다.

마이크: 그래, 어제도 이랬어. 어제도 넌 확신했잖아. 오늘도 그러는구나!
헤더: 아냐! 우리는 길을 잃은 게 아냐! 난 여기가 어디인지 알아!
_영화 〈블레어위치〉

길을 잃었을 때 우리의 뇌는 중요한 역할을 한다. 길을 잃으면 우리의 뇌는 스포츠를 즐길 때보다 훨씬 더 복잡한 사고 작용을 한다. 단순히 팔과 다리에 명령을 내리는 것만으로는 해결되지 않는 문제이기 때문이다. 길을 잃은 상황을 극복하기 위해서는 자신의 움직임을 조절하고 주변 환경을 면밀히 관찰, 정보를 수집하여 낯선 환경에 자신을 적응시키면서 길을 찾아 조금씩 앞으로 나아가야 한다.

뇌가 해야 할 가장 중요한 일은 생명을 안전하게 지키는 일이며, 그러기 위해서는 음식과 물이 가장 필수적이다. 문명화된 사회에서는 음식과 물을 구하는 것이 그렇게 어렵지 않다. 하지만 잘 알지 못하는 낯선 지역에서 게다가 자신의 상황을 전혀 파악할 수 없는 상태에서 뇌는 당황하게 된다.

그래서 우리 뇌는 자신의 지리학적 위치를 파악하기 위해, 머릿속에 가상의 지도 제작자를 고용하게 된다. 이 지도 제작자는 각 감각 기관이 가져오는 정보를 분류하여 개인적 지도의 형태로 만든다. 머릿속 지도 제작자는 새로 들어온 정보를 이미 만들어진 지도와 끊임없이 비교하며 자신의 현재 위치를 파악한다. 방향 찾기의 과정은 '외부에 대한 정보 수집→머릿속 지도와 비교→현 위치를 지도에 저장'으로 정리할 수 있다.

이때 반드시 완벽한 위치를 결정할 필요는 없다. 뇌는 내비게이션이 아니다. 어린 아이에게 어머니의 실제 위치는 별 의미가 없다. 아이들은 어머니와의 관계에서 자신의 위치를 알고자 할 뿐이다. 이것은 성인도 마찬가지다. 실제로 대부분의 성인들은 자신의 현재 위치를 정확히 알지 못한다. 대신 현재의 위치에서 다른 곳에 도달할 수 있는 여러 방법을 탐구한다.

성인들은 자신의 위치를 다른 장소와의 관계 속에서 파악한다. 이것은 지리학적 정보를 저장하는 효과적인 방법이다. 밤에 침실에서 화장실로 가는 길을 찾는 사람이 화장실이 지리학적으로 가로 세로가 얼마나 되는지 알아야 할 필요는 없다. 침실 문을 지나 복도 왼쪽으로 가서 오른쪽에서 두 번째 문을 열면 된다는 사실을 아는 것만으로 충분하다.

위치 파악은 뇌가 단독으로 처리할 수 있는 일이 아니다. 인간의 머릿

목적지를 잃으셨습니다

속에 그려둔 지도를 지원하기 위해 실제 지도의 도움을 받을 수도 있다. 실제 지도를 읽는 것은 뇌가 낯선 지역에서 새로운 기준이 될 만한 곳을 설정하는 것을 도울 수 있다.

지도와 길 안내 표지판은 대단한 발전이다. 왜냐하면 이것들은 낯선 지역에서도 확신을 가지고 움직이게 해주기 때문이다. 길 안내 표지판이 없는 지역에서 지도도 없이 길을 찾으려고 할 때, 다른 언어를 사용하는 외지인이 읽을 수 있는 안내 표지판이 없는 곳에서 길을 찾으려고 할 때, 지도와 표지판은 분명히 긍정적인 역할을 한다.

뇌는 주변 세계에 대한 정보를 모으고, 머릿속 지도와 비교하면서 자신의 위치를 찾는다. 계획대로라면 외부 세계와 머릿속 지도가 서로 일치하면서 우리는 만족하게 된다. 만약 외부 세계와 머릿속 지도가 일치하지 않는다면 그것은 길을 잃고 방향 감각을 상실했다는 뜻이다. 이때 뇌는 우리에게 다음과 같은 메시지를 보낸다.

'나는 내 능력껏 최선을 다할 거야. 믿어줘. 위급한 상황에서 나는 너의 충실한 파트너야. 사람이라면 실수할 수도 있는 거잖아.'

뇌의 중요한 과정 중 하나가 위치를 찾는 것이기 때문에, 길을 잃은 상태를 뇌 스스로가 인정하는 것은 대단히 어려운 일이다.

'너, 길을 잃은 것 같아.'

'아니, 나는 내가 어디에 있는지 정확히 알아.'

'하지만 이 나무는 우리가 30분 전에도 지나갔던 나무란 말이야.'

아무도 가르쳐주지 않는 여행의 기술

'아니야, 난 우리가 지금 어디에 있는지 안다구!'

처음에는 이렇게 우기지만 결국은 길을 잃었다는 사실을 스스로 인정한다. 다른 사람에게 자신이 길을 잃었음을 인정한다는 것은, 이전에 그 사람의 내면에서 이미 아주 소모적인 노력이 진행되었다는 것을 뜻한다.

가지고 있던 지도가 틀릴 수도 있고, 아니면 최근에 만들어진 새로운 길이 지도에 추가로 기입되지 않은 것일 수도 있다. 운이 좋으면 완전히 새롭고 훌륭한 지름길을 발견할지도 모른다. 물론 끝까지 답을 찾지 못할 수도 있다. 사람들이 길을 잃는 책임은 지도가 아닌 본인에게 있다. 이런 과정을 '벤딩 더 맵' 즉 '지도 왜곡하기'라고 한다.

어쨌든 지도는 세계 모든 곳에서 방향 설정을 가능하게 해준다. 어쩌면 다른 모든 지도가 그렇듯이, 방향 설정의 지표 중 몇 가지는 현실과 맞지 않을 수도 있다. 간혹 조급함과 성급함도 지도를 잘못 해석하는 데 한몫 거든다. 지도에 표시된 것이 주변과 일치하지 않을 때, 우리는 지도가 잘못되었다고 쉽게 생각한다. 하지만 당신이 지도를 거꾸로 들고 있는 것인지도 모른다.

'지도 왜곡하기'는 이렇듯 환상이다. 이것은 지도뿐만 아니라 다음과 같은 일반적인 문제에도 '왜곡하기'의 문제를 드러낸다. 사람들은 자신과 맞지 않는 새로운 지식을 어떻게 다루는가? 상상한 세계와 진짜 세계가 달리 보일 때 무엇을 하는가? 진실하다고 믿었던 결혼 상대자가 바람둥이라는 것을 알았다면 어떻게 하겠는가? 지하철이 파업을 하면 어떻게 출근하겠는가?

생존은 적응에 근거를 둔다고 할 수 있다. 황야에서 길을 잃었을 때뿐만 아니라, 일반적이고 진화된 의미에서도 그렇다. 다시 말해 새로운 환경에 적응하는 것은 생명 보존을 위한 필수 사항이다. '지도 왜곡하기'는 주변 세계에 적응하는 데 방해가 되는 과정이다. 그러므로 우리 뇌는 주변 세계의 새로운 정보를 반영한 지도를 받아들이기 전에, 옛 지도를 보존하기 위해 모든 수단을 사용한다. '지도 왜곡하기'를 어떻게 이해해야 하는지, 어떻게 작용하는지, 어떻게 대처해야 하는지 모르는 사람은 십중팔구 어려운 상황에 빠지게 된다.

안개 속에서 건져 올린 철학

딕 해머덜은 나를 철석같이 믿었다. 내가 이곳에서 제대로 된 길을 알고 있는지 그는 몇 번씩이나 물었다. 나는 사람이 살지 않는 지역에는 아예 길이 없다고 대답할 수밖에 없었다. 따라서 나는 제대로 된 길에도, 잘못된 길에도 들어설 수가 없었다. _칼 마이, 《올드 슈어핸드 3》

스코틀랜드의 고원 지대는 일종의 생태공원으로 여러 이유에서 중급자를 위한 '길 잃기' 코스로 적합하다. 알프스에서처럼 몇 분마다 산장이 있는 것도, 시베리아나 사하라 사막, 남극처럼 사람들이 아예 없는 것도 아니다. 스코틀랜드 대부분의 지역에서 출발하여 인내심을 가지고 며칠만 걷다보면, 사람들이 사는 마을에 도착하게 된다.

이 고원 지역은 원래 원시적인 황무지가 아니라 사람들이 살던 곳이다. 지금은 사람을 만나는 대신 옛날에 마을들이 있던 흔적인 집터를 만나게 된다. 방사능만 없을 뿐, 어딘지 모르게 체르노빌과 유사하다. 오늘날 사람들은 도중에 아무도 마주치지 않고 수일 동안이나 이곳을 도보로 여행할 수 있다. 바로 이 점이 이 지역을 길 잃기에 적합한 곳으로 볼 수 있는 이유다.

여러 산악 단체들이 의견을 모아 표지판이나 돌탑 설치를 하지 않기로 했다. 그들은 길에 무엇인가를 표시하는 것은 '황무지의 느낌을 방해'하며 '방랑자를 도와주기보다는 오히려 방랑자를 혼란스럽게 한다'는 나름의 철학을 가지고 있다. 그래서 음식을 파는 산장도 없고, 대피소는 영업하지 않을 뿐 아니라 도보 여행 지도에도 표시되어 있지 않다. 이곳 관리 담당자들은 방문객들에게 오두막이 있는 장소들을 인터넷에 올리지 말아달라고 부탁한다.

고산 지대에 있는 얼마 되지 않는 대피소들은 1971년 이후 대부분 철거되었다. 날씨가 점점 나빠지고 있는 상황에서 여행객들이 다시 되돌아오는 대신, 대피소를 찾을 수 있다는 얼마 되지 않는 희망으로 등산을 계속하는 것을 금지시키기 위해서다. 이렇게 스코틀랜드 고원 지대는 '길 잃기'의 기술상으로 볼 때, '길 잃기' 초보자용 코스로서 관광을 위해 곳곳에 안내 표지판이 설치되어 있는 알프스와 길 잃기 전문가들에게 어울리는 산 사이의 중간 정도 난이도를 지닌 장소다.

길 잃기의 핵심은 '헤매기'다. 스코틀랜드에서 헤매는 것에 대한 연구는 잘 진행되고 있다. 자욱한 안개, 더 정확히 말하면 낮게 깔린 구름은 고원 지대에서 방향을 찾을 때 맞닥뜨리는 최대의 어려움이다. 안개는 시야를 좁게 할 뿐만 아니라, 바위 등 주변 지물을 실제보다 훨씬 크게

아무도 가르쳐주지 않는 여행의 기술

보이게 하는 효과를 연출한다. 안개 낀 시야 속의 세계에서는 무엇인가 눈에 띌 때는 희미하게 멀리 있는 것처럼 보이다가 갑자기 확 눈에 들어오는 경우가 많기 때문에 눈에 보이는 것은 확대되어 보이는 경향이 있다. 때로 사람들은 주변 경관의 규모를 짐작할 수 있는 기준을 완전히 상실해버린다. 이런 상태에서 안개가 조금이라도 걷히게 되면 사람들은 방향 지표를 수두룩하게 찾게 된다. 몇 시간을 안개 속에 방황하다가 안개가 걷히고 아주 가까이 그리고 분명히 존재하는 방향 지표물들을 보고 심지어 분노하게 되기도 한다.

사람들은 안개 속에서 헤매면서 무엇인가를 배운다. 어둠 속을 헤맬 때, 어둠이 한순간 탁 걷혀 시야가 밝아지는 일은 없다. 초보자에게 안개는 어둠이나 마찬가지다.

안개 속에서 길을 잃기 위해 헤매기에 '적당한' 산을 고르는 일은 매우 중요하다. 안개 속에서 '길 잃기'에 좋은 산이라고 함은 방향을 분명히 설정할 수 있게 해주는 산이다. 산을 오르는 길이 오직 한 방향이어야 한다. 특히 아무것도 보이지 않아 당황했을 때, 자신의 걸음 수를 세는 것은 자주 소개되기는 하지만 실제로는 거의 불가능하다. 걸어가면서 걸음을 세는 것은 쉬운 일이 아니다. 그리고 처음 시작 지점이 확실히 알고 있는 장소가 아닐 경우 나중에 더 혼란스러워진다. 또 걸음을 세다보면 안개 속에서 인식할 수 있는 사물도 제대로 보지 못하게 된다.

짙은 안개 속에서 배울 수 있는 교훈은 기술적인 요소가 아니라 철학적 요소다. 즉 사람들이 인식하는 바로 그것이 세계라는 것이다. 일반적으로 인간은 자신의 세계에 대해 아주 적은 것만 알고 있다. 일부는 무관심과 무지 때문이고, 또 일부는 자기장이나 소리를 통한 위치 파악 능력이 부족하기 때문이다. 따라서 안개는 문제를 더욱 악화시키는 요소가 아니라, 중요한 사실들을 암시하며 자신을 훈련시키는 요소다.

사람들은 보통 안개가 짙을 때는 산을 오르지 않는다. 왜냐하면 사람들이 산에 오르는 것은 탁 트인 전망과 자유로움 때문인데, 안개 낀 산에서는 전방 5미터 이내의 풍경도 볼 수 없기 때문이다. 안개는 사람들이 산에 오르기 전에 가졌던 생각들에 관여한다.

안개 계획이 무엇이었든 그건 잊어버려.

나 그런데 아무것도 안 보이잖아!

안개 진정해. 볼 필요가 없어.

나 여기가 어딘지도 모르잖아.

안개 너는 지금 여기에 있잖아. 더 뭐가 필요하니?

나 그래 알았어. 그래도 아무것도 안 보인단 말이야.

안개는 대화에서 빠져나와 "이 사람이 상황을 좀 이해하게 되면 좋을 텐데" 하고 짧은 한숨을 쉬면서 중얼거린다.

'길 잃기' 중급 과정에서 안개 속에서 헤매기는 조금 겸손한 연습 방법이다.

사람들은 사방이 짙은 안개 속을 가로질러 만나는 새로운 작은 것들에 기뻐한다. 안개에 가려 보이지 않는 것에 대해서는 생각하지 않는다. 적어도 스코틀랜드에서는 보이지 않는 세상에 대해 모르는 것이 잘못된 일은 아니다. 1864년 역사학자이자 고원 지대 연구가인 존 힐 버튼은 스코틀랜드 고원 지대인 케언곰스 지역에서 짧은 여행을 하다가 다음과 같은 글을 남겼다.

"폭풍을 몰고 왔던 구름들이 걷혔다. 물살이 거센 강물의 절망적이고, 한겨울의 그린란드와 같은 혼돈만이 드러났다. 하지만 우리가 영국에 있다는 것, 그리고 오늘이 8월 1일이라는 사실에 집중하기 위해서는 무엇보다 철학적인 긴장이 필요했다."

목적지를 잃으셨습니다

길을 잃는 조금 심각한 이유

"푸! 너 도대체 뭐하는 거야? 처음에는 혼자서 두 번이나 우거진 숲을 돌아다니더니, 다음에는 피글렛이 너를 쫓아다녔고, 이제 너희 둘이 함께 숲에서 우왕좌왕하고 있구나" 로빈이 말했다. 푸는 할 줄 아는 것이라고는 생각뿐인 것처럼 생각에 잠기더니 코를 두 번 긁고는 일어서서 말했다. "나는 눈 먼 바보였어. 나는 아무 판단력도 없는 곰이야." _A. A. 밀너, 〈곰돌이 푸〉

길에서 벗어남

사람들은 어둠이나 짙은 안개 속, 눈보라 속에서는 아무리 집중을 해도 똑바로 걷기가 힘들다. 성인들에게 눈가리개를 하고 30미터 정도를 걷게 하면, 직선 코스에서 22도가량 옆으로 비껴서 걷게 된다. 심한 경우 완전히 제자리에서 맴도는 경우도 있다.

따라서 어둠 혹은 안개 속에서는 시각의 도움 없이 방향 잡기가 어렵다. 화이트아웃(극 지방에서 천지가 온통 백색이 되어 방향감과 거리감이 상실되는 상태) 상태 즉, 안개나 심한 눈보라 속에서 사방이 하얗게 보일 때 스키 타는 사람들은 가끔 그 자리에서 방향 감각과 평형 감각을 잃고 쓰러진다. 그러나 숲이나 사막에서 시각은 제몫을 해낸다.

그렇다고 너무 많은 것을 기대하는 것은 곤란하다. 지평선에 기준점을 둘 곳이 없는 상태에서 한 번 정한 방향을 계속 유지하는 것 역시 매우 어려운 일이다. 출발 전 나침반으로 미리 방향을 설정하는 오리엔티어링 선수조차 출발 지점에서 300미터가 지난 뒤에는 이미 설정했던 방향에서 2~5도 정도 어긋난다고 한다.

19세기부터 학자들은 인간이 앞을 보지 못할 때, 왜 제자리를 맴돌게 되는가 하는 문제를 고민했다. 이 현상에 대해 사람의 양쪽 다리 길이와 힘이 똑같은 경우는 없기 때문이라는 설명은 오랫동안 효력을 발휘했다. 이 설명에 따르면 좀 더 강하거나 긴 쪽 다리가 잘못된 방향으로 사람을 이끈다는 것이다. 하지만 이것은 수차례의 실험을 통해 반박되었다. 오른발잡이냐 왼발잡이냐에 따라 회전 방향이 결정된다는 추측도 검증되지 않았다.

튀빙겐에 있는 한 인공두뇌학 연구소는 실험 대상자의 눈을 가리고, 머리를 지시한 방향으로 돌리고 걷게 했다. 대상자들 모두 직선에서 벗어나 머리를 돌린 방향으로 향했다. 이 실험의 결과 앞이나 옆쪽에서 비나 눈이 들이치거나 바람이 불어 얼굴을 돌릴 경우, 이것이 길을 잃는 데 중요한 역할을 한다는 것을 알 수 있다. 물론 악천후는 신경학적인 특별 작용이 없더라도 여행자를 길에서 벗어나게 한다.

때로는 방향을 고수하려는 노력이 오히려 제대로 길에서 벗어나게 하기도 한다. 에릭 존슨의 실험에 따르면 똑바로 가려고 의도적인 노력을 하지 않을 때 오히려 똑바로 가는 것이 쉬웠다고 한다. 물론 존슨은 방향 감각 훈련을 받은 노련한 도보 여행자다. 비전문가가 그의 방법을 사용한다면 정말 제대로 제자리를 맴돌 수도 있다.

왜곡된 지도

생각과 현실의 왜곡에 시달리는 사람에게 머릿속 지도는 길을 잃는 데 결정적이다. 특정 도시 혹은 건물 안에서 바라보는 세상은 실제 방위와 90도 혹은 180도 빗나가 있기도 하다. 이런 인지장애는 탁월한 방향 감각을 가진 사람들에게도 자주 일어난다.

사람들이 낯선 장소에 처음 머무르게 되면, 밤이나 안개, 피곤 혹은 다른 방해 요소들 때문에 인지장애가 생긴다. 예민한 사람은 이런 감각의 착각이 수 년 혹은 수십 년 동안 지속될 수 있다. 이런 착각은 당연히 불편한 느낌을 준다. 프랑스의 심리학자 알프레드 비네는 1894년 머릿속 왜곡에 대해 다음과 같이 보고했다.

"환상은 불편한 감정과 함께 발생한다. 그것은 정신이 몽롱한 상태로 매우 고통스러운 느낌이다. 나는 잠깐 동안 극도로 불편한 두려움, 고통스러운 통증을 느꼈다."

1916년 심리학자 조지프 피터슨은 이런 머릿속 왜곡에 관한 초기 논문에서 자신이 한밤중에 오마하에서 미니애폴리스로 어떻게 가게 됐는지에 대해 서술했다. 궂은 날씨는 계속되었고 며칠 만에 겨우 화창해졌다. 피터슨은 도시 주변을 아주 잘 알고 있다고 생각하고 있었지만, 사실 그의 머릿속에서 이 지역은 90도 뒤집어진 상태였다. 그는 이런 왜곡을 수정하기 위해 얼마 뒤부터는 늘 나침반을 가지고 다녔지만, 머릿속 지도는 수정되지 않았다.

"태양과 나침반을 수시로 보면서 내 위치를 끊임없이 점검했다. 내 환상이 사라지길 기대했다. …… 이것은 결정적인 순간이었다. 하지만 내가 5번가와 7번가 사이의 익숙한 풍경을 보았을 때, 내 머릿속에 남아 있던 모든 것이 사라졌다."

특정 장소에 대해 왜곡된 지도를 머릿속에 가지고 있는 사람은 그곳의 위치를 논리정연하게 설명하는 일에 어려움을 느낀다. 그러므로 낯선 도시에 도착했을 때는 방향 감각의 징후들에 주의를 기울이고, 그 정보가 머릿속에 고정되기 전에 확인하고 수정해야 한다고 피터슨은 말한다.

하지만 '의도적 길 잃기'를 하고 싶은 사람들에게 이 왜곡된 지도는 모험을 한층 수월하게 만들어준다.

혼돈과 착각

길 잃기가 혼돈을 유발한다는 것은 잘 알려진 사실이다. 하지만 그 반대이기도 하다. 자발적인 총체적 혼돈은 익숙한 환경에 있어나 거기서 그리 멀리 떨어지지 않은 곳에 사는 사람도 길을 잃게 만들 수 있다. 1873년 찰스 다윈은 〈네이처〉에 방향 감각 결함에 관한 논문을 발표했다. 웨스트버지니아 출신의 헨리 포드는 이 논문을 읽고 다윈에게 다음과 같은 편지를 썼다.

"경험이 많은 사냥꾼들조차 원시 그대로의 울창한 숲에서는 일종의 발작적인 혼돈을 경험합니다. 그들은 갑자기 '제정신을 잃고' 원래 계획했던 것과 반대 방향으로 가기도 합니다. 동행자들이 아무리 설득을 하고, 태양을 근거로 이야기해도 소용없고, 벗어날 방법도 없습니다. 이 상황은 극도의 신경과민과 분노, 불신의 감정과 결합됩니다."

특정한 상황에서 자신에 대한 의심 혹은 전환은 짧은 순간만으로 충분하다. 그리고 이 일을 당한 사람은 모든 방향 감각을 상실하게 된다. 놀랍게도 이런 사람들은 마치 미지의 힘에 의해 주술에 걸린 것 같은 기분을 느끼기도 한다. 그런 사람에게는 아무리 제대로 된 방향을 알려주어도 천지 사방을 분간하지 못하게 된다. 정말 난감한 상황이다.

다음은 뮌헨에 사는 마르티나 케이의 보고서다. 그는 밤에 술을 조금 마시고 여자친구와 헤어진 뒤 자전거를 타고 집에 가려고 했다.

"자전거를 타고 가면서, 나는 걱정스레 뒤돌아 그녀가 가는 것을 바라보았다. 왜냐하면 그녀는 음식도 별로 먹지 않고서 나보다 술을 더 많이 마셨기 때문이다. 그런데 2초 뒤에 나는 약 45분 정도 멀리 떨어진 곳의 본 적도 들은 적도 없는 거리의 연립주택 앞에 있었다. 그런데 왜 이런 일이 발생했는지 전혀 알 수가 없었다. 나는 내 발자취를 더듬어 생각해보았다. 나는 그녀 집에서 자전거로 5분 떨어진 곳에 산다. 이자르 강을 건너 왼쪽으로 두 번 꺾어서 가다가 오른쪽으로 한 번만 꺾으면 집에 도착할 수 있다. 어떤 경우라도 5분이면 충분히 집에 도착한다. 그런데 나는 내가 전혀 알지 못하는 곳에 있었다. 달을 보며 방향을 잡으려고 했지만, 이자르 강이 어디로 굽이쳐 가는지 아무리 봐도 알 수가 없었다. 다시 강을 건너야 하나? 방향 감각을 완벽하게 상실했다. 여기 연립주택들은 정말 흉측하게 생겼다. 나는 합리적으로 생각하려고 노력을 했다. 길을 되돌아 내가 지나온 곳들을 다시 가보았다. 그것이 가장 합리적인 방법이라고 생각했고, 점점 아우크스부르크로 제대로 가는 것 같았다. 버스정류장에서 지도를 확인해보자는 생각을 하고서, 내 자신이 대견스럽기까지 했다. 하지만 지도를 보는 데 도대체 알 수 없는 거리 이름들만 가득했다. 도대체 어떻게 된 일인지 스스로에게 계속 질문만 했다. 뭔가에 홀린 것만 같았다. 이제는 이자르 강조차 찾을 수가 없게 되었다. 계속 헤매면서 시내라고 추정되는 쪽으로 방향을 잡았다. 뮌헨 사람들을 만났으면 하고 바랐다. 자전거를 타고 가는데 동물원 표지판이 보였다.

좋은 징조였다. 우리 집은 동물원 근처에 있다. 나는 동물원을 가리키는 화살표를 따라갔다. 그것 외에는 방법이 없었다. 계속 화살표를 따라가다가 다리 하나를 건너게 되었다. 그 아래 흐르는 물이 이자르 강 같았다. 그로부터 삼십 분 뒤 나는 드디어 집 뒤뜰로 자전거를 밀고 들어갔다."

길을 잃은 이유는 이야기의 처음에 나와 있다. '자전거를 타고 가면서, 나는 걱정스레 뒤돌아 그녀가 가는 것을 바라보았다.' 자발적인 총체적 혼돈은 특히 잘 알고 있는 지역에서 한순간 주의를 잃을 때 발생한다. 사람들은 가게에 들르거나 친구를 우연히 만나거나 다른 사람의 개를 쓰다듬는다. 머릿속에 있는 공간 체계는 돌발 행동 이전의 행동 패턴을 유지하려고 한다. 하지만 돌발 행동으로 주변의 공간 표상은 이전과 달라졌다. 바로 이 순간 제대로 된 장소에 있다고 하더라도 방향 감각을 상실하게 된다. 방향 잡는 일에 능숙한 사람일수록 위와 같은 상황에서 더 고집스럽게 자신의 착각에 매달린다.

자발적인 총체적 혼돈을 일으키는 다른 원인들은 익숙한 길로부터의 이탈과 머릿속 지도의 왜곡이다. 이 세 가지 경우 문제의 근본 원인은 머릿속 지도와 현실 사이의 모순이다. 이런 혼돈의 결과 진짜로 길을 잃게 된다.

아무도 가르쳐주지 않는 여행의 기술

내겐 너무나 익숙한 길

우리가 세계 안에서 움직일 때, 주변에서 실제로 볼 수 있는 것에만 방향을 맞추는 것은 아니다. 잘 알고 있는 지역에서 우리는 거의 전적으로 머릿속 지도의 도움으로 방향을 잡는다. 이것은 외부 세계의 간과할 수 없는 특징들을 인식하지 않는다는 뜻이기도 하다. 길 잃기 연구가인 에릭 존슨은 이에 대해 다음과 같은 예를 언급한다.

"오토바이 운전자가 밤에 집으로 가다가, 자신의 집을 이웃집과 혼돈해서 이웃집 나무를 들이받았다. 원래 그 자리에 없어야 할 나무였다. 사실 운전자의 공간 체계가 어떤 이유로 밀리는 바람에 머릿속 지도와 현실 사이에 갭이 생겨버린 것이었다. 이런 갭 때문에 운전자는 옆집으로 들어가면서 자신의 집으로 들어간다고 생각했던 것이다. 그는 자신의 머릿속 지도에는 존재하지 않는 나무를 들이받은 것이다."

영국인 마이클 브라운과 케이트 로저스는 2001년 스페인의 히로나로 향하는 비행기를 예약했다. 하지만 실제로는 실수로 제노바를 예약한 상태였고, 그들은 이 사실을 전혀 알아채지 못했다. 알다시피 제노바는 이탈리아에 있다. 지금 밀라노 상공을 통과하고 있다는 조종사의 안내 방송을 들었을 때도 그들은 별로 당황하지 않았다. 아이스크림 가게에 걸려 있는 이탈리아 국기는 그저 아이스크림 가게 깃발이라고 생각했다. 버스 요금으로 낸 스페인 화폐 페세타를 버스 기사가 거절할 때 비로소 두 사람은 옆의 승객에게 물었다. "죄송합니다만, 여기가 어느 나라죠?"
두 사람이 유로화가 도입된 후 휴가를 갔더라면 그들은 2주 내내 이상한
점을 느끼지 못했을 수도 있다.

다른 사람 따라하기

다섯 살짜리 꼬마들이 고속도로에 정체된 차들을 보면서 부모에게 물
었다.

"저 사람들도 모두 할머니한테 가는 거야?"

다섯 살짜리 어린 꼬마만 그렇게 생각하는 것은 아니다. 사람들은 어
른이 되어도 다른 사람의 동기와 목적이 자신과 같을 것이라고 단정한
다. 그리고 그 사실에 매우 안심한다. 다른 사람들과 함께한다는 것은 자
신들에게 문제가 없다는 것을 확인하는 일이라고 생각하기 때문이다. 이
런 근거 없는 안심은 아주 단순한 길 잃기를 어렵고 힘든 길 잃기 상황으
로 만들 수 있다.

사람들은 자신들이 가고 싶어 하는 곳으로 다른 사람들도 갈 거라고
믿는다. 아니면 그곳에서 왔을 것이라고 단정하기도 하다. 그러나 실상
은 기대나 예측과 다를 수 있다. 어쨌든 사람들이 자신과 다른 생각을 할
수 있다는 생각을 하지 못하기 때문에, 사람들에게 길을 물어보고 그들

을 따라가지만 소용없는 일이다. 다른 사람들이 설령 길을 잃었다고 해도 아직 그 사실을 모르는 상태일 수도 있고, 혹시 알았더라도 낯선 사람에게 말하고 싶어 하지 않을 수 있기 때문이다. 이런 이유로 다른 사람의 등장은 혼자서 행동하는 것보다 더 멍청한 행동을 하게 하기도 한다.

완벽한 지도를 꿈꾸다

완벽한 지도란 없다. 지도는 특정한 목적을 위해 만들어지고, 그 목적을 위해 필요한 정보들을 수록한다. 거리 지도는 등고선이나 도보 거리를 포함하지 않으며, 지하철 노선도는 실제로 아주 심하게 변형시켜 방위와 거리를 믿을 수 없다. 도보 여행용 지도는 아주 미세한 부분들까지 표시해놓아서 쓸데없는 곳으로 이끌기도 한다. 지도를 만드는 사람들은 사용 목적에 따라 특별한 투영법을 결정하고, 세부 사항 중에서도 목적에 맞게 정보를 선별해야 한다.

미국의 지리학자 마크 몬모니어는 '좋은 지도'란 지도 이용자가 가장 중요한 것을 쉽게 알아차리도록 하기 위해 많은 정보들이 얼버무려지거나 숨겨져 있다고 했다. 그리고 삼차원의 현실을 알아보기 쉽게 이차원으로 표시하기 위해서는 많은 세부적인 것들이 생략되는 것은 당연하다.

지도 제작법의 이런 오래된 문제는 전자식 지도가 보급되면서 조금씩 해결되었다. 전자식 지도에는 다양한 세부 사항과 해설들을 드러나게 할 수도 있고 숨길 수도 있다. 하지만 전 세계 사람들이 모두 전자식 지도를 이용할 수 있는 것은 아니다. 앞으로 최소 십수 년 동안은 불완전한 종이 지도를 이용할 수밖에 없다.

막스 힐러는 히말라야 여행에 대해 다음과 같이 말했다.

"쿰부 지역(티베트 국경 지역에 접한 네팔 북동쪽 히말라야 지역)에 대한 지도로는 독일 알프스 연맹에서 만든 것이 80마르크, 네팔 여행 연맹에서 나온 것이 15루피였다. 네팔 지도의 단점은 등고선이 500미터 간격으로 되어 있어서 상세한 지형 정보를 얻을 수 없고, 때로 표시되지 않은 산들도 있었다. 하지만 우리는 안타깝게도 15루피짜리 지도를 가지고 있었다.

등산 안내서에는 두글라에서 로부체 방향으로 쿰부 빙하를 오른쪽에 두고, 계곡의 왼쪽으로 계속 가면 된다고 나와 있다. 그런데 옆쪽에 있는 작은 계곡의 경우 지도에 표시되어 있지도 않았다. 눈보라 때문에 시야가 10미터도 채 되지 않는데도 우리는 경솔하게 출발했다. 계곡 절벽 왼쪽으로 더듬어가며 더 이상 전진할 수 없을 때까지 갔다. 되돌아가야 하는 상황이었지만, 간단히 '오른쪽으로' 방향을 꺾으면 될 것이라는 안일한 생각을 했다.

눈 속에서 몇 시간을 더 헤매고, 해발 4900미터 영하 20도의 기온에서 발목까지 눈에 빠진 채 도대체 여기가 어디인지 감조차 잡을 수가 없었다. 그나마 장비를 갖추고 있어서 눈에 구덩이를 파고 텐트를 쳐서 침낭

속으로 파고들어갔다. 그 사이 우리는 화이트아웃 상태에 빠졌다. 폭풍이 몰아치는 밤이 지나고 아침이 되자 바람이 약해졌다. 바람이 완전히 그치고 찬란한 푸른 하늘이 나타날 때쯤 일어났다. 텐트는 지난밤의 엄청난 눈보라에 완전히 파묻혀 있었다. 구덩이 밖으로 나와서 우리가 로부체 오두막에서 100미터도 떨어지지 않은 곳에 텐트를 쳤다는 것을 알게 되었다."

잘못된 지도는 실제로 존재하지 않는다. 자신들이 가진 지도에 결함이 있다고 말하는 사람들은 대부분 잘못 알고 있는 것이라고 생각하면 된다. 일반적으로 지도가 잘못되었다고 비난을 쏟고 싶은 생각이 치밀어 오르는 것은, 반대로 우리가 무엇인가 잘못 행동하고 있다는 것을 알려주는 신호라고 생각하면 된다. 그럴 때면 우선 자리에 앉거나 혹은 자동차를 세우고 조용히 생각하는 것이 좋다.

되돌아갈 마음 없음

되돌아간다는 것은 실수를 시인한다는 뜻이다. 게다가 이런 결정을 내릴 때는 왔던 길 전체를 다시 돌아가야 한다는 사실도 분명히 알고 있다. 그러면서도 사람들은 이에 반대하여, 다음 코너가 지나면 목적지일 것이라는 생각을 버리지 않는다. 낙관주의자는 되돌아가는 것에 대해 불평하고, 이런 불평 자체에 호의적이다. 하지만 낙관주의의 단점으로는 사고의 융통성 부족과 정신적 나태함을 들 수 있다. 이런 단점들 때문에 낙관주의적인 사람들은 위험한 상황 속으로 한 걸음 한 걸음 걸어 들어가게 된다.

콜롬비아 대학생들인 안드레아 카스틸로, 요안나 카브레라, 에드거 라미레즈, 아스드루발 에스테베즈의 이야기는 길을 되돌아가는 것에 대한 부정적 태도의 결말을 보여준다. 이들은 2001년, 5일 예정으로 안데스 산맥의 시에라 네바다 델 코쿠이 국립공원을 여행하고 있었다. 사흘째 되던 날 그들은 짙은 안개 속에서 아무 생각 없이 돌무더기로 된 표지를 따라갔고, 그러다 보니 그들이 가진 지도의 범위를 벗어난 지역으로 들어가게 되었다.

다음날 아침 그들은 실수를 알아차렸지만, 금방 원래의 길을 찾을 수 있을 거라고 생각했다. 생각대로 길 찾는 일이 쉽지 않자 그들은 강을 따라가보기로 했다. 강은 사람들이 사는 마을로 흘러들어갈 것으로 생각했기 때문이었다. 누구도 이 상황을 심각하게 생각하지 않았다. 나침반이 없었지만 태양의 위치로 방향을 잡을 수 있었다. 뒤에 그들의 기사를 쓴 마틴 허드슨에 따르면, 이들은 당시에 길을 잃은 것을 행운으로 여겼다고 한다. 길어야 1주일 후면 어느 도시로든 들어가게 될 것이고, 최악의 경우 학교 강의 몇 과목 못 듣게 되는 정도라고 생각했다.

열흘째 되는 날 아침이 되어서야 에스테베즈가 왔던 길을 되돌아가면

아무도 가르쳐주지 않는 여행의 기술

어떨지 다른 사람들에게 제안했다. 하지만 그들은 이미 해발 2000미터까지 올라온 상태였고, 다시 내려갈 생각은 전혀 하지 않았다. 대부분의 여행자들이 그렇듯 왔던 길을 다시 되돌아갈 마음은 전혀 없었다. 이것은 목적지가 곧 나타날 것이라는 어리석은 확신 때문이었다. 불행히도 그들이 따라가던 강물이 점점 더 불어나면서, 따라갈 수 있는 강둑도 사라졌다. 게다가 장비들도 강물에 휩쓸려 떠내려가버렸고, 에스테베즈는 강을 건너다 익사했다. 나머지 사람들도 되돌아오기까지 43일이나 걸렸다.

일방통행로

도보 여행자나 등산가들은 되돌아갈 수 없는 상황에 빠지게 되면 구조 요청을 한다. 일방통행로도 이와 비슷하다고 보면 된다. 사람들은 이런 상황에서 버텨내기 위해 확신을 가지려고 하는데, 이것은 앞서 언급한 되돌아가기를 싫어하는 것과 관계가 있다.

사람들은 어차피 되돌아갈 생각이 없으며, 되돌아가지 않아도 별 문제 없을 것이라고 생각한다. 여기에 자신의 방향 감각 능력에 대한 쓸데없는 과신까지 덧붙는다. 즉 주위의 모든 것이 우리가 지금 있어야 할 곳에 있지 않다는 사실을 말하고 있는데도, 다음 코너를 돌면 제대로 된 곳이 나타날 것이라고 생각하는 것이다.

질퍽하거나 혹은 얼어붙은 땅, 폭풍, 쌓인 눈 위로 다시 내리는 눈은 아무리 확실한 길이라고 해도 뒤돌아 다시 걸어가는 것을 어렵게 한다. 때로는 정말 되돌아갈 수 있는 길이 없기도 하다. 갈 때는 산책로였던 길이 돌아올 때는 지칠 대로 지친 도보 여행자에게 엄청난 고난일 수도 있다. 길은 그 길 그대로지만, 길을 걷는 사람의 상황이 달라진 것이다.

일방통행로가 자발적인 길 잃기에 어떻게 이용될 수 있는지에 대해, 영국 시인 새뮤얼 테일러 콜리지는 1802년의 편지에 썼다. 그는 영국 레이크디스트릭트의 스카펠 산을 올라 계곡으로 가는 길을 찾아냈다.

"산 아래로 내려갈 때, 나는 확신에 차 있었다. 그래서 길을 발견하거나 안전함을 나타내는 표시들을 찾을 생각도 하지 않았다. 계속 걸었고, 가장 먼저 발견한 길을 따라 산을 내려가면서 이것은 행운일 것이라는 근거 없는 기대를 했다."

콜리지는 내려가다가 중간쯤에서 높이 약 2미터의 계단이 나타났다. 더 내려가다보니 두 번째, 세 번째 계단도 나타났다. 세 번째 계단은 예측할 수 없을 정도로 높은데다가 경사 또한 무시무시할 정도로 급격했다. 콜리지는 멈춰 서서 아래쪽을 보고 길이 계속 이어지는지를 확인했다. 하지만 2미터도 더 되는 절벽같은 계단을 다시 올라갈 수는 없었다. 그는 자신이 했던 결정을 의심하기 시작했다. 몸은 이미 피로로 천근만근이었다. 다음 계단은 깎아지른 듯한 경사에 높이는 족히 4미터는 되어 보였다. 게다가 계단 돌출부나 너무 좁아서 거기에 내려서려고 하다가는

아무도 가르쳐주지 않는 여행의 기술

자칫 떨어질 것 같았다. 등을 땅에 대고 누워 잠시 쉬면서, 스스로를 '미친 놈'이라고 생각했다. 잠시 후 마음을 가다듬고 다시 일어나서 주변을 찬찬히 살펴보았다. 죽은 양 한 마리와 절벽 사이로 갈라진 틈이 보였다. 이 바위틈으로 콜리지는 '아무 위험도 어려움도 없이' 내려올 수 있었다.

길 잃음의 단계

완전히 길을 잃는 것이 (그리고 그것을 아는 것이) 도착하지도 않은 그곳에 있다고 낙관적으로 착각하여 믿는 것보다 훨씬 낫다. _장 도미니크 카시니

사람들이 북아메리카 국립공원과 황무지 같은 장소를 '길 잃기'의 도전 장소로 적합하다고 생각하는 것은 이 지역의 광활함과 원시성 때문이다. 이곳에서 사람들이 사는 거주 지역까지는 상당히 떨어져 있어서, 며칠을 걸어야 하는 정도가 아니라 몇 주 혹은 몇 달이 걸리는 거리이기도 하다. 이런 종류의 원시 지역에서는 고원 지대에서나 볼 수 있는 민둥산이나 구덩이뿐 아니라, 빙하, 교목 아래 자라난 빽빽한 덤불 때로는 엄청난 덩치의 동물과 맞닥뜨리기도 한다.

다음 이야기는 콜로라도 주 북쪽 '로키 산 국립공원'에서 일어난 일이다. 대략 1000제곱킬로미터 규모의 공원에는 해발 3000미터가 넘는 산

아무도 가르쳐주지 않는 여행의 기술

이 60개 정도가 있다. 고지대에는 안개 숲과 툰드라가 넓게 펼쳐져 있다. 게다가 공원의 4분의 1은 수목 한계선 위쪽에 위치하고 있으며, 150개의 호수, 750킬로미터에 이르는 개울, 빙하와 콜로라도 강의 수원지가 있다. 이곳은 인간이 자연에 바라는 모든 것이 다 있는 커다란 선물상자 같은 곳이다.

공원을 가로질러 북아메리카 대륙 분계선이 지나고, 이 분계선을 기준으로 강들은 태평양과 대서양으로 각각 갈라져 흐른다. '트레일리지 로드'라고도 알려진 34번 고속도로는 공원을 동쪽에서 남서쪽으로 가로지르며, 해발 3279미터 지점의 '밀러 패스'에서 대륙 분계선과 교차한다. 34번 고속도로는 미국에서 가장 높은 곳에 있는 아스팔트 길이다.

1998년 8월 8일, 켄 킬립과 친구 존 요크는 덴버에서 북서쪽으로 자동차로 두 시간 거리에 있는 밀러 패스에 자동차를 세웠다. 여기서부터 도보 길이 여러 방향으로 나 있다. 그중 남쪽으로 난 길이 '이다 산'의 분계선을 따라 나 있다. 킬립과 요크는 둘 다 소방대원으로 몸이 아주 건장했다. 그들은 우선 이다 산의 동쪽에 있는 여러 호수 가운데 로크 호수로 가려고 했다. 정상에서 아래쪽 로크 호수까지는 대략 3킬로미터밖에 되지 않았고, 텐트를 칠 수 있는 장소도 있었다. 문제는 호수 서쪽으로 4000미터 이상의 높은 산들이 대륙 분계선을 이루며 줄줄이 서 있고, 동쪽으로 포리스트 캐니언이 급경사를 이루며 나무와 식물들로 빽빽하게 덮여 있었다. 그곳은 공원에서 가장 외딴 지역이었다.

자동차에서 로크 호수까지는 약 10킬로미터 정도로 산책하기에 적당한 거리다. 그러나 멀지 않은 거리라고 얕잡아보아서는 안 된다. 이 구간 중 '이다 산'까지 약 7킬로미터는 공원 웹사이트에도 '최고난이도'로 구분되어 있을 정도다. 해발 3279미터의 공원 주차장에서 봉우리까지는 1000미터의 높이 차이가 난다. 이 정도 높이에서 등산을 시작하는 것은 쉽지 않다. 고산 지대, 경사진 바위 언덕, 변덕스러운 날씨 등은 외진 곳이라는 것 외에도 위험도를 높인다.

이곳에서는 매 순간 신중해야 한다. 그들은 산악 지역의 한 구간을 가는 데 얼마나 걸리는지 어림잡기 위해 '네이스미스 법칙'을 적용했다. 5킬로미터 구간에 한 시간, 300미터 높이마다 30분이 걸리도록 기준을 잡았다. 계획대로라면 산 정상까지 약 세 시간 정도가 걸린다. 최대한 넉넉하게 잡는다 해도 산 정상까지 순수 도보 시간은 최대 다섯 시간 정도다.

하지만 다섯 시간이 지난 뒤에도 정상에 도착하지 못했다. 킬립이 점점 지쳐감에 따라 요크도 초조해지기 시작했다. 결국 요크 혼자서 나침반과 텐트를 가지고 먼저 길을 떠났다. 킬립은 지도를 들고 뒤따라 나서면서 저녁에 호수에서 만나기로 했다.

그때까지 킬립은 요크를 따라가기만 해서 주변에 전혀 신경을 쓰지 않고 있었다. 그는 지도를 가지고 있었지만, 자신의 위치가 지도의 어디인지 알 수 없었다. 변덕스러운 날씨에 천둥번개까지 치기 시작했다. 킬립은 번개를 피하기 위해 산등성이 아래로 몸을 피하고 누군가 오기를 기다렸다. 곧 반대 방향에서 오는 네 명의 도보 여행자들을 보았는데, 그들은 오다가 요크를 보았다고 했다. 이 말에 힘을 얻은 킬립은 폭풍우가 잠잠해질 때를 기다려 다시 출발했다. 이번에는 억수같이 쏟아지는 비로 시야가 좁아졌고, 비에 젖은 몸은 체온이 떨어지면서 급격히 지쳐갔고, 탈수 현상이 나타났다.

오후 5시경 어느 산등성이에 도달했다. 그에게 가장 절박한 것은 자신이 어디에 있는지 위치를 정확히 아는 것이었다. 그러나 킬립의 머릿속 지도는 자신이 '이다 산'에 있다고 결론내렸다. 하지만 실제 그는 이다 산에서 북쪽으로 2킬로미터 떨어진 곳에 있었다. 그의 머릿속 지도는 더 이상 외부 세계와 연결되지 않았다.

하지만 요크를 만나기로 한 로크 호수가 가기 위해 동쪽 아래로 내려가기 시작했을 때 드디어 그는 뭔가 이상함을 느꼈다. 그곳이 이다 산이라면 호수는 봉우리 아래쪽에 있어야 했다. 하지만 그가 바라본 곳에는 호수가 없었다. 다시 이다 산을 찾기 위해 산등성이를 되돌아 올라가 머릿속 지도를 실제 지도와 다시 일치시킬 수도 있었을 것이다. 하지만 몸이 이미 너무 만신창이가 된 후였다. 스트레스와 걱정이 그의 심신을 완전히 마비시켜서 도저히 이성적인 결정을 할 수 없는 상태였다.

킬립의 머릿속 지도 제작자는 두 손 두 발 다 들어버렸고, 그에게서는 더 이상 객관적인 생각을 기대할 수 없게 되었다. 그는 어딘지도 모르는 곳을 계속 내려갔다. 이날 저녁 그는 수목 한계선을 지나 로크 호수에서 북쪽으로 수 킬로미터 떨어진 포리스트 캐니언까지 내려갔다. 덤불 사이에서 비를 피할 보호 장비도 불도 없이 밤을 보냈다. 그런데 왜 몸이 흠뻑 젖어 꽁꽁 얼었는데도 불을 피우지 않았을까? 뒤에 그의 말에 의하면 국립공원에서는 불을 피우면 안 된다는 규칙을 지키려고 했었다고 한다.

다음날 아침에 그는 자신의 흔적을 되짚어 자동차로 돌아올 수 있었고, 자신의 위치가 어디인지도 확인할 수 있었다. 그러나 그것은 자신이 길을 잃었다는 것을 인정하는 것이고, 호수에서 자기를 기다리는 친구를 버리고 혼자 떠난다는 뜻이었다. 킬립의 예는 '통제 불능의 길 잃음'의 전형인데, 자신이 빠진 상황의 심각성을 계속해서 부정하는 경우다. 이것은 정신병리학자인 엘리자베스 퀴블러 로스가 《죽음과 이후의 삶에 대하여 Über den Tod und das Leben danach》에서 묘사한 죽음을 앞둔 사람들이 공포를 극복하는 부정→분노→담판→절망→수용의 5단계와 유사하다.

1단계: 부정

킬립은 둘째 날 종일 '부정'의 단계였다. 그는 여전히 산모퉁이를 돌면 호수가 거기에 있을 것이며, 언제든지 그곳에 도착할 수 있을 것이라고 확신했다. 포리스트 캐니언의 우거진 덤불을 헤치며 아무 계획 없이 꾸준히 나아갔다. 이날 오후 그는 자신이 완전히 길을 잃었다는 것을 어렴

아무도 가르쳐주지 않는 여행의 기술

풋이 깨달았다. 우리는 여기서 얼마 안 되는 짧은 거리라도 충분히 극복할 수 없는 어려움에 빠질 수 있다는 것을 알 수 있다. 특히 황야에서 방향감과 거리감을 완전히 잃어버린 상태라면 말이다.

2단계: 패닉

그는 주변을 돌아보기 위해 급경사면을 올랐는데, 이것은 경솔하고 위험한 행동이었다. 그는 지도를 가지고 있었기 때문에 자신의 주변을 지도와 꼼꼼하게 비교했다면 당시 자신의 위치 정도는 파악할 수 있었을 것이다. 운이 따랐다면 머릿속 지도 역시 제대로 작동시킬 수 있었을 것이다. 하지만 포리스트 캐니언의 암벽 경사는 아무 장비도 갖추지 않은 지친 여행자에게 너무 험난했다.

킬립은 한참을 오르다가 또 아래로 한참을 미끄러지면서, 살갗이 벗겨지고 발목을 삐었다. 둘째 날 밤에도 불이나 보호 장비 없이 숲에서 지냈다. 그 상황에서 그에게 길을 잃었다는 사실은 죽음의 절망 같았을 것이다. 그는 자신이 길을 잃었다는 사실을 부정했다. 마치 죽음을 눈앞에 둔 환자가 전혀 아프지 않은 듯 행동하는 것과 유사하다. 죽어가는 사람이 자신의 분노를 가족이나 의사에게 쏟아 붓는 것처럼, 결국 자제되지 않는 감정이 그를 지배하며 그는 바로 패닉 상태에 빠졌다.

3단계: 담판

다음날 아침 새로운 전략을 세웠다. 구조될 일말의 가능성이라도 붙잡고 싶은 세 번째 단계인 담판으로 접어들었다. 그는 자동차를 세워둔 밀러 패스로 되돌아가기로 했다.

이 결정을 하루 전에만 했어도 정말 좋았을 것이다. 하지만 이것은 때늦은 결정인데다가, 이때는 이미 성공을 장담할 수 없는 시점이었다. 왜냐하면 전날 제대로 헤맨 탓에 방향 감각을 완전히 상실해버린 뒤였기 때문이다.

나중에 알려진 사실이지만, 그는 전날 주변을 돌아보기 위해 '테라토마 산'의 측면을 올랐다고 한다. 이 산은 해발 3876미터로 이다 산에서 동쪽으로 직선거리 23킬로미터 떨어진 곳에 있으며, 원래 목적지인 로크 호수로부터는 수백 미터가 떨어진 곳이었다. 이 산을 오르던 중 악천후를 만나 우박과 비바람에 아래로 아래로 미끄러졌다. 당황한 그는 몸을 제대로 가누지 못하는 상태로 다시 왔던 길을 되돌아 아래로 내려갈 수밖에 없었고, 그때 이미 저체온, 탈수, 굶주림, 탈진, 고통, 좌절, 죽음에 대한 공포에 휩싸였다.

아무도 가르쳐주지 않는 여행의 기술

4단계: 절망

그는 나무 그루터기를 앉은 채 의식을 잃었고, 절망의 단계에 들어섰다. 혼수상태에서 깨어났을 때 주위는 어두웠다. 몸이 부들부들 떨려오면서 사방을 돌아보니 주위가 온통 하앴다. 우박이 30센티미터 이상 주변을 온통 뒤덮고 있었다. 그는 불과 이틀 전만 해도 '위험'과는 전혀 상관없는 즐거운 주말을 꿈꾸던 건장한 사람이었다.

5단계: 포기

킬립은 포기의 단계에 도착했다. 길을 잃은 사람에게는 두 종류의 포기가 있다. 하나는 꼼짝도 할 수 없는 속수무책의 좌절이다. 이것은 킬립의 경우 죽음과 연결될 수도 있다. 두 번째는 자신의 상태를 현실적으로 수용하는 것이다. 구조에 대한 희망은 버리되, 생존에 대한 희망은 버리지 않는 것이다 길을 잃은 사람은 겁에 질려 생명이 위협받는 불리한 환경에서 도망치는 대신, 자신의 현재 환경을 새로운 삶으로 받아들이고 이 환경을 잘 다스려야 한다.

'탈출하기' 대신 '여기 있기'는 길 잃은 사람이 전문가처럼 행동해야 할 때 전적으로 따라야 하는 것이다. 킬립은 '여기 있기'로 결정했다. 그는 여기저기 뛰어다니다가 드디어 불을 피워 몸을 따뜻하게 하고, 가지고 있던 쓰레기 봉지로 임시 은신처를 만들었다. 그는 이틀 동안 같은 곳에 머물렀다. 왜곡된 머릿속 지도에 집착해서 절망적인 행동을 계속하는 대신, 현재 자신의 환경을 반영하는 새로운 지도를 만들었다. 드디어 그는 새로운 진짜 머릿속 지도를 다시 그리기 시작했다. 닷새째 되는 날, 구조 헬리콥터가 그를 발견하여 드디어 구조되었다. 우리 모두는 여기서 킬립이 사흘째 되던 날부터 생존을 위해 택한 모든 행동을 길 잃은 첫날 바로 그렇게 했다면 어땠을까 생각해볼 수 있다.

어째서 이틀 동안이나 자신을 죽음의 문턱으로 내몰았을까? 무엇보다도 다음의 두 가지 이유에서였다. 첫째, '지도 왜곡하기' 때문이다. 킬립은 실제 환경과 다른 왜곡된 머릿속 지도를 가지고 황야를 헤맸다. 자신이 어디에 있는지 알고 있다는 잘못된 믿음 속에서 헤매고 다니면서 그는 길을 다시 찾을 수 있는 모든 가능성을 잃었다. 주변 환경에 대한 자신의 잘못된 생각을 따르면서 그는 점점 더 혼돈 속으로 빠져들었다. 둘째, 길을 잃었을 때의 심리적 반응은 생존을 위한 투쟁으로 나타나는데, 그의 경우 운이 없게도 로키 산 국립공원처럼 타협이 전혀 불가능한 환경에서 투쟁을 하게 된 것이다.

이 이야기는 킬립의 책 《생존Survival》에 실렸다. 혼란스러운 상황은 걱정, 두려움, 패닉으로 이어진다. 이렇게 되면 뇌는 물을 발견해야 한다거나 비탈진 암벽을 주의해야 하는 것 등의 외부 세계의 어려움을 제대로

아무도 가르쳐주지 않는 여행의 기술

처리하지 못한다. 대신 뇌는 왜곡된 머릿속 지도에 더 집착한다. 그리하여 사람들은 발생 가능한 모든 열악한 상황들을 모두 경험하게 된다. 그리고 이 상황들이 사람들을 점점 더 혼돈 속으로 밀어넣는다. 결국 가장 근본적인 원인은 혼란이다.

킬립의 경우 모든 것을 잘못 실행했지만, 결정적인 순간에 제대로 행동했다. 이를 통해서 그는 생존했고, 우리 역시 귀중한 교훈을 얻었다. 그가 만약 포리스트 캐니언에서 죽었다면, 우리는 사람이 길을 잃었을 때 느끼는 감정의 절박함을 절대 알 수 없었을 것이다. 그저 덤불 사이에서 시신 한 구를 발견하고서 안됐다는 위로의 말 몇 마디를 웅얼거리면서 도시 사람들의 멍청함에 고개를 저었을 것이다. 하지만 그가 살아남은 덕분에 길 잃은 상황에서 발생하는 감정의 5단계를 세부적으로 기록할 수 있게 되었다.

누구나 길을 잃는다. 다만 어떤 사람은 자주 길을 잃고, 다른 사람들은 그리 자주 길을 잃지 않을 뿐이다. 길을 잃는 것은 실수 때문이다. 실수를 절대 하지 않는 사람은 없다. 따라서 길을 잃는 것은 인간 존재의 자연스러운 면으로, 우리는 이것을 피해갈 수 없다.

하지만 길을 잃었을 때 나타나는 숙명적인 결과들은 조절이 가능하다. 즉 길을 잃은 상황에서 점점 심각해져서 삶을 위협하는 결과를 만들어내는 감정적인 흥분이나 정신적 붕괴는 조절할 수 있다. 어떤 경우라도 침착하게 행동할 수 있어야 한다.

어떻게 하면 길을 잘 잃을까 하는 것이 문제다. 길을 한 번도 잃어보지 않은 사람은 살아 있
는 것이 아니며, 길 잃기를 제어하지 못하는 사람은 불행에 빠진다. 알지 못하는 곳 그 어딘
가에는 발견으로 가득한 삶이 놓여 있다. _레베카 솔닛, 《어떻게 길을 잃을까》

우리는 늘 계획을 세우지만, 동시에 계획은 쉽게 무너진다. 자연의 은밀하고 악의적인 방해 때문이든, 인간의 경솔한 본성 때문이든 그 원인은 문제가 되지 않는다.

사람들이 날씨가 좋기를 바라면 날씨는 변덕을 부리고, 손전등이 필요할 때면 꼭 배터리가 나가 있다. 이렇듯 가까운 담배 자판기까지 가면서 15킬로그램이나 되는 야영 배낭을 몽땅 짊어지고 가지는 않는다. 하지만 '의도적 길 잃기'를 하는 사람들은 철저한 준비가 필요하다.

민속방법론자인 데이비드 H. 루이스와 미미 조지는 열악한 조건에서도 길 잃기가 나쁜 결말로 끝맺지 않는 예를 보여준다.

아무도 가르쳐주지 않는 여행의 기술

"1984년경, 추크치족의 천막인 야랑가 안에는 귀가 멀고 눈이 거의 보이지 않는 늙은 여인이 있었다. 추운 겨울 눈보라가 치는 아침에 그녀는 야랑가에서 얼마 떨어지지 않은 곳에 요강을 비우려고 밖으로 나갔다. 추위 때문에 노인은 두 겹의 모피옷을 단단히 챙겨 입었다. 요강을 비우고 되돌아오려고 했지만, 눈보라 때문에 야랑가를 찾을 수 없었다. 그녀로서도 속수무책이었고, 사람들도 그녀를 발견하지 못했다. 눈이 그칠 때까지 노파는 이틀을 헤맸다. 그러고 나서 그녀는 여전히 손에 요강을 든 채, 마치 아무 일도 없었다는 듯 야랑가로 되돌아왔다."

'길 잃기 중급자 과정'에서는 길에서 일어날 수 있는 모든 가능성을 예상하고 대비하려고 한다. '준비 완료'는 부수적인 비용을 들이지 않고 '길 잃기'를 수행하기 위한 간단하지만 꼭 지켜야 하는 규칙이다. 이미 길을 잃은 사람이나 길을 잃을 준비가 된 사람은 예측할 수 없는 상황에 몸을 맡길 수 있는 준비가 되어 있어야 한다. 간혹 이런 사람들 중에 자신을 보호하기 위한 각종 장비와 준비물들로 중무장하려는 사람들이 있는데, 이들이 아웃도어 산업을 먹여 살리고 발전시킨다고 해도 과언이 아니다.

준비 완료는 추크치족 여인이 요강을 비우러 가면서 모피 옷을 두 겹이나 꼼꼼하게 챙겨 입는 것과 비슷하다. 혹은 왕복길이라면 굳이 짐을 들기 싫어서가 아니라, 어차피 같은 길을 되돌아올 것이기 때문에 짐을 일부 남겨두는 것과 같다. 준비란 어떤 일도 일어나지 않을 것이라는 생

목적지를 잃으셨습니다

각과의 결별을 의미한다. 무엇도 잘못되지 않는 그런 순간은 없다. 그러나 사람들은 이상하게도 자신에게는 잘못된 일이 절대 일어나지 않을 것이라고 믿는 경향이 있다.

영국의 저널리스트 토비 영은 그의 자서전 《박수소리 The Sound of Hands Clapping》에서 준비가 안 된 상태에서 밖으로 나갔던 다소 부끄러운 경험을 고백했다. 영은 첫 아이가 태어난 지 얼마 안 된 마흔 살 생일에 다이어트도 할 겸, 영국 특수부대의 선발 과정인 'SAS 선발 과정'을 신청했다. 그는 이웃에 사는 특수부대 대원인 해리에게 기초적인 설명도 들었다. 그런 다음 그는 웨일스 산으로 가서 침낭을 폈다. 눈이 몹시 내렸다. 자정 무렵 그는 소변이 보고 싶었다.

"나는 조심조심 침낭에서 몸을 빼내고 장화를 신었다. 사방은 칠흑같이 어두웠다. 실수로 장비가 든 배낭에 소변을 보는 일이 없도록 몇 미터 옆으로 갔다. 바로 옆이라는 생각과 소변만 얼른 보고 잽싸게 침낭으로 들어갈 생각이라, 바지를 입지 않고 군복 셔츠만 입고 손전등은 놔두고 나갔다. 그런데 몇 분 뒤, 나는 분명히 같은 길로 되돌아왔는데 이상하게도 야영 장소를 찾을 수가 없었다. '어디지? 이상하네. 분명히 여기였는데' 하고 생각했다."

SAS 선발 과정 안내서에도 이런 경우는 언급되어 있지 않았다. 그는 사지를 쭉 펴고 엎드려 마치 개미가 더듬이로 길을 찾듯 팔로 앞을 더듬거리며 주변을 수색하기 시작했지만, 아무것도 없었다. 10분쯤 지난 뒤에야 상황의 심각성을 어렴풋이 깨닫게 되었다. 그는 영하의 기온에 손전등도 없이, 인적이라고는 하나도 없는 곳에 팬티만 입고 서 있었다. 그는 해리의 충고를 생각했다.

"뭔가 잘못되더라도 절대 패닉에 빠지면 안 돼."

"위험한 상황이라고 판단되면 강으로 이어지는 개울, 다리로 이어지는 강, 도로로 이어지는 다리를 따라서 가. 그러면 차가 다니는 도로로 올라갈 수 있을 거야."

그가 할 수 있는 것은 없었다. 곧 날이 갤 것이고, 달빛 속에 텐트가 모습을 드러낼 것이라는 막연한 기대 속에서, 그냥 앉아 있는 것이 가장 희망적이라고 생각했다. 다행히 군복 셔츠가 키가 190이 넘는 해리에게서 빌린 옷이라, 몸을 움츠리면 옷으로 몸을 다 덮을 수 있었다.

그는 만일의 경우에 죽을지도 모른다는 생각을 했다. 첫 번째 반응은 분노였다. 대체 어떻게 그렇게 멍청할 수가 있었지? 내 멍청함을 세상이 다 알게 될 것이다. 그리고 아내 캐롤라인을 생각하자 갑자기 죄책감이 엄습했다. '도대체 나는 무슨 생각으로 12주밖에 안 된 아이와 아내를 두고 불쑥 이런 모험을 했단 말인가!' 눈보라는 그칠 기미가 보이지 않았다.

절망에 빠져 마지막 기도를 올리려던 찰나, 휴대전화 벨이 울렸다. 휴대전화는 배낭 맨 아래에 깔려 있었다. 배낭은 여전히 보이지 않았다. 하지만 소리가 나는 곳으로 방향을 잡았다. 그는 벨소리가 끊길까 맘 졸이며 소리나는 쪽으로 돌진했다. 몇 차례 엎어지고 나서 드디어 배낭을 발

목적지를 잃으셨습니다

견했다. 침낭은 바로 옆에 있었다. 침낭 속으로 몸을 구겨 넣고는 배낭을 거꾸로 쏟아 휴대전화를 손에 쥐었다.

"당신이 방금 내 목숨을 구했어!"

아내는 아기에게 우유를 먹이고 그가 뭘 하고 있는지 궁금해서 전화한 것이라고 했다. 그때까지 겪은 일을 이야기하며 아내와 정신없이 웃어 댔다.

토비는 자신이 구조된 것이 순전히 아내 덕이라고 생각했다. 하지만 그는 스스로를 구한 것이다. 다시 말해 제때에 조용히 앉아서 기다린 것이 자신을 구한 것이다. 수동성은 무지와도 관계가 있다. 만약 자신의 능력을 확고하게 믿는 사람이라면 이리저리 더 헤맸을 것이고, 결과적으로 침낭과 배낭이 있는 장소에서 더 멀어졌을 것이다.

위험에 관한 연구를 살펴보면 '위험 항상성Risk Homeostasis'이라는 개념이 있다. 인간은 자신이 버텨낼 수 있는 위험 수준을 각각 가지고 있으며, 이 수준을 항상 유지하려고 한다는 것이다. 예를 들어 눈이 내리기 시작하면 대부분의 운전자들은 위험을 평소와 동일한 수준으로 유지하기 위해 좀 더 천천히 달린다. 하지만 재미있는 것은 이 항상성이 역으로도 작용한다는 점이다. 즉 위험이 감소되면 사람들은 보다 위험한 태도를 취함으로써 증가된 안정성을 없애려고 한다는 것이다. 이 이론의 창시자인 제럴드 J. S. 와일드는 자동차의 안전장치들, 즉 안전벨트, 에어백, 브레이크잠김방지장치 등이 사고 발생 빈도에 영향을 미치지 않으며, 단지 위험을 연기할 뿐이라고 한다.

산악 구조 관리 방식에는 바로 이런 생각이 밑바탕에 깔려 있다. 산에 도로 표지판, 대피소 등을 더 많이 갖추어놓는다 해도 산악 구조대의 출동 빈도는 비슷한 수준일 것이라고 한다. 오히려 출동 숫자가 늘어날 확률이 더 높다. 산에 오는 사람들은 안전사고에 대한 대비가 잘 갖추어져 있다고 생각되면 더 큰 위험에 도전하려고 하기 때문이다.

위험 수용의 수준은 많은 요소에 의해 결정되는데, 그중 특히 '위험이 자발적인 활동에서 비롯되는 것인가'의 문제는 아주 중요하다. 자연재해나 비행기 추락 등 우리가 영향력을 행사할 수 없는 상황보다 스키, 암벽 등반, 등산과 같은 자발적인 활동에서 인간들은 보다 수위 높은 위험을 수용하려고 한다.

'준비 완료' 외에도 위험 제어 가능성을 아는 것이 중요하다. 자신이 전문 지식을 갖추고 있다고 생각하는 사람은 더 큰 위험에 도전하려고 한다. 즉 '길 잃기'에 관해 많은 경험을 축적했고, 자신이 접한 상황을 이겨낼 수 있는 사람이 토비와 같은 초보자보다 반드시 더 안전하게 살 수 있는 것은 아니라는 뜻이다. 어쩌면 그는 인구가 많은 도심에서 인적이 드문 지역으로, 그리고 인적이 없는 황무지로 길 잃을 장소를 점차 심화시켜나갈 것이다. 어쩌면 그런 사람들은 위험한 모험을 위해서 등산 로프나 아이젠을 구입하는 것일지도 모른다.

위험을 기꺼이 감수할 준비가 되어 있는가의 문제는, 사전지식이나 준비물에 관한 문제와는 별개로 생각해야 한다. 왜냐하면 준비물의 경우는 구입할 수 있고, 경험은 일단 이리저리 충분히 헤매고 나면 저절로 쌓이기 때문이다. 하지만 위험에 더 잘 대처하려고 노력하는 사람은 '숙고'라는 오래된 문화적 기술에 의지한다. 여기서 숙고란 깊은 사고, 의식, 경험의 분석을 말한다. 라인홀트 메스너는 다음과 같이 말했다.

"위험한 상황을 겪으면서 위험을 극복하고 피한다. 황무지를 여행한다는 것은 어려움과 맞선다는 뜻이다. 새로운 길을 갈 때면 어려움을 찾아 나선다. 단 어려움의 정도는 내가 감수할 수 있는 그만큼이어야 한다. 내가 감당할 수 있는 위험의 수준을 고려하는 것은 하나의 예술이다."

같은 실수를 여러 번 반복하면서 거기서 어떤 교훈도 얻지 못하는 사람은 실수를 한 번도 하지 않는 사람보다 못하다. 왜냐하면 그런 사람은 자신의 잘못이 무엇인지도 모른 채 '지금까지 모든 것이 잘 되어'왔고, 모든 게 특별한 문제없이 잘 처리되었다고 생각하기 때문이다.

여기에 해당하는 예로 자주 언급되는 것이 1986년 1월에 발생한 우주 왕복선 챌린저호 사고로, 발사 직후 우주선이 폭발하여 일곱 명의 승무원 전원이 사망한 사건이다. 챌린저호의 고체 연료 로켓 이음매를 메우는 패킹이 심한 저온에서 손상된다는 것은 이미 알려진 사실이었다. 여러 차례 이륙했지만 별 문제가 없었기 때문에 사람들은 이 문제를 가볍게 넘긴 것이다. 이 사건은 우리의 경험뿐만 아니라 경험의 배후까지 캐묻는 일의 가치를 잘 설명해준다.

최고의 준비를 한다고 해서 어떤 방해도 없이 '길 잃기'에 전적으로 몰두할 수 있는 것은 아니다. 위험은 여전히 남아 있어서 마치 두더지처럼 언제 어느 구멍에서 머리를 내밀지 모른다.

3

–

화살표를 따라가세요

길은 움직이는 동안 계속 만들어진다 | 흔적을 찾아서 | 지도, 상상하다
길을 잃는 조금 차원 높은 이유 | 침착, 스스로를 지배하는 힘

VERIRREN

파지크 1: 곧 도착하지?
파지크 2: 방랑 중에 어딘가에 곧 도착하는 일 같은 건 일어나지 않아.
어디로 가고 싶은지도 모르잖아?

드디어 전문가의 땅에 도착했다. '길 잃기' 자체는 의외로 간단해서 배우는 데는 날씨 좋은 어느 오후 한 나절이면 충분하다. 그렇지만 길을 잃는 이유와 길을 다시 찾는 법을 배우는 데는 시간과 능력이 필요하다. 이 능력으로 초급자와 중급자를 구분한다. 그렇다면 전문가는? 길 잃기 전문가란 한마디로 집밖으로 한 발자국도 나가지 않고서도 길을 잃을 수 있는 사람으로 길 잃기에 관한 한 최고의 능력을 가진 사람이라고 할 수 있다. 어디를 가든 가는 곳마다 길을 잃든, 주변 가까운 곳에서 길을 잃든…… 그런 것은 중요한 문제가 아니다. 좀 더 세밀하고 구체적으로 생각해야 한다. 이와 비슷한 예를 찾는 것이 도움이 될 것이다.

누구나 한 번쯤은 배웠을 수학에 대해 생각해보자. 우리는 처음에 우선 숫자를 배우고, 그다음으로 기본적인 사칙연산을 배운다. 이런 것들을 배우면서 학창 시절의 절반을 보낸다. 이것은 아직 '수학'의 문 앞에도 가지 못하는 수준이지만, 문 앞까지 가기 위한 기본을 다지는 것이다. 이 책의 앞부분을 읽으면서 '길 잃기'에 관해 방금 배운 사람들도 바로 이런 단계에 있다고 할 수 있다.

그런 기초를 다진 후 나머지 학창 시절 동안 제곱, 함수, 대수 등을 배우고, 또 그 단계를 거치고 난 후 적분, 미분, 벡터 계산을 배운다. 그리고 학교를 졸업하면 이 모든 것들을 잊어버린다.

학창 시절 우등생이었다면 이 시기에 배운 중요한 기술들을 기억할 것이다. 하지만 이들을 모두 수학자라고 하지는 않는다. 안타깝게도 이런 복잡한 계산은 컴퓨터가 훨씬 더 정확하게 수행한다. 길 잃기도 이와 비슷하다. 사람들은 길을 잃었을 때 생명을 지키는 어려운 기술을 몇 년에 걸쳐 배운다. 다만 전문가와 비전문가의 차이점은 비전문가는 내비게이션을 가지고 길을 찾는다는 것이다.

고등학교를 졸업한 열아홉 살의 학생은 수학자가 되려는 희망을 안고 대학에 간다. 그러고는 꽤 오랜 시간을 수와 계산법에 관한 자신의 생각이 단순할 뿐 아니라 편견이 있었음을 깨닫는 데 쏟는다. 1 더하기 1은 특정 조건하에서만 2가 된다. 우리가 일반적으로 사용하는 수들은 수학 내에서 가능한 숫자들 중 극히 일부분이고, 수학의 세계를 이해하는 데 계산은 지극히 하찮은 것일 뿐이다.

이런 수학적 편견을 깨면서 그는 하나의 문턱을 넘어서게 된다. 이제 그는 0에서부터 수학을 제대로 다시 시작한다. 먼저 일반적인 것을 배우고, 거기에서부터 특별한 것을 도출한다. 자신의 지식을 어느 정도 믿어야 되는지, 지식의 끝이 어디인지도 배운다. 또 수학의 세계를 이해하기 위한 추상적인 개념 구조를 만들기 위해 메타 지식을 사용한다. 학자는 정보를 유용하게 사용하기 위해 정보가 얼마나 확실한지, 정보의 출처가 어딘지 등을 추가로 알아야 한다.

이런 메타 지식의 사용은 '길 잃기' 전문가의 특징이다. 전문가는 주변의 경고 신호가 무엇을 의미하며 나에게 어떤 영향을 주는지를 알고 있다. 그리고 방향 감각이 언제 사라지기 쉬운지, 자연에서 어떤 지표 정보들을 신뢰할 수 있는지 정확히 안다. 또 길을 찾을 때 두뇌가 어떤 실수를 할 수 있는지도 미리 알고 추측할 수 있다. 안개 속에서 직선으로 가야할 것 같은 생각이 들어도, 곧장 앞으로 가지 않고 오른쪽으로 크게 돌아서 갈 줄도 안다.

수학자는 하루 종일 칠판 가득 공식을 쓴다. 그러나 계산을 하지는 않는다. 길 잃기 전문가도 똑같다. 외형상으로는 평생을 헤매는 것 같아 보이지만, 실제로는 절대로 길을 잃지 않는다. 그는 자신의 위치가 어디인지 굳이 알려고 하지 않기 때문에 길을 잃은 것처럼 보일 수도 있다. 하지만 정작 본인은 길을 잃었다는 생각을 하지 않는다.

톰 브라운은 길 잃기 전문가다. 1950년대 그는 뉴저지 남쪽 '파인 배런스' 숲 주변의 마을에서 자랐다. 파인 배런스 숲은 대도시인 필라델피아와 인구 밀집 지역인 애틀랜틱 해안 사이에 있지만, 사람 손이 거의 닿지 않은 자연 경관을 자랑하는 곳으로, 미국 내에서 문명이 피해간 야생 지역 중 한 곳이다.

톰 브라운의 삶에 대한 이야기는 대부분이 그의 입을 통해 알려진 것이기 때문에, 이야기를 들은 사람들은 모든 사실들을 아주 신중하게 받아들여야 한다. 그의 삶에 확신이 가는 것은 단 두 가지 요소뿐이다. 첫째, 그는 어린 시절 파인 배런스 숲으로 며칠씩 사라졌다가 늘 다친 데 없이 집으로 돌아오곤 했다. 그리고 두 번째, 그는 현재 지구상에서 사람이나 짐승의 흔적으로 보고 이들을 숲에서 찾아내는 능력으로 살아가는 몇 안 되는 사람 중 하나다. 거기에 더해 그는 흔적을 분석해서 생존하는 방법을 가르치는, 즉 자연과 교류하는 법을 가르쳐주는 학교를 운영하고 있으며, 이 주제로 열일곱 권의 책을 낸 저자이기도 하다.

흔적을 판독하는 능력은 전문가들이 혀를 내두를 정도로 환상적이고 믿기 어려울 정도다. 예를 들어 그는 사람의 흔적에서 그가 감기에 걸렸는지를 알아낼 수 있다. 또 짐승의 배가 꽉 찼는지, 오줌보가 꽉 찼는지도 흔적에서 읽어낼 수 있다고 한다. 그의 이야기를 읽다보면 누군가 인디언 아이에게 톰 브라운이라고 이름 붙여 뉴저지의 숲에 데려다놓은 것 같다. 톰 브라운이 말한 것이 모두 사실이라면 그는 분명 지구 최고의 흔

아무도 가르쳐주지 않는 여행의 기술

적 추적자일 것이다. 그러나 그가 실제로 실종된 사람들을 찾아내 구조한 사건들, 그것도 모두가 불가능할 것이라고 예측한 상황에서 사람들을 찾아낸 사실들은 무시할 수 없는 사실이다.

2003년 3월, 톰 브라운은 파인 배런스에서 크리스토퍼 로버트슨이라는 소년을 구했다. 지역 신문에 실린 기사에 따르면 사람들은 브라운의 말을 믿지 않았다. 톰이 추적에 나서기 전, 아홉 명의 경관과 탐색견이 여섯 시간 동안 이 지역을 샅샅이 뒤졌고, 공중에서는 구조 헬리콥터도 근방을 탐색했다. 당시 구조에 나섰던 스콧 스프레이그 경관은 톰을 다음과 같이 회상했다.

"사람들은 톰이 자신들을 속이고 있다고 생각했다. 길에는 어떤 흔적도 남아 있지 않았다. 이 사람이 우리를 바보로 아는 건가?"

톰은 '모든 움직임은 방해가 된다' '어디를 찾아야 할지를 분명히 아는 것이 중요하다'고 했다. 그리고 두 시간 뒤 숲에서 자고 있는 소년을 찾아냈다. 톰이 자신의 능력을 다소 과장하기는 했지만, 사람들이 하지 못하는 일을 할 수 있는 것 역시 분명한 사실이었다. 그를 지구 최고의 흔적 추적자라고 할 수는 없겠지만, 적어도 뉴저지에서는 최고다.

무경험자들에게 자연에서의 낙오와 생존은 벌레를 먹고, 아슬아슬하게 죽음을 면하는 일종의 익스트림스포츠다. 그래서 생존은 끔찍한 고통과 연결되는 경우가 많다. 톰 브라운은 숲에서 길을 잃고 벌레를 먹거나 하지 않는다. 왜냐하면 그는 생존을 습득한 것이 아니라, 숲에서의 삶을 습득했기 때문이다. 톰이 아이였을 때 스승인 스토킹 울프에게 다음을 배웠다.

"자연과 합일이 되고 패닉에 빠지지 않는 한, 자연은 너에게 아무 짓도 하지 않는다."

이 말은 '나는 다치지 않을 것'이라는 확고한 믿음과 연결된다. 어느 날 톰의 친구인 릭은 모래지옥에 어깨가 다 잠길 만큼 빠졌다. 모래지옥에서 빠져나오는 것은 쉽지 않다. 빨리 움직일수록 더 깊이 빠진다. 하지만 톰의 도움으로 릭은 모래지옥에서 큰 어려움 없이 빠져나왔다. 하지만 두 사람은 이후 서로 마주 보며 자신들이 무엇을 해야 하는지 알았다. 믿음을 시험할 때였다. 두 사람은 동시에 모래지옥으로 뛰어들었다. 요령을 찾을 때까지 세 시간이 걸렸고, 두 사람은 다른 이의 도움 없이 모래지옥에서 빠져나올 수 있었다. 톰의 설명에 따르면 모래와 몸 사이에 공기층을 만들어 모래지옥의 흡입력을 깨는 것이 비결이다. 천천히 움직이면서 두 사람은 공간을 만들었고 드디어 위쪽으로 헤엄쳐 나갔다. 성공을 하고 다시 연습하기 위해 모래지옥으로 또 뛰어들어 반복했다. 하루가 저물 무렵 두 사람은 모래지옥을 정복할 수 있게 되었다. 자연은 인간을 위협할 수 있는 그들의 무기를 두 사람에게 강탈당했다.

길을 잃었을 때도 이와 마찬가지라고 할 수 있다. 우리의 기준에서 보면 톰은 늘 길을 잃는다. 하지만 그는 모래지옥 혹은 알지 못하는 곳에 있을 잠재적 위험 요소에 대해 전혀 걱정하지 않는다. 패닉 상태에 빠지지 않는 한, 상실한 방향 감각이 그에게 어떤 피해도 입히지 않는다는 사실을 알고 있기 때문이다. 다음의 톰의 말은 길 잃기 전문가를 규정하는 중요한 특징이다.

"처음에는 내가 어디에 있는지 몰랐다. 하지만 길을 잃었다고 생각하지도 않았고, 사실 길을 잃은 것도 아니었다. 스토킹 울프의 가르침으로 '길 잃음'은 내게 전혀 의미 없는 것이 되었다. 나는 어린 시절 파인 배런스를 여기저기 돌아다니며, 어디에 음식이 있는지, 어디에서 물을 마실 수 있는지 알고 있었다. 원하는 것들을 주위에서 찾는 것은 일도 아니었다. 그것을 길 잃은 상태라고 한다면, 길을 잃지 않은 사람들보다도 훨씬 나은 상태가 아닌가? 숲을 벗어나서야 나는 길을 잃는 것이 얼마나 간단한 일인지 알게 되었다."

여기서 '다른 곳에 있기' 대신 '여기 있기'에 집중하는 것은 중요한 문제다. 특정 장소에 있고 싶어 하는 사람은 길을 잃기가 쉽다. 현재 자리가 어디든 그곳에 있으려는 사람, 혹은 굳이 다른 곳에 있어야 할 이유가 없는 사람은 길을 잃을 이유가 없고, 길을 잃었다고 말하지도 않는다. 이것에 대해 메스너는 다음과 같이 말한다.

"정확한 목적지가 있을 때 길을 잃는다. 만약 지도도, 길도 없는 곳에서 그냥 걷기만 한다면, 내가 내딛는 발자국을 따라 길이 만들어진다. 그러면 나는 길을 잃은 것이 아니다."

중급자와 전문가 사이에 어떤 차이가 있는지 굳이 분석할 필요는 없다. 길 잃기가 이제는 더 이상 특별한 상황이 아니라 일반적인 상황이기 때문이다. 신대륙 개척자 중 하나인 대니얼 분에 대해 다음과 같은 말이 전해진다.

분은 길을 잃고 자신이 어디에 있는지 알 수 없었던 때가 있었다. 그때를 제외하고 그는 한 번도 길을 잃어본 적이 없다고 한다. 전문가들은 자신이 왜 길을 잃었는지 이유를 알 필요가 없으며, 다시 방향 감각을 찾으려고 노력할 필요도 없다. 그들이 내내 길을 잃었다고 쳐도 그것은 별로 중요하지 않다. 왜냐하면 그들에게 길을 잃는다는 것은 전혀 위험하거나 곤란한 상황이 아니기 때문이다.

노벨물리학상을 받은 베르너 하이젠베르크는 "전문가란 자신의 분야에서 사람들이 범할 수 있는 실수를 이미 알고 있어서, 그것을 피할 줄 아는 사람이다"라고 했다. 길 잃기 전문가는 '길 잃음'을 피하지 않는다. 그 한가운데를 뚫고 지나간다.

아무도 가르쳐주지 않는 여행의 기술

여기 택시 운전사들은 주소를 모른다. 그리고 그들은 내비게이션이나 지도를 사용하지 않는다. 그들은 태양의 위치, 새들의 비행과 조수의 흐름을 보고 방향을 잡는다. _크리스티안 Y. 슈미트, 《저승에서 온 편지, 중국》

인간이 만든 이정표와 도로 안내판이 아니라도 우리 주변에는 수많은 기호들로 가득하다. 자연의 모든 것은 실제로 방향성을 가지고 있다. 따라서 사람들은 자연의 기호를 해독하기만 하면 되는데, 이를 위해서는 관심과 인내심만 있으면 된다. 다만 새의 습관이나 이끼나 버섯 등을 관찰하여 방향을 읽어내야 하기 때문에 시간이 오랜 걸린다는 단점이 있다. 또 한 지역에 적용되는 지식이 다른 지역에 그대로 적용되지 않는 경우도 많다. 여기에서는 자연의 다양한 기호를 구체적으로 소개하려는 것이 아니라, 전체적인 조망을 해보려고 한다. 미국의 야구 선수 요기 베라는 "그저 보는 것만으로 많은 것을 관찰할 수 있다"고 말했다.

길 위의 흔적

세상의 모든 풍경은 절대로 우연히 만들어지는 것이 아니다. 괴테는 1829년 《이탈리아 여행》에서 다음과 같이 썼다.

"나는 작은 시냇물에서 시작해서 이것이 어디로 흘러가는지, 어떤 강의 지류에 속하는지를 생각하면서 이 지역을 파악했다. 그리고 자연을 가만히 지켜보고 있자면, 산과 계곡은 그냥 아무렇게나 놓여 있는 것이 아님을 알 수 있다."

그 밖에도 풍경 속에는 과거의 흔적이 있다. 특히 지질학자들은 이 점에 대해 잘 알고 있다. 왜냐하면 돌 하나를 볼 때도 지질학자들은 그것에서 수많은 정보를 읽어내기 때문이다. 그러나 단순한 사실들은 일반인들도 알 수 있기는 하다. 볼프강 링케는 이렇게 설명한다.

"빙하가 쓸고 간 방향은 평평한 표면 위에 아주 길게 남아 있었다. 절벽과 해안의 암초 섬들을 보면 빙하가 미끄러져 온 부분은 부드럽게 마모되어 있고, 아닌 쪽은 거칠고 경사가 심하다. 빙하가 지나가면서 남긴 특이한 지형인 드럼린의 장축은 빙하의 이동 방향을 그대로 보여준다."

드럼린은 특히 알프스 지역에 나타나는 빙하 퇴적층이 만들어낸 타원형 모양의 긴 언덕으로, 이 지형을 면밀히 관찰함으로써 방향을 정확하게는 아니지만 큰 틀 안에서 방향을 다시 설정할 수 있다.

풍경과 마찬가지로 풍경들을 가로질러 난 길들 역시 우연히 만들어지는 것이 아니다. 길은 언제나 목적과 동기가 있으며, 그 안에서 구체화된다. 예를 들어 길은 길을 만들어 목적지를 향해 편하게 가려고 한 어느 동물의 착상일지도 모른다.

19세기 후반 알프스에 길을 낼 때, 사람들은 인간이 발을 들인 적이 없는 곳에 길을 만들려고 했다. 당시에 이미 존재했던 목동들의 비탈길, 사냥꾼이나 밀수업자들이 다니던 비탈길들이 어떻게 생겼는지는 알 수 없다. 아마 동물의 흔적을 따라서 난 것이리라. 동물들이 길을 만드는 이유는 사람들과 다르다. 그러나 발이 젖는 것을 싫어하고, 급격한 경사를 피하고 다른 동물들에게 정찰당하고 싶지 않은 마음은 사람과 다를 바가 없다.

옛날 통상로를 만들기 위해 길 방향을 정할 때, 발이 젖지 않을 것, 짐마차의 바퀴가 진흙에 빠지지 않을 것 등이 중요 조건이었다. 이런 길들은 보통 건조한 산등성이를 따라 나거나, 비탈과 평행을 이루며 뻗어 있다. 강을 건너지 않고는 길을 계속 갈 수 없는 상황이거나 목적지가 근처에 있을 때 길은 계곡으로 이어지는 경향이 있다.

오늘날의 도보 여행길, 국도나 철도 노선은 역사적 배경이 있는 길을 따라 나 있다. 이 길들은 로마시대까지 거슬러 올라가는데, 로마인들도 아마 이전 선구자들의 길을 표본으로 삼아 길을 만들었을 것이다. 길을 잃었다고 해도 길이 만들어지는 기본 원리를 이해한다면 길을 다시 찾을 수 있다. 이것은 지역별 여러 참고 사항을 말해준다. '산등성이를 피해야 한다.' 이것은 산등성이에 있으면 적들에게 발견되기 쉽기 때문이다. 혹은 '계곡은 피해야 한다.' 왜냐하면 계곡에서는 발이 젖기 때문이다.

때로 동기는 다르지만 결과가 같은 경우도 있다. 예를 들어 프랑스에 있는 대서양 해안의 경우, 제2차 세계대전 때 시설이 강화된 지역과 관광상 전망이 좋은 곳들은 대체로 일치한다. 시간이 지나면서 길을 만들기에 적합한 조건들은 바뀔 수 있다. 에릭 존슨은 이에 대해 다음과 같은 예를 제시한다.

"내가 스웨덴의 집 근처에서 숲을 돌아다닐 때, 이용할 수 있는 오솔길은 두 가지였다. 옛 길은 건조한 언덕들을 따라 계속 이어지면서 습한 지역을 피해 돌아서 나 있었다. 그러나 나중에 생긴 길은 언덕을 피해 늪지를 지났다. 그 사이 무슨 일이 일어났을까? 어째서 이런 차이가 생기는 것일까? 아마 옛날 오솔길이 만들어졌을 때는 사람들이 물이 스며드는 가죽 신발이나 자작나무 껍질로 만든 신발을 신었을 것이다. 반면 새로운 오솔길은 고무장화를 신는 사람들이 만들었을 것이다."

바람의 흔적

사람들은 그리 오랜 세월을 거치지 않은 풍경에서도 풍경의 과거를 읽을 수 있다. 바람의 방향이 일정하게 한 방향으로 부는 지역에서는 나무

들이 바람을 맞아 비스듬히 기울어져 있다. 대부분의 나무들 특히 마로
니에 나무는 남쪽 방향의 가지들은 수평으로 뻗어 있고, 북쪽의 가지들
은 수직으로 해를 향해 뻗어 있다. 탁 트인 곳에 서 있는 나무는 바람이
부는 방향을 향해 둥글게 서 있다. 바람이 들지 않는 곳의 나무들은 무질
서하게 자라기 때문에, 길가 혹은 철도 옆의 나무들은 교통에 방해가 되
지 않도록 사람들이 자주 가지치기를 한다. 그래서 이런 나무에서는 방
향에 대한 정보를 얻을 수 없다.

오스트레일리아의 길 찾기 전문가 해럴드 게티는 1958년에 출간한《지
도나 나침반 없이 길 찾기Finding Your Way without Map or Compass》에서 발전된
길 찾기 방법을 이야기한다. 이 책에는 다음과 같은 말이 있다.

"1955년 초, 아내와 나는 자동차를 타고 남프랑스를 출발하여 벨기에
와 네덜란드를 돌아다녔다. 나무들이 방향을 알려주는 특성을 연구하고
사진을 찍기 위해서였다. 이전에 영국과 미국 동부에서 이미 동일한 연
구를 한 적이 있었다. 지중해 해안에서 네덜란드까지 구불구불한 길을
따라갔다. 우리는 창밖에 서 있는 나무들을 관찰하는 것만으로 동서남
북, 네 방향을 구분할 수 있었다."

전문적인 길 찾기 전문가는 불어오는 바람의 습도나 온도를 읽을 수
있는 능력이 있다. 북반구에서는 대부분 북풍이 남풍보다 더 차갑고, 바
다에서 불어오는 바람은 습하며, 사막에서 불어오는 바람은 건조하다.
또한 바람은 특유의 먼지나 증기를 품고 있다. 해안 지역의 오후 시간에

는 바람이 바다에서 육지로 불지만, 해가 진 뒤 서늘해지면 바람은 육지에서 바다로 분다. 바다에서는 바람의 냄새로 육지가 가까이 있음을 알 수도 있다. 어느 지역에서는 특정한 바람이 불기도 한다. 예를 들어 바이에른 지역에 부는 푄 바람은 항상 알프스에서 불어오기 때문에 제한적이긴 하지만 방향을 가늠할 수 있게 된다. 에릭 존슨은 19세기 미 육군 대령 리처드 도지의 말을 인용했다.

"내가 쏜 총을 빗맞은 영양을 따라 가느라 야영지 부근을 벗어나 넓은 평야로 들어서고 있다는 것을 깨닫지 못하고 있었다. 문득 알아차렸을 때 나침반을 찾았지만 야영지에 두고 왔음을 깨달았다. 짙은 눈구름이 빠르게 다가오고 있었다. 눈보라 치는 평야에서 밤을 보내는 것이 얼마나 위험한지를 알고 있었기 때문에, 방향을 잡기 위해 애를 썼고, 저 멀리 보이는 언덕을 기준으로 삼았다. 언덕까지만 갈 수 있으면, 야영지로 가는 길을 찾을 수 있을 것이라고 생각했다. 나는 말머리를 돌려 언덕을 향해 갔다. 얼마 지나지 않아 엄청난 눈보라가 휘몰아쳤다. 시야 확보도 되지 않고 말도 휘청거렸지만, 가까스로 한 시간이 지나 언덕에 도착할 수 있었다."

바람이 없는 곳에서는 거미줄, 새나 곤충의 둥지, 짐승의 보금자리 등 주변의 기호에서 바람의 방향을 읽어낼 수 있다. 특히 바람은 쌓인 눈에 흔적을 남긴다. 내린 눈은 바람이 들지 않는 곳에 쌓인다. 반면 바람을 맞은 면은 경사가 진다. 바람이 불어 눈이 다른 장소에 쌓이면 규칙적인,

파도와 비슷한 모양의 사스트루기가 형성된다. 여기에 특정한 각도로 방향을 맞춤으로써 제한적이긴 하지만 이정표로 이용할 수 있다.

인류학자 데이비드 H. 루이스와 미미 조지는 러시아 추코트카 반도에 대해 이렇게 썼다.

"툰드라에는 주요 사스트루기가 대략 북남쪽 방향으로, 정확히 말하면 북북서에서 남남동으로 펼쳐진다. 눈보라를 맞은 방향으로 풀들은 얼게 된다. 우리는 이 얼어붙은 풀을 보고 눈보라의 방향을 알 수 있다. 어둠 속이나 눈보라 속에서 사스트루기를 기준으로 방향을 찾으면 길을 찾을 수 있다. 일반적으로 북풍은 그 힘이 크고 방향이 바뀌지 않는다. 그렇긴 하지만 사스트루기에서는 모든 바람의 흔적을 다 읽어낼 수 있다."

쌓여 있거나 바람에 실려 날아온 것들을 근거로 길을 찾는 방법은 사막의 모래와 바다 밑에서도 쓸모가 있다. 모래 표면의 파도무늬를 관찰하면 바람의 방향을 짐작할 수 있다. 바람이 방향을 바꾼 면에서는 사스트루기의 경사가 급한 반면, 모래언덕의 파도무늬의 상태는 조금 더 복잡해서 바람을 가로지르거나 길이를 따라 무늬가 새겨지기도 한다. 우리가 모래언덕의 형태와 바람의 방향 흔적이 남겨지는 이유를 이해한다면, 우리는 이미 전부를 아는 것이다. 사스트루기와 달리 모래언덕은 바람을 향하는 쪽의 경사가 완만하다. 바람이 모래를 쌓기 때문이다. 인류학자 콜린 어윈은 특히 이누이트가 사용하는 길 찾기 방법을 연구했다. 그는 잠수를 할 때 어떻게 해저의 파도무늬 모래를 이용해 방향을 잡을 수 있는지를 다음과 같이 서술했다.

"모래 위에 새겨진 물결무늬는 내게 방향 감각 혹은 지식을 전해주었다. 이 물결무늬는 수심이 낮은 바다에서는 파장이 길고 고른 파도와 평행을 이루었고, 모래가 없는 곳에서는 해초가 물결 방향으로 누워 있거나 파도의 굴곡을 따라 이리저리 움직였다."

태양의 흔적

태양 역시 특징적인 흔적을 남기는데, 특히 눈 위에서 잘 볼 수 있다. 나무나 바위의 북쪽 면에는 눈이 녹지 않는 곳이 있다. 돌은 눈보다 온기를 더 잘 흡수하기 때문에, 돌 위에 쌓인 눈에는 작은 물구멍이 생긴다. 스위스 사람들은 이것을 '미탁스뢰혀Mittagslöcher', 즉 한낮의 구멍이라고 부른다. 태양의 궤도 때문에 구멍의 북쪽 가장자리는 반원을 이룬다. 눈 녹은 구멍의 남쪽 가장자리는 거의 직선으로, 동서쪽으로 흘러내린다. 남반구에서는 이와 반대 현상이 일어난다.

북반구에서 남쪽 비탈은 북쪽 비탈보다 따뜻하다. 이것은 산의 남쪽 면에 눈이 더 적게 쌓였다거나, 더 적은 양의 물이 계곡으로 흘러간다는 사실을 통해 알 수 있다. 북쪽 비탈과 남쪽 비탈은 각각 달리 이용된다. 포도밭은 항상 남쪽 비탈에 있다. 다른 농업 지역이나 마을들 역시 남쪽

아무도 가르쳐주지 않는 여행의 기술

에 자리 잡는다. 반면 산의 북쪽 면은 숲으로 남아 있는 경우가 많다. 사람들이 바이에른과 같은 독일 중부 산맥이나 북쪽의 슈바르츠발트 산비탈에서 분지호수를 발견했다면, 그곳은 북쪽이다.

빙하시대의 빙하는 가파른 절벽의 그늘진 발치에서 오래 머물렀을 것이다. 그리고 그 빙하로 인해 파인 우묵한 곳들이 오늘날 호수가 되었다. 식물학에 조금이라도 관심을 가지고 있는 사람은 북쪽 비탈의 식물과 남쪽 비탈의 식물 사이에는 차이가 있음을 알고 있을 것이다.

건물에서도 바람으로 방향을 찾는 방법이 가능하다. 독일 북부 슐레스비히홀슈타인 주는 이 지역에 부는 서풍 때문에, 옛날 건물들은 모두 바람의 피해를 덜 받도록 지어졌다. 건물은 남북 방향으로 길게 지어졌고, 바람이 막히는 동쪽에 주거 시설을 배치했다. 최근 훤히 트인 공간에 세워진 집들의 경우 남쪽에는 발코니가, 북쪽에는 창문 없는 벽으로 되어 있다. 지붕의 태양 열판은 남쪽을 향하고 있으며, 인공위성 안테나도 마찬가지다. 따뜻한 지역에서는 집을 강풍이나 강추위로부터 보호할 필요가 없다. 대신 안마당을 그늘지게 하거나 그 지역에 부는 특징적인 바람을 이용해 집이 서늘해지도록 짓는다.

한편 성당의 창은 대부분 동쪽으로 내어, 제단과 반원형의 벽감(장식을 목적으로 두꺼운 벽면을 파서 만든 움푹한 대臺), 신도석으로 빛이 들어오도록 한다. 이것은 날씨와 상관없이 늘 태양의 빛을 기준으로 하고 있기 때문에, 방향을 예측할 수 있게 된다.

동물의 흔적

건물이 없는 곳에는 사람 대신 동물들이 살고 있다. 동물들이 길을 안내해주는 경우는 없다. 하지만 동물들은 우리가 방향을 잡는 데 도움을 줄 수 있다. 9세기경 노르웨이 사람들은 아이슬란드에 정착해서 아일랜드 출신의 선교사들을 만났다. 현재 우리는 아일랜드 선교사들이 철새들이 날아다니는 길을 따라 아일랜드에서 페로 제도를 지나 아이슬란드로 왔다고 추측한다.

폴리네시아 사람들의 정착에 대해서도 같은 추론이 적용된다. 철새의 경로는 오랜 세월 항상 동일했다. 봄이나 가을에 목적지를 향해 날아가는 새들을 관찰하면 그 길의 끝에 땅이 있다는 것을 알게 되고, 다른 새들도 동일한 방향으로 간다는 것을 통해 확신할 수 있게 된다. 볼프강 링케는 전문가를 위한 진기한 방향 감각 기술을 알려주는데, 이것은 특히 사막에서 유용하다.

"철새의 이동도 방향 감각에 도움을 줄 수 있다. 왜냐하면 새들은 밤이면 물웅덩이를 찾기 때문에 돌아올 때 물을 잔뜩 마시고 느리게 난다. 그래서 날개 치는 소리가 평소 때보다 더 크다."

2008년 생물학자 자비네 베갈을 중심으로 한 독일 두이스부르크 에센 대학의 연구팀은 위성사진으로 전 세계 300개 이상의 목장을 조사했다. 이들은 풀을 뜯거나 쉬고 있는 소들이 시간과 상관없이 북남 방향으로 정렬해 있다는 것을 알아냈다. 동일한 연구에서 체코의 노루들과 붉은 사슴들은 풀을 먹거나 쉬고 있을 때 소들보다 더 확실하게 북남 방향으로 정렬해 있다.

하지만 두 경우 모두 머리가 북쪽인지 꼬리가 북쪽인지는 확실하지 않다. 따라서 발굽 달린 짐승들을 통해 방향을 예측하는 것은 실험을 즐기는 연구자용 방향 감각 기술이라고 해야 할 것이다. 게다가 서 있는 소들을 관찰하여 방향을 예측하기 위해서는 인내심과 대규모의 무작위 추출 견본이 필요하다. 베갈은 인간들도 특별한 방향을 선호하는 성향이 있는지 알아내기 위해 뮤직 페스티벌 기간 중 수면을 취하고 있는 야영객들을 연구하는 방안도 검토했다고 한다.

냄새와 소리의 흔적

인간에게는 여러 감각 기관이 있다. 음악을 듣고, 어제 입은 셔츠의 냄새를 맡고, 보지 않고 컴퓨터의 자판을 치는 데는 시각이 아닌 다른 감각 기관이 이용된다. 이런 감각 기관들이 방향 감각을 훈련하는 데 도움을 준다.

《자연 안내자의 모험The Adventures of a Nature Guide》은 미국 아웃도어 문학의 고전이다. 저자인 에너스 밀스는 해발 4000미터의 로키 산맥의 협로

화살표를 따라가세요

를 오르던 중 스노고글을 잃어버려서 앞을 볼 수 없는 상황이었는데, 엎친 데 덮친 격으로 눈보라 때문에 아예 눈조차 뜰 수 없게 되었다. 밀스는 휴대 식량 하나 없이 작은 도끼와 성냥만을 가지고 있었다.

"내게 닥친 위험을 알아차리기는 했지만, 조금 당황했을 뿐 패닉에 빠지지는 않았다."

에너스 밀스는 일시적으로 눈앞이 안 보이는 상태는 상상력과 기억력을 자극했고, '모든 감각을 연습하기에 좋은 상태'였다고 썼다. 한 가지 그가 글을 쓰고 있는 시점에서 자신의 낙관주의에 대해 스스로 놀라워하고 있다는 점을 고려해야 한다. 그는 수목 한계선까지 더듬어 간 뒤, 나무에 새겨진 길 표시를 따라 방향을 잡았지만 곧 다시 길을 잃었다.

"이제 눈앞이 안 보일 뿐 아니라 길도 잃었다."

수목 한계선에 도착하기 전에 이미 그는 같은 자리를 맴돌고 있는 것은 아닌지, 자신이 올라왔던 길이 서쪽 비탈이 아니라 동쪽 비탈에 있는 것은 아닌지 도무지 확신이 서지 않았다.

이 지역은 산의 남쪽 면에 소나무가 자라고, 북쪽 면에는 엥겔만가문비나무가 자라는 것이 특징이었다. 자신이 동쪽으로 가고 있다는 것을 확인하기 위해 그는 협곡의 양쪽을 모두 올라가서 나무를 더듬었다. 협곡의 오른쪽에는 주로 엥겔만가문비나무가 자라고 있었고, 왼쪽에는 소나무를 찾았다. 따라서 밀스가 있는 협곡은 동쪽을 향하고 있고 그는 산맥의 오른쪽 면에 있는 것이 된다. 그는 다시 검증하기 위해 돌 하나를 파내어, 이끼가 자란 상태를 조사했다. 그 결과로 다시 주변의 지형학을 추론했다.

여기서 한 가지 지적하자면, 이끼로 주변 지형을 파악하는 것은 비전문가에게는 의미가 없으며 매우 위험하다. 에너스 밀스는 오랫동안 이끼를 연구했고 주변 지리를 잘 알고 있었기 때문에 가능한 것이었다. 그럼에도 불구하고 문명으로 돌아가는 그의 여정은 간단하지 않았다. 그는 비탈길에서 굴러 떨어졌고, 아슬아슬하게 눈사태를 피했으며, 허리까지 물에 빠져 방한 신발 한 짝을 잃어버려서 꽁꽁 언 발을 눈사태로 죽은 양의 사체를 이용해 녹였다.

하루 반 동안 그는 점점 더 짙어지는 냄새의 흔적을 따라갔다. 포플러 나무를 태우는 냄새가 났다. 이 근방에서는 포플러 나무를 장작으로 사용한다. 사흘째 되던 날 저녁, 장작불 냄새가 점점 강해지자 밀스는 혹시 자기도 모르게 냄새의 근원지인 마을을 지나쳐버린 것은 아닌가 걱정했다. 그때 어린 여자아이의 목소리를 들었다.

"오늘 밤 우리 집에서 묵을 거예요?"

특정한 방향에서 나는 소리 즉 도로나 강물 소리, 소 방울 소리, 새의 울음소리는 대략적인 방향을 잡을 때 도움이 된다. 하지만 비전문가들에게는 모든 새들의 우는 소리가 똑같이 들릴 것이다.

극지 전문가인 프레데릭 스펜서 채프먼은 1930년에 있었던 '영국 북극 비행노선 탐색'에 대한 보고서인 〈북극광Northern Lights〉에서 이누이트들

화살표를 따라가세요

과 카약을 타고 그린란드 해안으로 귀환하던 중, 어떻게 자욱한 안개 속으로 빠져들었는지에 관해 언급했다.

"이누이트들은 아무 걱정도 없는 듯 노래를 불렀다. 한 시간 뒤 선장이 갑자기 오른쪽으로 돌아서 피오르로 향해 갈 때까지 노래는 계속되었다. 나중에야 이 행동을 이해할 수 있었다. 이누이트들은 노 젓는 소리와 노랫소리의 메아리를 근거로 해서 해변까지의 거리를 가늠한다. 그리고 이 해안에 사는 흰 멧새 수컷의 울음소리로 방향을 잡는다. 새들의 노랫소리는 지역마다 서로 다르다."

채프먼의 이누이트들은 감각으로 해안과의 거리를 가늠한다. 비전문가들도 밤 혹은 안개 속에서 거리 확인을 위해 메아리의 지속 시간을 측정하는 경우가 있다. 소리는 1킬로미터를 가는 데 3초가 걸린다. 따라서 1킬로미터 떨어진 곳까지 소리가 갔다가 돌아오는 데는 6초가 걸리므로, 메아리의 지속 시간을 6으로 나누면 대강의 거리를 가늠할 수 있게 되는 것이다.

메아리 소리로 주변 지역의 상세한 정보를 얻을 수도 있다. 시각 장애인인 대니얼 키시는 어린 시절 혼자서 음파 탐지기와 같은 원리로 방향감과 거리감을 몸에 익혔다. 그는 혀로 '딱' 소리를 내고 그 반사되는 소리로 주변의 형상이나 재질을 인지한다. 관목으로부터 나오는 소리는 집 벽이나 가로등에서 나오는 소리와 다르다. 2000년부터 키시는 다른 시각 장애인들에게 이 기술을 가르치고 있다. 하지만 한 가지 문제가 되는

아무도 가르쳐주지 않는 여행의 기술

것은 작은 대상물일 경우인데, 작은 대상물이 큰 대상물 앞에 있는 경우, 큰 대상물의 메아리에 소리가 묻혀버리게 된다.

물론 사람들이 밤이나 안개 속에서 길을 제대로 찾기 위해 음파를 이용한 방향 탐지 기술을 따로 배우지는 않는다. 중요한 것은 시각만이 아니라 우리의 다른 감각 기관들을 이용해서도 방향과 거리를 예측할 수 있다는 것이다.

한 시간 동안 프닌은 미로처럼 얽힌 숲길에 있었다. 그리고 '북쪽으로 방향을 잡자' 는 결론을 내렸다. 물론 '북쪽' 이라는 개념은 그에게 아무 의미도 없었다. _블라디미르 나보코프, 《프닌》

'길 잃음'은 외부 세계와 머릿속 지도 사이에 생긴 불화의 결과다. 외부 세계보다는 머릿속 지도가 우리가 방향을 잡는 데 영향을 더 많이 미친다. 따라서 머릿속 지도가 어떻게 만들어지는지, 무엇을 할 수 있고 할 수 없는지 대략적으로 이해해야 한다.

'머릿속 지도'는 실제로 존재하는 지도가 아니다. 뇌가 모든 지역의 지형도를 2차원적 형태로 다 가지고 있는 것은 아니다. 우리가 어느 지역을 갈 때 지도를 가지고 가거나, 내비게이션을 이용해서 가는 것 자체만으로도 뇌가 지도를 모두 가지고 있지 않다는 것을 증명한다.

뇌는 사물을 어떻게 다루는가

뇌가 사물을 어떻게 인식하는가의 문제를 풀기 위해 심리학적 테스트를 예로 들어보자. 이 테스트는 뇌가 사물을 모사하는 방법과 유사하다. 이 방법은 뇌의 어디에 지도 제작자가 있는지를 밝혀준다. 방향을 잡기 위해 사용하는 다양한 정보들이 두뇌 속에 계속 전달되는 동안, 머릿속에서 이루어지는 지도 제작은 뇌의 기억 중추인 해마에 근거지를 두고 있다고 예상한다.

심리학자들은 어떤 종류의 정보가 저장되어 있는가, 어떤 형태로 정보가 저장되며 머릿속 지도 제작자가 주변 지역을 얼마나 믿을 만하게 재생하는가를 살피면서 머릿속 지도를 연구한다. 지도에서 자신의 위치를 찾을 때까지 얼마의 시간이 걸리는가? 자신의 위치를 빨리 찾으면 찾을수록 내면의 정보 기억 체계는 지도와 더 유사하게 구성된다. 때로 사람들에게 그들이 잘 아는 지역의 지도를 그리게 하거나 불완전한 지도를 완성하도록 하여 실제 지역과 비교함으로써 머릿속 지도에 대해 연구를 하기도 한다.

또 다른 연구 방법으로 '의미론적 준비화'가 있다. 이것은 함께 인식되는 유사한 대상들을 나열하여 사이의 관계를 살펴보는 방법이다. 예를 들어 '쥐'를 생각하면, 이어서 '원자폭탄'보다는 '햄스터'가 더 쉽게 떠오른다. 이를 지형학과 연결시키면 다음과 같다.

조사 대상자들에게 장소 A에 대한 질문을 한 뒤 장소 B에 대한 질문을 차례로 던진다.

'질문 1: 시청 건물은 무슨 색인가?'

'질문 2: 방송탑은 얼마나 높은가?'

두 질문에서 사람들은 질문 1을 들을 때 시청에 대해 생각한다. 이때 대상자가 시청과 방송탑을 가깝다고 생각하면, 질문 2를 듣기 전에 이미 이와 관련한 정보 즉, 건물 색이나 높이 등을 서로 유사하게 저장하게 된다. 이 경우 질문 2에 대해서는 별로 고민하지 않아도 된다. 하지만 두 대상이 멀리 떨어져 있다고 생각하면 대답을 하기 위해 잠시 시간이 필요하다. 질문 2와 대답 사이의 망설임에서 우리는 장소 A와 장소 B가 대상자의 머릿속 지도에서 어느 정도 떨어져 있는지 추론할 수 있다.

머릿속 지도를 점검하는 테스트의 또 다른 예로 다음을 들 수 있다. 1994년 캐나다 생물학자 자크 보베는 대학에서 학생들을 모아 버스 한 대에 태워 수 킬로미터에 이르는 주변 곳곳을 달렸다. 이후 학생들을 버스에서 내리게 한 뒤 학생들에게 대학이 어느 쪽 방향에 있는지를 물었고, 대답은 천차만별이었다. 이로써 방향 감각 능력은 개인에 따라 아주 다름을 확인할 수 있었다.

병적으로 길을 잃는 사람의 경우에는 그 사람 내면의 지도 제작자를 의심해볼 필요가 있다. 사고로 뇌의 어떤 부분을 다쳤을 때, 방향 감각에 문제가 생길 수 있다는 것은 이미 잘 알려진 사실이다. 그러나 천성적으로 방향 감각이 전무하다고 느껴지는 경우는 2009년에야 비로소 학술 연구에 등장했다.

신경심리학자인 주세페 아이아리아와 그의 동료들은 43세의 여인을 치료하게 되었다. 그녀는 아주 짧은 길이나 너무 익숙하게 잘 아는 길에서도 방향감이 절대적으로 없었기 때문에, 그녀가 어디로 갈 때면 친구나 친척들이 항상 동행해야 했다. 여러 테스트와 머릿속으로 모사하는 능력을 시험하면서, 그녀가 길을 찾지 못하는 이유를 밝혀냈다. 그녀는 천성적으로 머릿속 지도를 만들어낼 능력이 없었다. 여인의 사례를 발표한 지 몇 달도 되지 않아 아이아리아는 그녀와 같은 증세 즉, 방향 감각이 전혀 없는 450명의 사람들로부터 그들도 치료해달라는 요청을 받았다.

머리로 감지하는 방향감과 거리감

개인 간 방향감의 차는 분명히 존재한다. 하지만 우리가 길을 찾을 때 다소 복잡한 과제가 주어진다고 하더라도 어느 정도는 스스로 해결할 수 있다. 이동 중에 인간의 감각 기관은 끊임없이 노선과 그 노선의 각 부분들을 '측정'하며 정보를 저장한다. 그리고 구간의 마지막 지점에서 출발 지점으로 돌아가려고 한다면, 뇌는 저장된 정보를 이용해 지름길을 계산해낸다. 항해에서는 이런 방법을 '추측 항법(Dead Reckoning, 이미 알고 있는 지점을 출발점으로 하여 이후의 경로와 운항 과정을 통해 현재 배의 위치를 추측하는 항법)'이라고 한다.

추측 항법에서는 정보를 다루는 방법은 두 가지다. 먼저 어느 방향으로 귀환할 것인지를 노선의 모든 장소에서 계산하여, 정보의 나머지를 버리는 방법이다. 다른 방법은 있는 그대로의 모든 정보, 다시 말해 가는 도중 접한 모든 장소와 거리를 저장한 뒤 마지막 되돌아가야 할 시점에 계산하는 방법이다. 두 방법은 각각 장점과 단점이 있다. 첫 번째 방법은 정확하고, 두 번째 방법은 융통성이 있다. 우리 머릿속 내비게이션은 두 가지를 다 사용한다.

머릿속 지도 제작자는 어떻게 해서든 거리를 측정할 수 있어야 한다. 거리 없이는 추측 항법도 머릿속 지도도 없다. 게다가 우리의 감각만으로는 거리를 정확하게 측정하는 것이 불가능하기 때문에 번거롭게 일일이 보조 도구를 가지고 측정을 해야 한다.

가능한 하나의 방법은 '시각적 흐름'에 근거를 두는 것이다. 어떤 사람이 집, 나무, 산 등 눈길을 끄는 주변 지역을 통과할 때 이런 요소들은 사람의 시야 여기저기에서 움직인다. 이것들이 얼마나 빨리 움직이는지는 그 사람의 속도에 달려 있다. 속도는 거리를 시간으로 나누어 측정한다. 시간을 재는 아주 오래된 방법은 여기저기 돌아다녀서 생긴 피로를 통해 측정하는 것이다. 뇌는 시간과 속도에 대한 이 두 가지의 대략적 측정값에서 거리를 측정한다.

우리는 수많은 신경세포로 이루어진 1킬로그램이 조금 넘는 회색 덩어리인 뇌를 항상 가지고 다닌다. 그러나 뇌의 특별한 능력이라기보다는, 이정표를 하나하나 세는 것이 거리를 더 간단하고 정확하게 계산할 수 있지 않을까? "그럴 수도 있겠지. 하지만 내가 없으면 어떻게 되는지 해보고 싶으면 한번 해봐"라고 뇌는 스스로를 변론할 것이다. 이렇게 되면 거리 측정에 있어서 뇌의 능력을 의심하는 논쟁은 끝이 난다.

뇌는 거리와 시간 측정에 사용되는 간접적인 방법을 자신의 습득과 저장 능력과 결합시킨다. 구체적으로 이야기하자면 우리는 평생 동안 이용하며 축적한 이미 아는 구간들의 경험치를 가지고 길이와 시간에 대한 측정 능력을 유지하고 향상시킨다. 이런 경험 수치의 축적 정도가 훌륭한 항해사와 나쁜 항해사를 구별한다.

뇌는 공간에 대한 자신만의 측정 방식으로 가지고 있다. 실제 세계에서는 1킬로미터가 말 그대로 1킬로미터지만, 머릿속에서는 다를 수 있다. 예를 들어 뇌는 이웃해 있는 장소들을 통일체로 이해하며, 하나의 통일성 안에 있는 것은 '가까이', 통일성 밖에 있는 것은 '멀리' 있는 것으로 인식한다. 이런 통일체들은 물의 흐름, 철로, 도시의 경계를 따라 결정된다. 즉 에센에 사는 사람은 에센 내의 구역들에 대해서는 가깝다고 생각할 것이고, 에센 옆의 뒤스부르크의 구역들은 아무리 에센 경계에 붙어 있는 곳이라도 멀리 떨어져 있다고 생각한다. 두 도시 사이의 실제 거리는 전혀 문제가 되지 않는다.

두 지점 사이의 느낌상 거리를 규정하는 다른 요소들을 알아보자. 방향이 여러 차례 바뀌는 구불구불한 길은 직선으로 계속 이어지는 길보다 심리적으로 더 길게 느껴진다. 길고 지루한 길은 기억 속에서 흥미로운 자잘한 요소들이 포진되어 있는 짧은 길보다도 심리적으로 더 짧게 느껴진다.

길이 얼마나 지루한가는 길 자체에 달려 있을 뿐만 아니라 그 길을 가는 사람에게도 달려 있다. 지친 도보 여행자는 하루가 끝날 즈음이 되면 자잘한 흥미로운 요소들은 하나도 기억하지 못한다. 지나간 시간에 대한 기억은 뇌가 그 순간 얼마나 많은 인상들을 저장하는가에 달려 있다. 따라서 머릿속에 새겨둔 두 지점 사이의 거리는 갈 때와 돌아올 때가 사뭇 다르게 느껴질 수 있다.

머릿속 지도 제작자는 방향에 대한 자신만의 특별한 선호도를 가지고 있다. 이 제작자는 앞뒤 방향을 더 좋아해서, 좌우를 다룰 때에는 다른 사람처럼 행동한다. 이런 사실은 미국 심리학자 더글러스 힌츠맨과 그의 동료들이 1981년에 한 실험에서 알 수 있다. 그림을 원형으로 펼쳐 세워 놓고 실험 대상자들을 한가운데에 앉혔다. 피실험자들 앞에는 책 그림, 뒤에는 안경 그림, 오른쪽에는 창문 그림, 왼쪽에는 모자 그림이 있었다. 과제는 이 그림의 순서를 외우는 것이었다. 끝으로 그림들을 모두 치우고 피실험자들에게 질문했다.

"당신의 얼굴은 창문 쪽을 향하고 있습니다. 그러면 안경 그림은 어느 쪽에 있습니까?"

언뜻 보면 이것은 굉장히 복잡한 테스트처럼 보인다. 피실험자들은 질문 받은 '안경 그림'이 그들 생각 속에서 앞이나 뒤에 있을 경우 상대적으로 빨리 대답했다. 하지만 그들의 오른쪽, 왼쪽에 있는 경우에는 대답에 걸리는 시간이 앞뒤에 있을 때보다 두 배 이상 걸렸다. 이와 비슷한 다른 실험들에서도 결과는 동일했다. 앞뒤는 심리학적으로 좌우보다 더 중요한 것이 분명하다. 우리의 뇌가 생각하기에 공간은 동질적인 매체가 아니다.

머릿속 지도 제작자가 가지고 있는 특이한 습관 중 하나는 우리의 뇌 속에서 거리가 때로 비대칭으로 인식된다는 것이다. 다시 말해 A에서 B까지의 거리는 B에서 A까지의 거리보다 멀다. B가 뚜렷하게 인식되는 높은 탑이고 A가 눈에 잘 띄지 않거나 작은 대상물일 경우 특히 더 그렇게 느껴진다. 왜냐하면 우리를 에워싸고 있는 대부분의 공간은 거의 대칭을 이루고 있기 때문이다.

어쩌면 이것은 거리 측정 방식의 부작용일지 모른다. 머릿속에서 차를 타고 A를 거쳐 B로 간다고 가정해보자. 이 상상 속의 드라이브에 힘을 많이 들이느냐 적게 들이느냐에 따라 우리는 거리에 대한 척도를 얻는다. 그러나 A가 B에 비해 눈에 띄는 뚜렷한 특징이 없는 곳이라면 뇌는 출발점을 상상하는 데 어려움을 느낀다. 따라서 B에서 A까지의 추정 거리는 A에서 B까지의 거리보다 더 짧게 느껴지는 것이다.

사람들은 보통 특정 구간을 오고 갈 때 각각 다른 길로 가는 것을 선호하는데, 그것은 머릿속 지도가 비대칭이기 때문이다. 가는 길에서 더 효율적으로 보이던 하나의 변형이 되돌아오는 길에서는 그렇게 보이지 않는 것이다. 길에 대한 선호가 이렇게 다른 이유는 사람들이 길을 나설 때는 가능한 한 곧바로 목적지로 가려고 하고, 노선 수정은 최대한 하지 않으며, 하더라도 가장 마지막 단계에서 하려고 하기 때문이다.

기억으로 그린 지도

머릿속 지도 제작자는 비밀스럽게 세계를 개혁하는 존재다. 이 지도 제작자는 지도에 표현된 주변 지형이 실제보다 더 압축되어 더 논리적이고 수평수직의 각을 가지고 있다고 생각한다. 실험 대상자들은 자신이 사는 도시를 기억에 의존해서 스케치할 때, 구부러진 도로들은 일직선으로 그리고 교차로는 실제보다 더 직각이 되게 그린다. 왜냐하면 앞에서 말한 것처럼 인간의 방향 감각 기관이 직선과 직각을 더 좋아하기 때문이다.

추측 항법에서 지도를 연구하고 기억할 때도 이런 특징이 나타난다. 지도 위의 스케치나 실제에서 얻은 경험들은 기억에 저장될 때 일그러져서 직선과 직각으로 단순화된다. 예를 들어 북해 해안은 사람들의 머릿속에서는 동서 방향으로 뻗어 있다. 그래서 사람들은 런던이 베를린보다 북쪽에 있다고 생각한다. 그리고 파리는 실제로 독일 남서부의 슈투트가르트와 위도가 같은데, 일반적으로 독일 바로 옆에 있다고 생각한다.

기억으로 그린 네 개의 유럽 지도를 살펴보자(pp. 156~157). 세 그림은 독일인들이 그린 것이고, 하나는 독일에서 오래 산 프랑스 여성이 그린 것이다. 여기서 사람들의 지형학적 무지함을 비난하려는 것은 아니다. 내비게이션 시대에는 지중해 해안이 정확히 어떻게 생겼는지 아는 것이 별로 도움이 되지 않는다.

네 개의 그림은 앞에서 언급한 일그러뜨림과 위치 바꾸기를 보여준다. 영국해협(또는 라망슈 해협)은 어느 방향으로 뻗어 있는가? 스페인과 프랑스의 국경은 남북으로 뻗어 있는가, 아니면 동서로 뻗어 있는가? 장화처럼 생긴 이탈리아 반도는 어느 방향으로 놓여 있는가?

유럽은 여기서 작은 예일 뿐이다. 머릿속 지도의 이와 같은 일그러뜨림은 독자들의 고향에서도 또는 회사 가는 길에서도 발생한다. 이런 일그러뜨림은 항법 결정에 그리고 우리가 다른 사람에게 길을 알려줄 때도 매우 구체적인 영향을 미친다. 실제 위치를 다르게 상상하는 것은 현실과 교류할 수 있는 우리의 능력을 감소시키는데, 이것은 길을 잃게 되는 중요한 요인이다.

화살표를 따라가세요

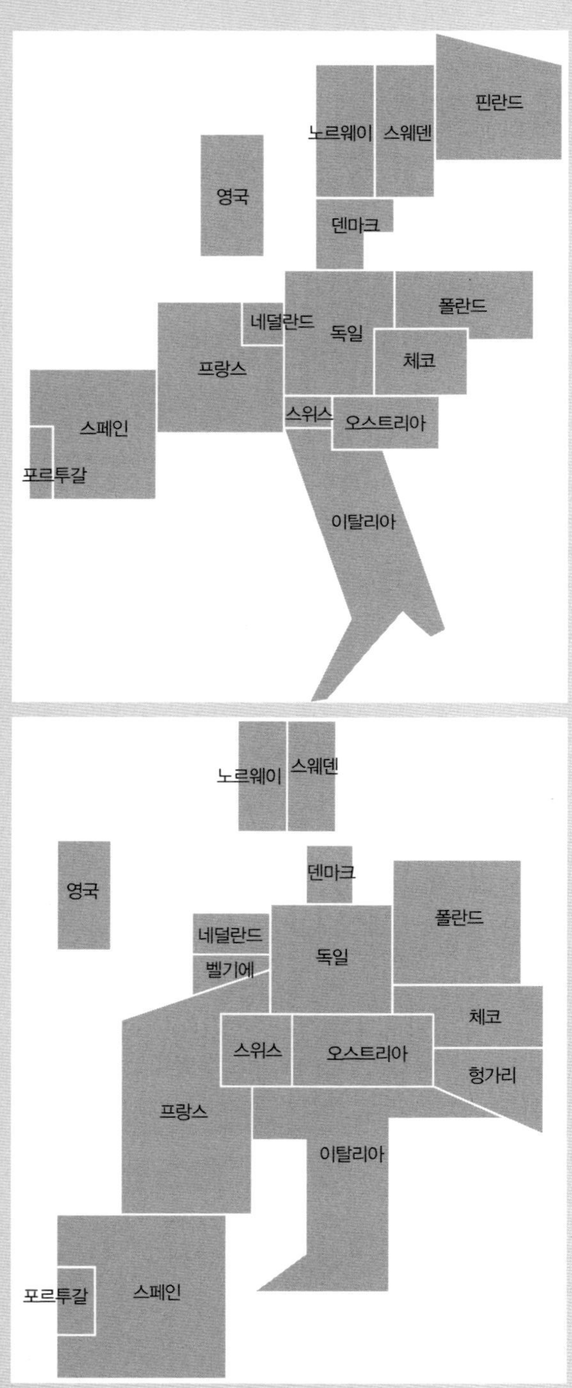
핀란드
노르웨이
스웨덴
영국
덴마크
네덜란드
독일
폴란드
프랑스
체코
스페인
스위스
오스트리아
포르투갈
이탈리아
노르웨이
스웨덴
영국
덴마크
폴란드
네덜란드
독일
벨기에
스위스
오스트리아
체코
헝가리
프랑스
이탈리아
포르투갈
스페인

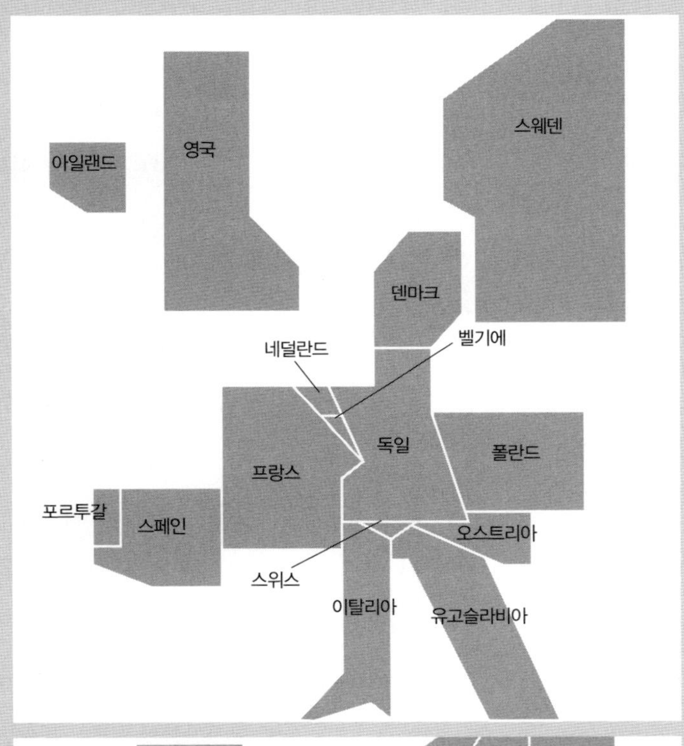

아일랜드
영국
스웨덴
덴마크
네덜란드
벨기에
프랑스
독일
폴란드
포르투갈
스페인
오스트리아
스위스
이탈리아
유고슬라비아

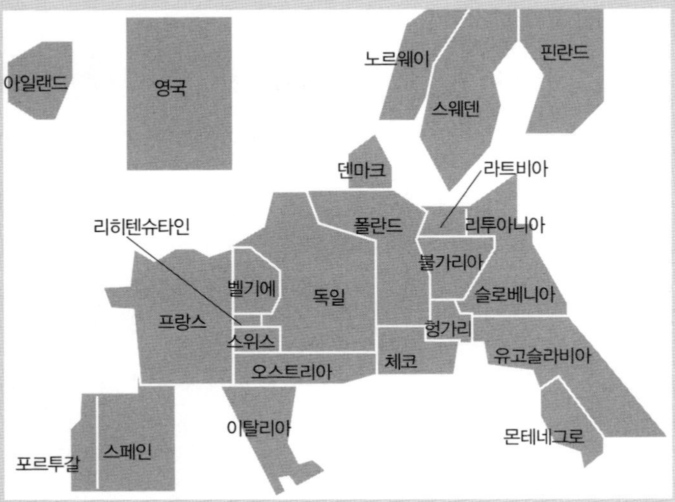

아일랜드
영국
노르웨이
핀란드
스웨덴
덴마크
라트비아
리히텐슈타인
폴란드
리투아니아
벨기에
독일
불가리아
프랑스
슬로베니아
스위스
헝가리
오스트리아
체코
유고슬라비아
이탈리아
몬테네그로
포르투갈
스페인

몸으로 익히는 파일럿팅

머릿속 지도는 한계가 있다. 우리는 보통 방향을 잡을 때 '순서 정보'를 유용하게 활용한다. 이에 대한 좋은 예는 집안에서 찾을 수 있다. 밤 어둠 속에서 화장실에 가려는 사람이 굳이 집 전체 설계도를 마음에 그리지는 않는다.

앞에서 언급한 추측 항법은 전적으로 자기중심적인 정보에 근거를 두고 있다. 거리와 구간은 외적인 기준에 의해 측정되는데, 자기중심적인 정보란 각 개인의 좌표계 안에서만 의미가 있는 정보를 말한다. 이것은 이미 방향이 정해진 노선을 두고 사람들이 싸우는 원인이 되기도 한다. 왜냐하면 모두가 자신만의 판단 기준을 가지고 있기 때문에 다른 사람의 기준을 이해하는 것이 어렵기 때문이다.

이와 반대로 앞에서 언급한 침실에서 화장실을 찾아가는 방식, 즉 전문적으로는 '파일럿팅'이라고 부르는 방식은 모두에게 공통적인 외부 자료를 기준으로 삼는다. 예를 들어 집안에서 길 찾기의 경우 '문의 위치'가 기준점이 될 수 있다. '문'을 기준으로 여러 방향에서 앞으로 가야 할 길에 대한 결정을 그때그때 내린다. 도보 여행 중 다툼을 피하기 위해서도 꼭 필요한 방법이다.

머릿속 지도 제작자는 방향 감각점의 위치를 바꾸려는 경향이 있다. 큰 나무는 경우에 따라 길을 찾는 사람의 머릿속에서만 갈림길에 위치하고, 실제로는 머릿속 위치에서 500미터 이상 더 떨어진 곳에 있을 수도 있다.

우리 내면에서는 지도와 유사한 '형태적 정보'와 '노선'으로 길을 찾는다. 뇌는 이 둘을 엄격하게 구분하지 않는다. 그래서 뇌는 어떤 지역에서는 '지도'를 통해, 다른 지역에서는 '노선'을 통해 길을 찾는 작업을 한다. 그러나 대부분의 경우 이 두 종류의 정보는 함께 뒤섞여 뇌에 영향을 준다.

남자, 여자 그리고 편견

남자는 지도의 정보를 인지하여 길을 찾는 데 탁월한 능력을 발휘하는 반면, 여자는 특정 지역 혹은 건물을 거점으로 하여 길을 찾는 데 탁월하다. 사실 현실에서는 노선에 방향을 맞추든, 방향에 노선을 맞추든 전혀 중요하지 않다. 지역적 특성에 따라 양쪽 중 더 적합한 방법을 적용해서 문제를 해결하면 되는 것이다.

그러나 여성들은 자신들의 방향 감각이 남성의 방향 감각보다 못하다고 평가한다. 여성들이 자신에 대해 제대로 평가하고 있는지, 정말로 남성들보다 길을 잘 잃는지는 다른 문제로 쉽게 대답할 수 있는 것이 아니다. 일반적으로 자신의 방향 감각에 대한 평가는 최근에 얼마나 길을 잘 찾았는지에 따라 크게 좌우된다. 계속 헤매다가 최근에 지름길 하나를 성공적으로 발견한 사람은, 항상 길에 해박했지만 최근에 어쩌다가 길을 잃은 사람보다 자신이 더 방향감이 좋다고 생각하는 경향이 있다.

그리고 자신에 대한 정보가 꼭 믿을 만한 것은 아니다. 산이나 황무지의 지역적 특성, 구조대 출동 통계도 별로 도움이 되지 않는다. 왜냐하면 야외활동을 하는 남녀의 비율에 대해 알려진 바가 없기 때문이다. 대학생들을 대상으로 실행한 방향감 테스트에서 남자와 여자의 서로 다른 실행 방법에도 불구하고 동일한 결과가 도출되었다. 길을 잃었을 때 다시 방향을 찾는 태도에서 보이는 차이는 성별에 의한 차이라기보다, 개인 활동성의 정도와 습관적인 태도의 차이라고 할 수 있다.

길을 찾을 때 여자들이 남자들보다 더 쉽게 길을 묻는다. 사실 이것에 대한 과학적이거나 통계적인 연구는 없다. 이 문제는 길을 찾는 과정에서 입에서 입으로 전해지며 더욱 강력해진 현대의 전설이라고 할 수 있다.

미국 자동차협회의 2005년 설문에 따르면 길을 잃었을 때 남자와 여자 모두 비슷하게 30퍼센트 정도는 길을 묻지 않는다고 한다. 언젠가 여자들이 길을 묻는 빈도가 정말 더 많다는 것이 밝혀진다면, 그것은 여자들이 자신의 방향감을 남자들보다 덜 미더워하기 때문이라고 볼 수 있다. 또 여자들이 남자들보다 빨리 길을 잃었음을 감지하고 확인, 질문함으로써 자신의 현재 상태를 정확히 하려고 하는 성향이 더 강하기 때문이다.

아무도 가르쳐주지 않는 여행의 기술

배운 것 잊어버리기

이와는 반대로 방향 찾기의 학습성에 관한 연구 보고는 많은 편이다. 길을 잃는 능력과 길을 찾는 능력이 누구에게는 있고 누구에게는 없는 그런 것이 아니다. 학습을 통해 자신의 능력으로 만들 수 있다. 앞에서 언급한 방향감이 전혀 없는 환자들조차도 6주간의 훈련 뒤에는 머릿속 지도를 만들 능력을 현저히 향상시킬 수 있다. 방향감은 한 번 배우면 언제나 할 수 있는 수영이나 자전거 타기와 다르다. 방향감은 인간 두뇌의 능력 중 가장 복잡한 능력으로 서서히 성숙해가는 것이며 영원히 지속될 수 있는 것이 아니다.

연령의 차이는 길을 찾는 문제에서도 차이를 보인다. 구조대의 보고에 따르면 6세까지의 아이들이 인구집단 중 생존 가능성이 가장 높다. 아이들은 본능에 따라 피곤할 때는 그 자리에 앉아버린다. 무슨 일이든 특정 목적에 따라 움직이는 어른들과는 다르다. 어른들의 생각은 외부 환경과 항상 갈등을 빚지만 아이들은 그렇지 않다. 7세에서 12세 사이 아이들의 경우 본능은 잃어버리고, 자기 구조를 위해 계획을 구체적으로 세우고 자신의 방향감으로 길을 찾는 실행을 현실적으로 하지 못한다.

그리고 성인의 경우라 하더라도 방향감과 길을 찾는 기술은 나이가 들면서 차차 떨어진다. 에릭 존슨의 책이 출판될 당시 그는 이미 70세가 넘었다. 그의 관찰은 나이가 들면서 이런 능력이 사라지는 것은 연습 부족의 결과가 아니라, 생리적이고 심리적인 문제라는 것을 암시한다. 라인홀트 메스너도 자신의 방향감 감퇴에 관해 이야기한다.

"수직으로 솟은 암벽에서 방향을 잡는 것은 대단한 기술이다. 내가 노선을 따르지 않고 나 자신만의 새로운 노선을, 즉 그곳에 존재하지 않지만 암벽을 오를 때 생긴 노선을 따른다고 하자. 그것은 엄청난 기술로 늘 발휘할 수 없는 기술이다. 현재 나는 그 기술을 예전처럼 잘 사용하지 못한다. 20대에는 본능적으로 그 기술을 사용했고, 수천 번 실행하면 단 한 번 정도 실수가 있을 뿐이었다. 하지만 지금은 두 번에 한 번은 실수를 한다. 그 기술은 더 이상 내게 없는 듯하다."

경험을 더 많이 쌓는다면 이런 상실이 어느 정도까지는 완화될 것이다. 메스너의 방향감이 쇠퇴했다고는 해도 그 또래의 사람들보다는 훨씬 나을 것이 분명하다.

머릿속 지도와 외부 지도

우리가 내면의 정보를 반드시 지도의 형태로 저장하지 않는다고 해도, 머릿속 지도를 만들 때 도움이 되는 것은 분명하다. 로버트 로이드의 1989년 연구가 그 증거다. 이 연구에서 두 실험 그룹은 사우스캐롤라이나의 콜럼버스 시에 대한 그들의 정보를 근거로 하여 방향과 거리를 측

아무도 가르쳐주지 않는 여행의 기술

정하도록 요청받았다. 첫 번째 그룹 참가자들은 2년 정도 콜럼버스에 거주한 사람들이었고, 두 번째 그룹은 이 도시에 대한 정보라고는 몇 분 동안 지도를 본 것이 전부인 사람들이었다. 결과는 놀라웠다. 두 번째 그룹에 첫 번째 그룹보다 콜럼버스에 대해 더 잘 알았다.

하지만 이 실험의 결과를 '지도를 보는 것이 현명한 방식이다'라는 것으로 이해해서는 안 된다. 지도가 한 지역에 관한 지식을 향상시키는 것은 아니다. 지도는 지역의 바위, 강의 굴곡, 구부러진 나무와 파일럿팅 정보들을 기억할 때는 별 효용이 없다. 오히려 이리저리 걸어서 돌아다니며 지역을 파악하는 것이 기억에 도움이 된다.

상호작용의 우월함이라는 측면에서 보자면, 어떤 지역에 대해 무엇을 알고 있으며 그것이 내면에 어떻게 저장되는지는 사람들이 정보와 어떻게 상호작용하느냐에 좌우된다. 지도를 통해 주변 지역을 알게 되면 뇌에는 지도만 남아 있게 되고, 항상 정해진 노선만을 이용하게 되고 이 노선만을 머릿속에 저장하게 된다.

정확한 지도를 사용할 수 없는 경우를 대비해 뇌는 장소에 관한 부연 설명을 머릿속 지도로 번역하는 능력을 발전시켰다. 나이 든 사람들은 노선을 설명하기 위해 텍스트로 설명하던 시대를 기억할 것이다. 뇌는 곧바로 텍스트를 저장하거나 아니면 텍스트로부터 지도를 다시 구성해서 기억한다. 이 방법은 나중에 다른 지역에서 길을 찾을 때 텍스트를 일일이 지도로 바꿀 필요가 없도록 한다. 하지만 정보의 원천인 텍스트가 사라져버린다는 단점도 있다.

"자동차 도로는 에트릭 산의 남쪽 산비탈을 따라 온크웨도를 통과한 뒤 동쪽으로 뻗어 있다. 숲으로 덮인 평야에는 수많은 비포장도로와 오솔길이 이리저리 나 있다. 정확히 말해 이 지역은 온크웨도의 북동쪽으로 '소나무들'을 향해 구불구불 이어진 포장된 시골길의 기울어진 직각삼각형의 빗변, 즉 앞에서 말한 자동차 도로의 직각을 끼고 있는 긴 변과 강의 한 변으로 형성된 삼각형 지형이다. 이 강에는 다리가 놓여 있는데 에트릭 산 근방에는 강철 다리가, 쿡스 부근에는 목조 다리가 놓여 있다."

이런 설명을 읽은 뒤 이미지나 문장 중 기억나는 것이 있는지, 아니면 아무것도 기억나지 않는지 확인해볼 필요가 있다.

순서를 이용한 길 설명, 즉 '오른쪽에서 세 번째 신호등'과 같은 설명은 길을 찾는 사람들의 머릿속에 대략적인 지도를 만들기 위한 것으로 보여진다. 그런데 실험 대상자들은 이것이 도움이 된다고 생각하지만, 사실 이것은 잘못된 생각이다. 왜냐하면 실험 결과, 실험 대상자들은 오히려 별로 도움이 되지 않는다고 평가된 설명들을 이용해 더 빨리 목적지에 도달했기 때문이다.

길 설명에서 가장 중요한 문제는 예정한 길에서 벗어나야 하는 순간에는 그 설명이 아무 소용이 없다는 것이다. 첫 번째 신호등에서 우회하여 길을 벗어나야 한다면 어떤 신호등이 '오른쪽에서 세 번째' 신호등인지 고민에 빠지게 된다. 이렇게 정확하지 않은 지도를 머릿속에 가진 사람은 즉흥적으로 행동할 수 있다. 물론 결국에 목적지를 찾긴 할 것이다. 하지만 정확한 방향 전환 지시가 적힌 종이 한 장만 가진 사람은 길을 잃고 만다. 내비게이션은 우리에게 두 가지의 선택 사항을 준다. 하나는 지도를 보는 것이고, 다른 하나는 목소리를 듣고 길을 찾는 것이다. 내비게이션은 사용자들의 다양한 요구를 수용하고 있다. 하지만 최근 이런 기기들이 인류에게 마지막으로 남아 있는 방향감을 완전히 없애버린다는 평가를 받는다. 기기의 지시를 아무렇지도 않게 따르는 사람들은 실제로 머릿속 지도를 만들어내는 능력이 퇴화된다.

다른 한편으로 좀 더 큰 지도의 한 부분을 보고 '운전 방향은 위쪽이다'가 아니라 '북쪽이 위쪽이다'를 선택하는 사람은 모든 머릿속 지도에 존재하는 일그러진 실제를 교정할 기회를 가질 수 있다. 어쩌면 그는 모험을 즐기게 되고, 새로운 노선을 여러 번 시도함으로써 자신의 머릿속 지도를 확장할 것이다.

지역적 형상과 노선 정보가 모두 실린 결정판이 다음의 뤼덴샤이트 시 지도다. 여기서 보듯 머릿속 지도는 실제 지도와 객관적으로 비교할 수 없다. 개인적 경험이 있는 특정한 장소들의 이차원적인 조감도와 다른 장소들 간의 거리 관계가 저장된다. 지리적 설명들은 텍스트 형태로 어딘가 다른 곳에 배치되어 있고, 특징적인 지형 표시들과 다른 장소들 역시 머릿속 지도에는 기록되어 있지 않다. 이 지도는 다소 무질서해 보인다. 게다가 정신적 공간은 실제 공간과 다르기 때문에 지도는 일그러지

화살표를 따라가세요

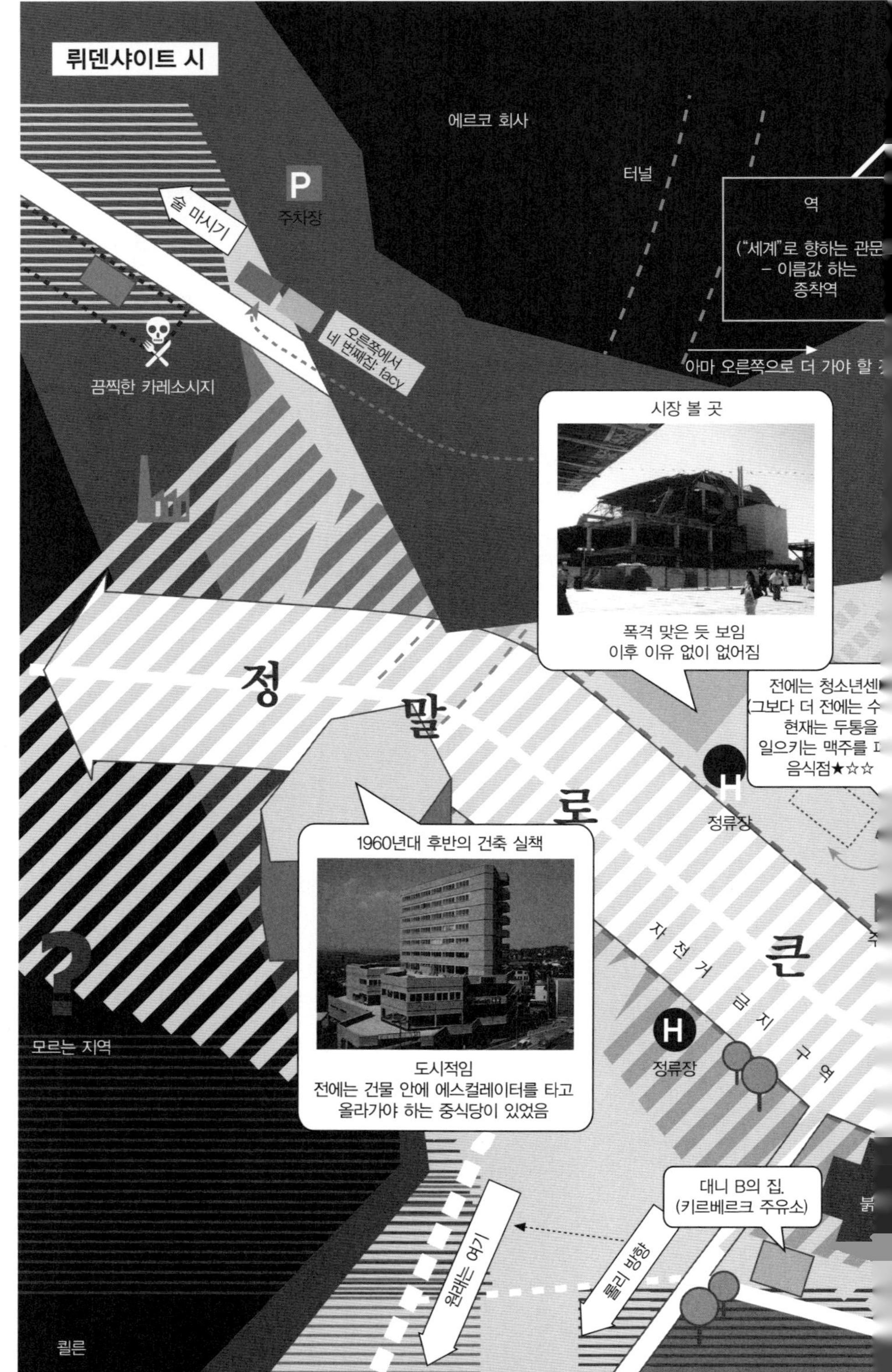
뤼덴샤이트 시
에르코 회사
터널
역
("세계"로 향하는 관문
– 이름값 하는
종착역
P
주차장
술 마시기
네 번째잡 lacy
오른쪽에서
끔찍한 카레소시지
아마 오른쪽으로 더 가야 할
시장 볼 곳
폭격 맞은 듯 보임
이후 이유 없이 없어짐
전에는 청소년센
(그보다 더 전에는 수
현재는 두통을
일으키는 맥주를 ㄷ
음식점★☆☆
정
말
로
정류장
1960년대 후반의 건축 실책
도시적임
전에는 건물 안에 에스컬레이터를 타고
올라가야 하는 중식당이 있었음
자전거금지구
큰
H
정류장
모르는 지역
쾰른
대니 B의 집.
(키르베르크 주유소)
붉

도르트문트
반디도스
지쿠 장난감 회사
?
전에는 포르노극장
지금은 모름
시장 근처 이곳은
생선튀김집★★★
UFO 연구소
구 시 가
시청 광장
(흰색 부석으로
새롭게 치장)
시티센터
이곳을
완전히 지나
뒤쪽 왼쪽이
보행자용 다리
아니면 저기?
키르메스
축제장
뤼덴샤이트에 처음
생긴 첫 케밥집
(제대로 된 맛)
보행자 지역
보행자 지역
신문사
교통 규제 구간
?
생생히 기억남
장기자랑에서
"Crazy Extazy
(브레이크댄스)" 등장
쉴치가 이곳에서 수습을 거치는 동안
저널리스트의 열정이 꽃핌
건물 뒤쪽에 멋진 ZOID-Piece
이곳 어딘가
오래된 공장
여기 왼쪽 어딘가:
멋진 전력용 박스
흥미로운 나치 훈장이
전시된 단추박물관
H
정류장
석탄재를 간 경주로
집으로

고, 장소들은 위계질서에 따라 정돈되어 압축되고 요약된다. 구간들은 불균형적이며 일그러져 보인다. 이런 상황에서 기분전환을 위해 기호라도 바꾼다면 목적지에 제대로 도달한다는 것은 거의 기적에 가까운 일이 된다. 이런 측면에서 우리의 뇌는 길을 잃기 위해 탁월하게 만들어진 것이 분명하다.

"나침반 바늘이 북쪽이 아니라 남쪽을 가리키고 있어요. 보세요! 극이 반대예요!"
"무슨 소리를 하는 거야? 반대라니?"
삼촌과 내 머릿속으로 날카로운 섬광이 비쳤다!

_쥘 베른, 《지구 속 여행》

뇌는 분노에 약하다

방향감과 길 찾기는 두뇌에 부여된 어려운 미션이다. 두뇌는 스트레스, 피로, 분노 또는 알코올과 같은 방해 요인들에 아주 약하다. 에릭 존슨은 《내면의 나침반》에서 이에 관한 여러 가지 예를 썼다. 그는 평소 매우 정확한 방향감을 지녔으면서도 피로, 시차장애, 치과 치료 후 통증과 지침 등의 이유로 길을 헤맸다. 우리는 앞에서 레비스트로스가 정글에서 길을 잃은 이야기를 살펴보았다. 그에게 길 잃은 사건은 그의 연구 과정 중 한 국면이었다. 레비스트로스는 남비콰라 족장과의 불만족스러운 만

남에서 돌아오던 길이었다.

"만남에서의 실패 이유는 모르지만 뭔가 농락당한 기분이 나를 화나게 했다. 게다가 내 나귀도 화농성 구강염을 앓던 중이라, 제대로 통제가 되지 않았다."

보고서를 보면 불쾌한 기분이 방향감 상실의 원인이 되었음을 알 수 있다. 동행들과의 헤어짐은 이런 분노의 징후일 수 있다. 구조대의 보고를 살펴보면, 함께 가던 일행과의 헤어짐은 불행한 결말을 맺는 경향이 있다. 이런 경우 사고나 조난의 원인이 정확하게 파악되지 않는다. 보고서에 언급되지 않은 갈등이 있었을 것으로 추측할 뿐이다. 무리 안에 생긴 갈등은 원래 방향 감각에 사용해야 할 집중력을 갈등 상황에서 분산되게 할 수 있다.

물론 이런 일은 동행자가 없을 때도 발생한다. 인간은 때로 혼자서 화가 나 스스로 주체할 수 없는 지경에 이르기도 하기 때문이다. 작가 울프 마일랜더는 이 경우에 대해 아래와 같이 이야기했다.

"나는 남부 티롤의 백운석 산맥에서 길을 잃고 헤매다가 갑자기 목표로 삼지도 않은 스키장 한가운데에 있게 되었다. 화가 머리끝까지 치솟았다. 알프스 전체가 이런 스키장으로 경관을 해치다니 이 얼마나 말도 안 되는 일인가! 사방이 눈에 거슬린다. 더 이상 도보 여행을 할 수 없는 지경이다! 망할 겨울 스포츠! 혼자서든 무리에서든 화를 내다보면 아무것도 보이지 않으면서 사고의 폭이 좁아진다. 이런 상태에서의 길 잃음

아무도 가르쳐주지 않는 여행의 기술

은 내면의 불협화음이 외적으로 변형되어 드러난 것이다."

하지만 '분노'는 여가를 보내기 위한 '길 잃기'의 시작점으로는 적합하지 않다. 분노는 그저 더 화나게 할 뿐이다.

무의식이 하는 추측

대부분의 사람들에게 머릿속 지도는 대충 구성된다. 이런 지도는 지하철역을 나온 뒤 어느 방향으로 몇 번 방향을 바꾸었는지 등에 특별한 주의를 기울이지 않는다. 이런 상태에서 네모반듯하게 구획되어진 질서 잡힌 세계는 방향을 잡는 데 곤란함을 유발한다. 논리적이고 실용적인 도로 시스템을 갖춘 뉴욕에서 뉴욕 시민들조차 길을 헤맨다. 이유는 대부분의 도시 지도나 지하철 지도에는 맨해튼의 도로들이 완벽하게 남북 방향이나 동서 방향으로 되어 있기 때문이다. 그러나 실제 뉴욕은 동쪽으로 30도가량 기울어 있다. 이렇게 길 찾기가 어려운 도시들이 있다. 이런 도시들은 발전하면서 바둑판 모양으로 도시가 구획되고 비뚤어진 모서리 안에 직각의 도로를 내면서 다른 지역들과 어쩔 수 없이 충돌하게 된다. 이런 현상은 세계의 모든 도시에서 나타난다.

자연이 정돈해놓은 이상한 경관 중 대표적인 예는 특이한 방향으로 놓인 해안이다. 남아프리카 케이프타운에서 여행을 하다보면 태양이 서쪽

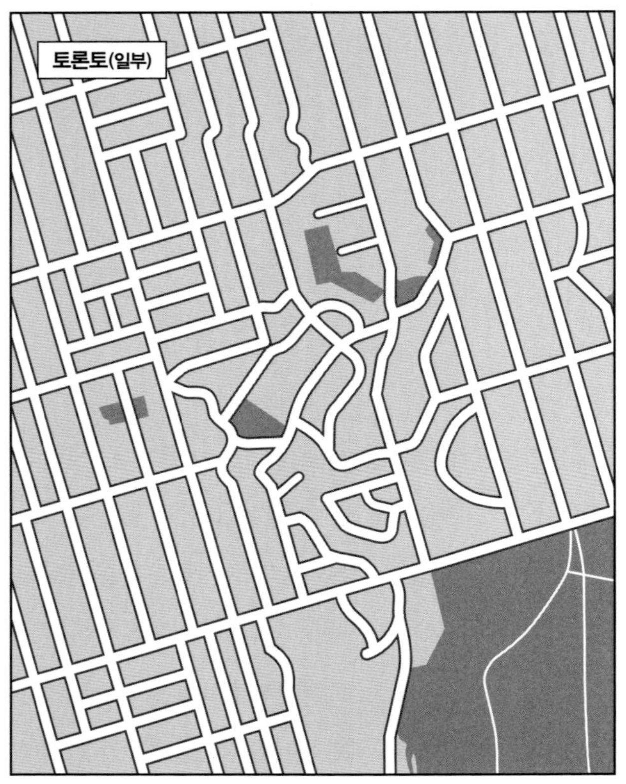

에서 뜨는 황당한 모습을 목격하게 된다. 시내에서 바다를 보는데, 남쪽
이 아니라 북쪽을 보게 된다. 이것은 아프리카의 남쪽 끝에서 일어나는
아무도 예측할 수 없는 전대미문의 상황이다.

사람들은 자신의 고향을 기준으로 추측을 한다. 예를 들어 라인 지역
에서 자란 사람은 잘 모르는 강을 보며 그 강이 북쪽으로 흘러간다고 예

상한다. 어릴 적 도나우 강을 바라보고 산 사람은 모든 강이 남쪽으로 흘러간다고 생각한다.

또 건물의 내부를 가늠하는 데 있어서 반드시 논리적인 추론을 해야 하는 것은 아니다. 북반구에 사는 사람들은 창문은 남쪽으로 내야 하며, 빛이 북쪽에서 들어오는 상황 같은 것은 상상도 하지 못한다. 이런 생각은 북반구 사람이 남반구를 방문할 때 혼란을 야기시킨다. 에릭 존슨은 자신의 경험을 아래와 같이 적었다.

"건물 안에 있을 때 우리는 보통 우리가 들어온 입구를 기준으로 방향을 잡는다. 달리 말하면 방 안에서 내다본 바깥 세계를 우리가 들어온 그곳과 일치한다고 생각하는 것이다."

창문으로 내다본 전망이 지나온 곳과 어느 정도 비슷할 때 사람들은 이렇게 생각한다. 따라서 호텔의 앞쪽과 뒤쪽에 모두 도로가 나 있다면, 뒤쪽 객실에서 내다본 전망을 입구 쪽의 전망으로 생각할 수도 있다. 이미 머릿속에서는 세계가 180도 회전해 있는 것이다. 창문이 한쪽은 도로를 향해, 다른 쪽은 바다나 푸른 정원을 향해 나 있는 호텔은 방문자의 방향감을 그렇게 흐트러지게 하지 않는다. 그리고 이런 호텔은 다른 곳에 비해 숙박료가 비싸다.

다른 사람 쫓아가기

처음에 위쪽으로 가면 계속 위쪽으로 간다. 처음에 오른쪽으로 가면 계속 오른쪽으로 간다. 도보 여행자들 대부분 이렇게 생각하고, 이렇게 생각하는 것이 대체로 맞다. 그러나 드물게 처음에는 왼쪽을 향하다가 나중에 오른쪽으로 방향을 트는 경우도 있다.

영국 탐험가 빌 틸먼은 난다 데비(해발 7816미터의 히말라야 최고봉)의 첫 등반에 대한 보고에서 길을 잃게 만드는 원인에 대해 쓰고 있다. 틸먼과 찰스 휴스턴, 셰르파 파상은 빙하가 시작되는 강에 이르렀다. 틸먼은 강을 건넜다. 반면 파상은 더 아래쪽에 강의 얕은 곳이 있을 것이라고 추측했다. 세 사람은 강의 오른쪽과 왼쪽에 나란히 놓인 길들을 따라 마르톨리 마을로 향했다. 틸먼은 그날 목적지에 도착했고, 파상과 휴스턴은 하루 반이 지난 뒤에 도착했다.

"그들은 오솔길에서 벗어났다. 벗어나서 걸었던 길이 산 위쪽을 향했고, 점점 더 강과 마을에서 멀어졌다. 그들이 더 헤맨 것은 마르톨리 쪽에서 강으로 다가오는 남자를 보았기 때문이다. 두 사람은 그 남자가 걸어서 건널 수 있는 강의 얕은 곳으로 가고 있다고 추측했다."

여기서 길을 잃은 두 번째 이유도 알 수 있다. 바로 '다른 사람'을 쫓아갔기 때문이다.

길 밖으로 유혹하는 것들

방향을 잡았지만 다른 방향으로 가고 싶은 유혹을 느낄 때, 일단 접어든 길을 유지하는 것은 쉽지 않은 일이다. 유혹하는 요인으로는 어둠 속에 비치는 빛이나 탁 트인 바다 위에 떠 있는 배 또는 늪지 사이에 있는 마른 땅 등이다.

문학비평가 다니엘라 슈트리글이 자연보호 지역인 라인츠 동물원에서 길을 잃었을 때, 이런 두 가지 요인들이 해결사 노릇을 했다.

"나는 산책을 하려고 할 때마다 길을 잃었다. 나와 내 남편은 사실 라인츠 동물원으로 가서 한 시간가량 천천히 신선한 공기를 마실 생각이었다. 그날은 겨울의 어느 토요일이나 일요일이었을 것이다. 우리는 넓은 길로 가다가, 사람들이 너무 붐비는 바람에 언덕으로 가기로 했다.

이때 우리를 유혹한 것은 들짐승의 발자국이었다. 발자국을 따라 비탈길을 올라갔다. 들짐승의 발자국을 따라가면 대개 그렇듯, 가지 말아야 할 길로 이어진다. 멧돼지들이 주로 다니는 지역에 도달하자 주변 상황이 불편해졌다. 사방에 멧돼지똥이 널려 있어서, 똥을 밟지 않고는 한 걸음도 옮기기 힘든 지경이었다. 그래서 우리는 '여기서 나가야 해. 안전은 둘째치고 이 더러운 곳에서 나가야 해!'라고 생각했다. 그래서 계속 걸었다. 어느 틈엔가 우리는 산꼭대기에 도달했고, 여기서는 쌓은 눈이 갑자기 깊어졌다. 가벼운 산책용 신발을 신고 있었고, 산길에는 어울리지 않는 옷차림이었다.

한 시간 정도 예상한 산책이었는데, 우리는 아무것도 먹지 못하고 점점 험해지는 눈길을 계속 걷게 되었다. 결국 눈은 무릎을 덮었다. 아래쪽에는 눈이 하나도 없는데, 150미터밖에 차이 나지 않는 이곳에 이렇게 눈이 쌓여 있다니, 이게 가능한 일인지 알 수 없었다. 사방에 길은 보이지 않고 어떤 소리도 들리지 않았다. 다행인 것은 해가 비치고 있어서 시야가 나쁘지 않다는 것이었다.

휴대전화도 가지고 있었다. 어디에 전화를 해야 할지 곰곰이 생각했다. 라인츠 동물원 번호를 생각했지만 주말이라 아무도 없을 것이다. 그리고 전화를 걸어 길을 잃었다고 하면 사람들이 비웃을 것이다. 저 몇 백 미터 아래에서 휴일의 여유를 즐기고 있는 사람들과 완전히 다른 세계에 있는 것 같았다. 계속 길을 가다가 동물원의 울타리에 도착했다. 그런데 우리가 동물원 안에 있는 것인지, 밖에 있는 것이지 알 방도가 없었다. 일단 울타리를 기어올랐다. 30분을 더 간 뒤 또 다른 울타리를 보았다. 그리고 우리는 울타리 너머로 무리지어 걸어가는 사람들을 보았다. 그 사람들이 우리를 어떤 눈으로 봤을지는 짐작할 수 있을 것이다. 우리는 흠뻑 젖고 녹초가 된 몸으로 2미터나 되는 울타리를 다시 넘었다. 다시 사람들의 물결 속으로 들어갈 수 있다.”

이 경험에서 우리가 피하고 싶은 것들은 수많은 사람들과 멧돼지똥이었고, 길을 벗어나도록 우리를 유혹한 것은 짐승의 발자국이었다. 다양한 요인들이 계속 이어지면 정말 잦은 방향 전환이 일어난다. 이때 길을 잃은 사람은 몇 분마다 지푸라기라도 잡는 심정으로 노력을 한다. 방향감 상실의 스트레스와 함께 잦은 방향 전환은 지나온 길을 기억하는 뇌의 능력에 과부하를 준다.

쉽게 알아차릴 수 있는 외부의 영향은 전혀 문제되지 않는다. 길을 찾을 때 사용하는 이성 뒤에 의식이 알지 못하는 더 강력한 다른 동기가 도사리고 있다면, 이것만으로 구상해둔 계획을 무너뜨리기에 충분하다.

무의식이 범하는 의도적 실수

프로이트는 《일상생활의 정신병리학 Zur Psychopathologie des Alltagslebens》에서 자신의 경험담을 썼다. 그는 빈에서 어느 가게를 찾고 있었다. 그 가게의 진열장이 너무나 생생하게 눈앞에 아른거렸기 때문이다. 거리 이름은 기억나지 않지만 수도 없이 그 가게 앞을 지나다닌 기억이 또렷하게 떠올랐다. 시내 곳곳을 뒤지고 다녔지만, 그 진열장이 놓인 가게를 찾을 수 없었다. 온갖 방법을 써서 겨우 가게의 주소를 알아내고 보니, 매일 지나다니던 거리에 있었다.

"오랜 세월 같은 집에 살고 있는 M 가족을 방문할 때마다 그 앞을 지나다녔다. 그들과 절친했던 관계가 서먹서먹해진 후, 나는 그 집 주변 지역을 피해 다녔다. 진열장이 있는 가게를 찾으려고 온 도시를 쏘다녔지만, 이곳만은 마치 금지된 구역인 것처럼 피해 다니며 가보지 않았던 것이다.”

이 경우 길 잃기는 실수처럼 보인다. 사실 이 실수 뒤에는 단순한 우연이 아닌, 숨겨진 의도, 무의식의 전달자가 숨어 있다. 또 프로이트는 ‘엄격한 형’을 만나러 영국으로 떠난 여행에 대해 적고 있다. 프로이트는 영국으로 가는 길에 네덜란드에서 하루 묵고 싶었지만, 형은 돌아가는 길에 그럴 시간이 충분하다고 그를 말렸다. 쾰른에서 프로이트는 로테르담으로 가는 연결 기차를 찾지 못했다. 그는 사방에 물어보았고, 플랫폼에서 플랫폼으로 헤매고 다니다가 결국 기차를 놓치고 말았다. 쾰른에서 하룻밤 묵을까 잠시 생각했지만, 로테르담으로 가는 다음 기차를 탔다. 그러나 로테르담에 너무 늦게 도착하는 바람에 다음날 네덜란드에서 묵을 수밖에 없었다. 프로이트는 오랫동안 마음에 품고 있던 소원을 이루었고, 덴 하그와 암스테르담에 있는 박물관들을 방문했다.

“다음날 오전, 영국에서 기차를 타고 가면서 기억을 되짚어볼 수 있었다. 그때 쾰른 역에서 기차를 내렸던 바로 그 자리에서 몇 걸음 떨어지지 않은 곳, 바로 그 플랫폼에서 ‘로테르담 후크 반 홀란트’라는 커다란 간판을 본 것이 분명하게 기억났다. 그곳에 내가 여행을 계속 하기 위해 타야 했던 기차가 기다리고 있었다. 이렇게 훌륭한 안내가 있는데도 다른 엉뚱한 곳에서 기차를 찾았다는 것이 잘 이해되지 않을 것이다. ‘눈이 멀었'던 것일까? 영국으로 가는 중에 형의 말을 듣지 않고 렘브란트 그림을 보려고 내 계획 변경을 모르는 사람들은 그렇게 생각할 것이다. 그 밖의 나의 당혹스러운 연기, 쾰른에서 머물겠다는 계획은 사실 내 의도를 숨기기 위한 행동들이었다는 것을 사람들은 알지 못할 것이다."

그렇다고 모든 오류의 이면에 무의식이 숨어 있는 것은 아니다. 내비게이션 없이 안개 속을 가고 있는 사람은 '왜 같은 자리를 맴돌고 있느냐'는 질문에 정신분석학적인 대답을 할 필요가 없다. 그러나 실현될 수 없는, 어처구니없는 오류가 발생했을 때는 무의식의 영역에 의심의 눈길을 보낼 필요가 있다.

지나가던 이가 알려준 길로 가다가 길을 잃는 것은 우울하다. 하지만 깊이 생각하면서 가다가 길을 잃고, 길을 찾느라 우왕좌왕 한다면 이것은 진정한 축복이다. 이성의 작용과 연구를 통해 헤매는 사람은 절대 잘못된 길로 가지 않는다. 고작해야 우회할 뿐이다. _빌헬름 하인리히 릴, 《방랑기》

길을 잘 잃지 않았던 사람이 방향감을 상실했다면 극심한 스트레스와 두려움에 휩싸이게 된다. 스트레스라는 말은 별로 좋지 않게 들리지만, 사실 특별한 자극에 대한 육체의 반응이며 육체가 자극을 학습하고 적응하는 메커니즘이다. 스트레스를 받은 육체 안에서 일어나는 변화들에 관해서는 연구가 잘 되어 있는 편이다. 인간 유기체는 호르몬의 복잡한 혼합체들로 넘쳐나고, 호르몬은 뇌 안에서 벌어지는 기초활동에 영향을 미친다. 심장 박동수와 혈압이 상승하고, 소화 과정은 정지되고 비축된 에너지가 방출된다. 육체는 특별한 요구를 잘 다루기 위해 몇 가지 활동을 최고로 작동시킨다.

스트레스를 받으면 모든 것이 전과 같지 않다. 시험을 앞두고 스트레스에 시달리는 사람들은 우리가 전에 알던 것과 다르게 행동한다. 조용하고 신중했던 사람이 성급하고 신경질적이 되거나, 본인은 고도로 집중하고 있는데 겉으로는 넋 나간 사람처럼 보이기도 한다. 스트레스를 받으면 말 그대로 다른 사람이 되는 것이다. 이런 현상은 구체적인 위협에 반응할 때 더욱 커진다. 생명이 위태로워질 정도의 위협은 그렇게 자주 발생하지 않는다. 일상 속에서 기껏해야 공포영화를 보면서 극도의 두려움을 느끼는 정도가 다라고 할 수 있다.

스트레스는 대뇌의 능력을 감퇴시킨다. 특히 장기 및 단기 기억력과 지각 활동을 방해한다. 스트레스를 받은 사람들은 사물을 간과하고, 중대한 실수를 한다. 무엇보다 주어진 상황 안에서 중요한 것처럼 보이는 일에 집중하지만 사실 그것이 필요 없는 일일 경우가 많아서, 결국 올바른 결정을 내지리 못하게 된다.

이렇듯 위급 상황에서 쓸 수 없다면, 머릿속에 든 이 묵직한 뇌는 도대체 언제 필요하단 말인가? 하지만 특정 상황에서 아무런 기능을 발휘하지 못한다고 해서 그것이 전혀 쓸데없는 것은 아니다. 일반적인 경우 위급 상황에서는 모든 결정을 철저히 검토할 시간이 없다. 빠르고 감정적인 반응은 평균적으로 볼 때 위험에서 빠져나올 수 있는 가장 확실한 길이다. 스트레스는 우리를 깊이 생각하지 않고 즉각적인 반응을 하도록 만든다.

화살표를 따라가세요

스트레스에 의한 강박과 위협은 길을 잃은 사람에게는 오히려 도움이 된다. 긴박한 위험 상황에서는 스트레스로 인한 빠른 행동 반응이 매우 중요하다. 만약 우리가 사냥꾼 앞의 토끼라면 번개처럼 도망쳐야 한다. 침착함은 쓸모 있는 감정과 쓸모 없는 감정을 구분하고, 통제력을 유지하며, 극한 상황에서 감정이 주도권을 쥐지 못하도록 하는 능력이다.

극한 상황에서의 과도한 스트레스는 우리를 '패닉'으로 이끈다. 스트레스는 쓸모가 있는 반면, 패닉은 길을 잃는 등의 복잡한 상황에서 불행으로 이어질 확률이 높다. 따라서 길 잃기 전문가들에게 가장 중요한 문제는 '가만히 있기'나 '긴장 풀기'가 아니라, '패닉에 빠지지 않기'다. 위험 지역에서 길을 잃은 것 같은 첫 징후가 보일 때, '패닉에 빠지지 않기'를 나직이 외우는 것도 좋은 방법이다. 물론 크게 외칠 수 있으면 더 좋다.

스트레스 반응의 충동과 걱정을 완화시키기 위한 또 다른 메커니즘은 블랙유머를 하거나 상황을 게임하듯 다루는 것이다. 상황을 즐길 줄 아는 사람은 실험을 하고, 실험을 하는 사람은 되돌아가는 길을 알려줄 결정적인 정보나 해답을 찾을 수 있다. 반복적인 위험과 스트레스를 달고 사는 직업군에서는 그들만의 유머가 유행하는데, 이 유머는 제삼자에게는 인간을 경시하는 듯한 신랄한 냉소로 보인다. 그러나 실제로 이 모든 것은 공포를 다루는 방법이다.

두려움을 내포한 스트레스 반응은 훈련된 개처럼 지속적이며 길들여진 동반자가 된다. 권투 트레이너 커스 다마토는 다음과 같이 이야기했다.

"두려움은 불과 같다. 불은 당신을 위해 요리를 할 수도 있고, 집을 따뜻하게 만들 수도 있다. 하지만 불은 당신을 태워 없앨 수도 있다."

극한 상황에서 두려움을 느끼지 않는 사람은 없다. 그러나 두려움은 인간이 가져야 하는 자연스러운 감정이고, 그것은 통제되어야 한다. 두려움을 느끼지 않는 사람이 있다면, 그것은 상황에 온전히 몰입하는 마음이 부족하거나 극한 상황까지 가지 않은 것이다.

존 무어는 침착함의 법칙에 대한 개념을 우리보다 먼저 확립한 사람이다. 그는 1838년 스코틀랜드 남동쪽 던바에서 태어나 11세에 부모와 함께 미국으로 이주했고, 이후 위스콘신의 농장에서 성장했다. 무어의 아버지는 폭군처럼 자녀들을 일주일에 엿새, 하루 열일곱 시간씩 들에서 일하게 했다. 무어는 위스콘신에서 대학을 다닌 뒤 아르바이트로 연명했다. 그는 인디애나폴리스에 있는 마차 공장에서 일을 하다가 실수로 연장의 뾰족한 끝에 오른쪽 눈을 찔려 실명했다. 그런데 몇 시간 뒤 오른쪽 눈에 이어 왼쪽 눈도 보이지 않게 되어 완벽한 어둠 속에서 지내게 되었다. 이후 꾸준한 노력으로 눈이 회복되자, 그는 남은 삶 동안 세계를 여행하기로 했다.

1867년 인디애나에서 플로리다까지 1000마일을 걸어서 여행하고 이어서 캘리포니아로 향했다. 캘리포니아에서는 곧장 요세미티 밸리로 가서, 그곳에서 이듬해 대부분을 보냈다. 그리고 계속 이어진 여행에서 북아메리카에서 가볼 수 있는 모든 산맥과 사막과 빙하를 다녔다. 무어는 미국 환경보호운동의 아버지가 되었다. 많은 사진들에서 인생 후반기에 접어든 긴 회색 수염이 난 그의 모습을 볼 수 있다.

존 무어는 길을 잃은 것이 아니다. 물론 일반적인 기준에서 보자면 그는 길을 잃었다고도 할 수 있다. 무어의 모험은 "이 산에서 저 건너편 경치가 어떻게 보이는지 한번 보자" 또는 "캐니언을 등산할 수 있는지 확인해보자"라는 목적으로 시작되었다. 당연히 잘 포장된 길로 갈 수 있는 곳이 아니라, 완전히 모르는 새로운 지역을 여행했다. 무어의 길 잃기는 매우 위험한 경험이었다. 19세기 후반 미국 서부는 자연 그대로의 거친 환경 그대로였다. 오늘날에도 여전히 사람 손이 하나도 닿지 않은 곳들이 남아 있다.

무어는 탐험가이기도 하지만, 자연 연구가라고 부르는 것이 더 적합할 것이다. 그는 캘리포니아의 요세미티 밸리에 있는 절벽들을 관찰하여 계곡이 빙하에 의해 형성되었다고 확신했다. 지리학자들이 빙하는 지구 역사의 조연에 불과하다고 생각하던 그 시대에 이런 주장을 한 것이다. 또한 거대한 미국산 삼나무보다 더 큰 나무가 유럽에 있다는 근거 없는 소문을 듣고 유럽으로 수차례 여행했다. 1872년에 론 파인 지진이 발생했다. 유사 이래 캘리포니아에서 발생한 리히터 규모 8 이상의 강력한 지진이었다. 이 지진으로 거대한 바윗덩어리가 절벽으로 굴러 떨어졌는데, 이때 무어는 그 광경을 가까이에서 관찰하며 다음과 같이 메모했다.

"나는 뭔가 배울 수 있다고 확신했다."

왜 인간은 자연으로 가는 것일까? 일반적으로 휴양이나 등산을 위해 자연으로 향하는데, 어떤 코스로 길을 나서든지 누구나 길을 잃을 위험은 다 있다. 무어와 그와 비슷한 정신세계를 가진 다른 사람들은 무엇인가를 발견하기 위해 밖으로 나간다. 휴식이나 신체 활동은 부수적인 효과일 뿐이다. 흥미로운 것을 되도록 많이 경험해보겠다는 목적을 제외하면 계획도, 미리 규정된 것도 없다. 이런 결심만 가지고 느긋하게 자연 속을 거니는 사람에게 길 잃음은 의미가 있다. 길을 잃은 상황에서도 흥미로운 것들을 얼마든지 발견할 수 있기 때문이다.

독일의 식물학자 프란츠 폰 슈랑크가 1785년, 알프스의 바츠만 지역의 식물을 관찰하다가 도로 표지판을 놓치고는 다음과 같이 기록했다.

"난 보통 길을 잘 잃지 않는다. 그런데 여기서 길을 잃고 보니, 여기에 온 것이 정말 다행인 것 같다."

무어는 나침반은 가지고 다녔지만 지도는 가지고 다니지 않았다. 그가 돌아다니던 지역에 대한 지도가 당시에 제작되지 않았기 때문이다. 무어는 혼자 여행하면서, 지역에 대한 정보를 세밀하게 기록했다. 하지만 자신에 관한 기록은 남기지 않았다.

1880년 그는 애견 스티킨과 함께 알래스카 남동쪽의 빙하를 탐색하고 있었다. 심한 폭풍우가 몰아쳤지만, 그는 오히려 그 어마어마한 광경에 감격했다. 그것은 자연에서가 아니면 절대로 볼 수 없는 광경과 감정을 그에게 선사했다. 그는 빙하를 횡단한 뒤 빙하 서쪽 산으로 오르기 시작했다. 시야가 제대로 확보되지 않은 상태에 폭설까지 쏟아졌다. 그는 얼음 틈새로 다른 캠프로 돌아가는 길을 찾아보려고 했다. 이날 열일곱 시간 동안 그는 10킬로미터나 되는 빙하 위에서 길을 잃고 헤맸다. 먹을 것이라고는 빵 한 조각뿐이었다. 게다가 다리가 짧은 스티킨이 쉽게 걸을 수 있도록 무어는 빙하에 많은 층을 내면서 나아가야 했다.

돌아오는 길을 쉽게 찾기 위해 무어는 나침반으로 수차례 가는 길의 위치를 체크했다. 무어는 빙하의 지형학과 얼음 틈의 배열이 주는 정보를 가지고 길을 만들어 따라갔다. 합리적인 문제 해결 방법이었다. 사람들이 자주 곤경에 빠지는 이유는 자연의 뜻은 고려하지 않고, 자신들이 계획한 코스를 자연에 억지로 만들어서 가려고 하기 때문이다.

《스티킨과 함께한 모험》 중에 "이 심한 눈보라 속에서 돌아가는 길을 어떻게 찾아야 할지 걱정이 되었다"라는 대목이 있다. 그는 갈증과 추위, 눈사태로 죽을 뻔했고, 절벽에서 떨어질 뻔하기도 했다. 실제로 떨어지기도 했다. 알래스카 빙하 위에서 패닉에 빠지지는 않았지만, 자신의 행동에 갈피를 잡지 못했던 것 같다. 그의 걱정은 거의 스티킨에 대한 것이었다. 얼음 틈을 횡단할 때는 계속 스티킨을 격려하며 앞으로 함께 나아갔다. "최악의 경우 미끄러져 떨어질지도 몰라. 하지만 정말 멋진 무덤을 갖게 되겠지?"

무어가 남긴 기록을 보면 길 잃기 전문가에게 어울리는 침착함의 법칙이 계속 드러난다. 그는 생명이 위태로운 상황에서도 패닉에 빠지지 않왔다. 대신 그 에너지로 주변 지역을 흥미롭게 살피고 관찰했다. 날카로운 직감과 판단력으로 직접적인 위험을 정확히 인식하고 현실적으로 판단했다.

목숨이 위협받는 상황에서 무어가 남들과 다르게 생각한다는 것은 동행자들과 여행할 때 더욱 두드러지게 나타난다. 무어가 초원에서 자라는 야생화에 대해 설명할 때, 동료들은 그들의 몸 상태와 등산의 고통 그리고 무어의 정신 상태를 염려했다. 그러나 무어는 자신이 할 수 있는 것에만 신경을 썼다.

다음은 침착함의 법칙을 잘 보여주는 예다. 1875년 무어는 지도 제작을 위한 조사 차 등산가 제롬 페이와 함께 휴화산인 샤스타 산에 올랐다. 북캘리포니아에 있는 이 봉우리는 4317미터로 3000미터 위로는 온통 빙하로 덮여 있다. 그들의 임무는 산 높이를 확정하기 위해 샤스타 산봉우리와 계곡에서 기압을 측정하는 일이었다. 처음 두 번의 측정은 계획에 따라 오전 아홉 시와 정오에 실시되었다. 그런데 이후 폭풍우가 몰려왔다. 이미 몇 시간 전에 폭풍우가 예측되었지만, 무어는 오후 세 시에 있을 측정을 위해 고집스럽게 산봉우리에 남아 있었다.

이윽고 눈과 우박이 몰아쳤고, 산은 어두운 구름에 에워싸였다. 무어와 페이는 기압계를 들고 서둘러 산에서 내려왔다. 하산하는 길의 첫 번째 구간에서는 눈과 얼음으로 덮인 바위를 지나 바람과 우박의 지옥 속을 통과했다. 이런 상황에서 보통 사람들은 다른 걱정을 했을 것이다. 그

화살표를 따라가세요

러나 무어는 다음과 같이 보고했다. "내가 본 바에 따르면 우박은 둥근 바닥에 육면의 피라미드 형태로 모두 일정했다."

그는 온종일 구름, 바위, 식물계를 관찰했고, 여기에 초점을 맞춘 그의 감각과 사고력은 위험스러운 상황에서도 크게 흔들리지 않았다. 기온은 빙점 아래로 떨어졌고, 우박은 눈이 되었고, 폭풍은 천둥과 번개를 동반했다. 날이 어두워지면서 무어는 객관적으로 분명히 위험한 상황에 놓이게 되었다. 하지만 그의 기록을 보면 그는 패닉에 빠지지 않고 흔들림 없는 침착함을 유지하고 있었다. 그들은 산에서 밤을 보내기 위해 온천 가까이 자리를 잡고 누웠다. 화산 가스 때문에 달아오른 지면에 밤 내내 등은 뜨거워 델 지경이었지만, 반면 얼굴은 꽁꽁 얼었다. 그들은 얼음과 눈으로 옷이 흠뻑 젖었고, 독성이 있는 화산 가스를 계속 들이마셨다. 그러는 중에도 무어는 "이 모든 것이 생각을 마비시키고 새로운 것에 대한 기쁨의 감정을 앗아갈 만큼 괴롭지는 않았다"라고 기록하고 있다.

존 무어, 톰 브라운은 곤경 속에서도 침착하게 행동했는데, 왜 우리들은 그러지 못할까? 이들도 분명히 놀라기는 했을 것이다. 무어는 끊임없이 황야를 돌아다닌 덕에 웬만한 등산가들보다 두 배는 더 빨리 산을 오를 수 있는 탁월한 체력을 가지고 있었고, 브라운은 숲에서 간단하게 거주할 수 있는 생존 기술과 지식을 갖추고 있었다. 이런 요소들 덕분에 무어와 브라운은 위급한 상황에서도 침착함을 유지할 수 있었다. 그들은 자신들의 실제 경험에서 축적한 능력을 절대적으로 신뢰했다.

아무도 가르쳐주지 않는 여행의 기술

1997년에서 1998년으로 넘어가는 겨울 한 달가량 스코틀랜드의 1000미터 이상이 되는 고지 135개를 혼자서 여행한 마이크 코손도 그의 책 《지옥여행》에서 이런 것을 암시했다. 위급한 상황은 어떻게 잘 대처해야 할까? 이에 대한 코손의 대답은 간단명료하다.

"내가 아직 살아 있는 이유는 두 가지다. 건강한 체력과 현명한 판단력. 사람들은 이 두 가지를 스스로 배워 익힐 수 있을 뿐, 다른 사람에게 가르쳐줄 수도 배울 수도 없다. 끊임없이 광고하는 등산용품이나 최첨단 장비들은 별로 중요하지 않다."

이것은 물론 침착함의 법칙에 대한 비교적 단순한 예다. 길을 잃었을 때의 상황을 통제하기 위해 이 법칙은 아주 결정적인 영향을 미치는데, 이 법칙 뒤에는 특별한 마법이나 재능이 숨어 있지 않다. 훈련과 경험을 통해서만 얻을 수 있는 것이다.

4
–

길 잃은 사람들의 이야기

오소르노 등반 작전 | 벤 오스 산에서 길 잃기
우연, 길 잃음의 친구 | 세계 최고의 방향잡이

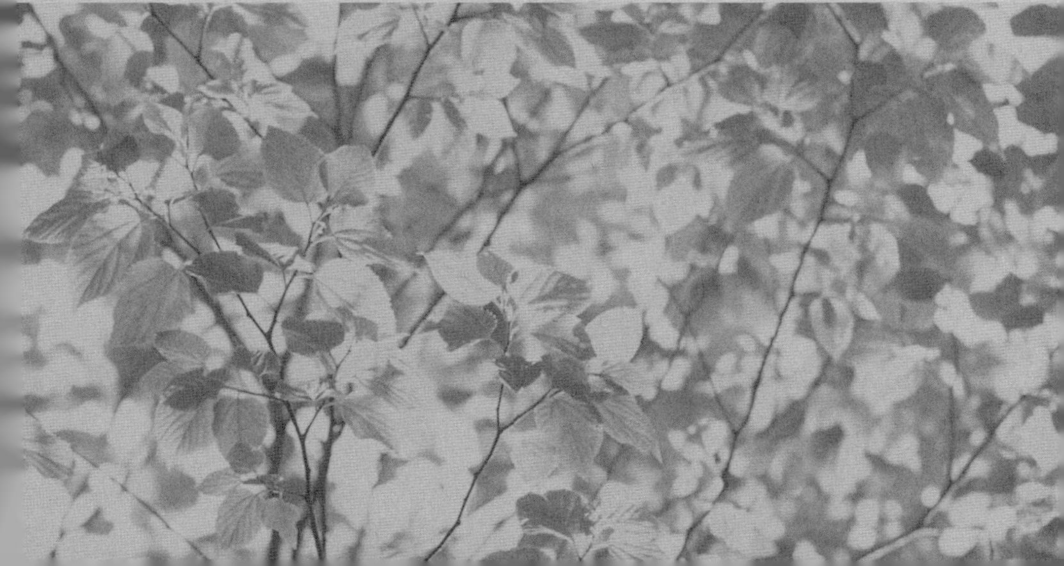

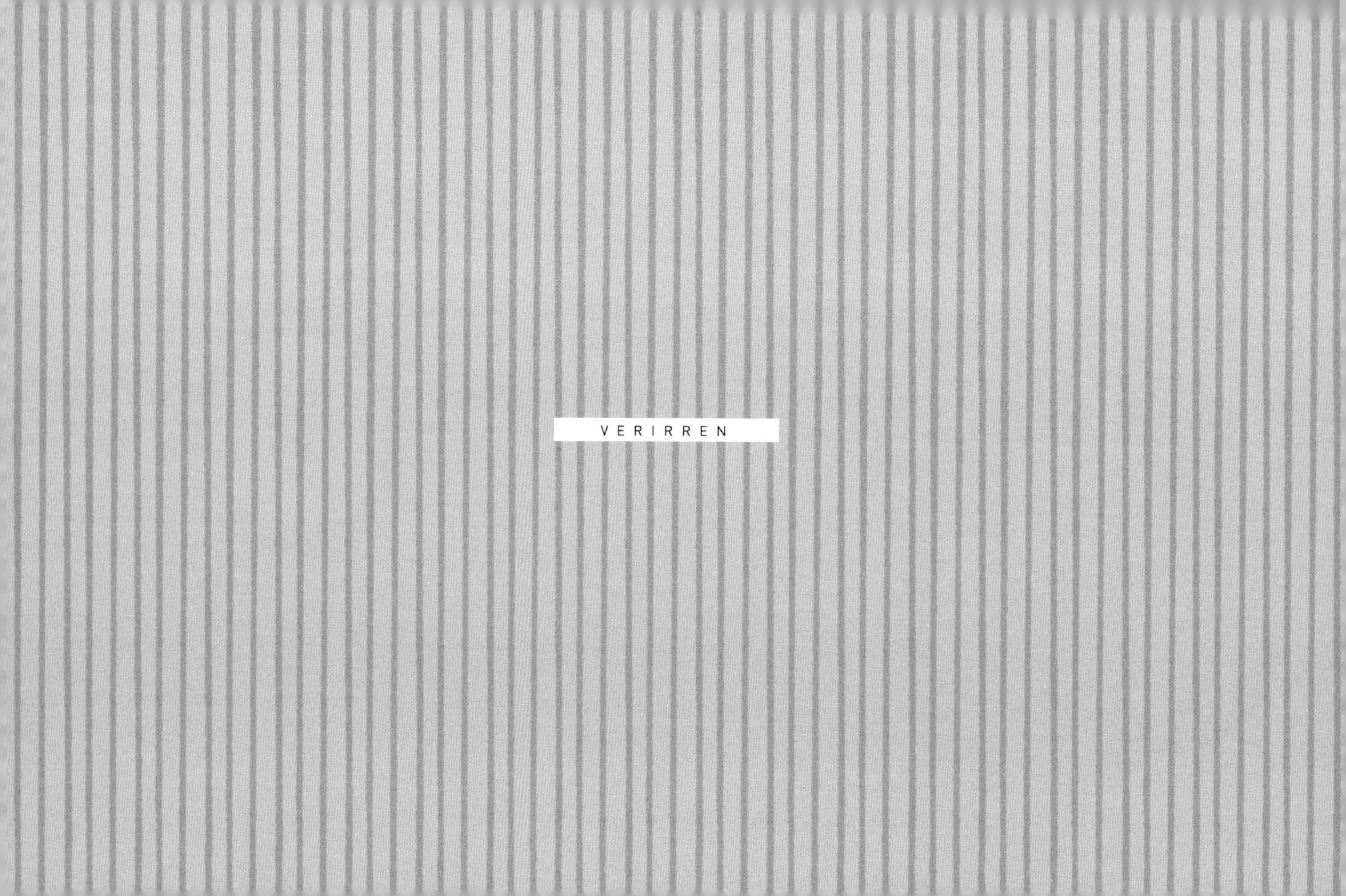
VERIRREN

긴장을 풀어. 핸들을 놓아버려. 세상을 어슬렁거리며 돌아다녀봐. 세상은 정말 아름다워.
세상에 자신을 맡겨봐. 그러면 세상이 자네에게 제 몸을 맡길 거야. _ 쿠르트 투홀스키

칠레는 북쪽에서 남쪽으로 아주 길게 뻗어 있고, 그 길이는 4000킬로미터가 넘는다. 이렇게 국토의 모양이 긴 대신 아주 좁아 두 개의 방위밖에는 존재하지 않는다. 수도인 산티아고는 북쪽에서 남쪽으로 내려가는 중간 지점에 있다. 여행객은 어쩔 수 없이 산티아고에 머물렀다가, 경비행기나 장거리 버스들을 타고 이 나라의 구석구석으로 여행을 떠나게 된다.

2005년 11월 말에 나는 일명 칠레의 남부 지역에서 열흘을 지냈다. 이곳은 산티아고에서 남쪽으로 약 1000킬로미터 떨어진 지역으로 비오비오강과 항구도시 푸에르토몬트 사이에 있는 곳이다.

칠레 사람들은 칠레의 남쪽 끝이 푸에르토몬트라고 생각한다. 여기서부터 전설적인 '카레테라 아우스트랄'이 시작된다. 이것은 칠레 남부의 인적이 드문 지역에 1000킬로미터 이상 뻗은 길로, 끝없는 열대우림 지대와 산맥을 통과하고 피오르를 지나, 성인 남자 키만큼 자란 양치류와 아주 드물게 오두막을 지나가기도 한다. 나는 문명의 경계와 인접한 칠레의 작은 남부 지역에 머물렀다. 이 경계를 보기 위해 버스로 한두 시간 이상 일부러 문명에서 떨어질 필요도 없었다. 다른 사람들은 스릴 넘치는 모험을 겪어보려고 했겠지만, 나는 다른 것이 더 중요했다. 그런데 그것이 무엇이었는지는 생각이 나지 않는다.

나는 오소르노 화산을 목적지로 삼았다. 푸에르토몬트에서 북동쪽으로 약 100킬로미터 떨어진 해발 2652미터에 있는 이 화산이 마지막으로 폭발한 것은 19세기였다. 나는 이 화산에 올라가기로 결정했다. 이것은 대담한 계획이며 모험이 필요로 한 여러 가지 것들이 적당히 갖춰져 있다고 생각했다.

오소르노 등반은 특별히 힘들지 않다. 다만 정상이 눈과 얼음으로 덮여 있어, 등산용 아이젠이 필요했을 뿐이다. 하지만 1300미터까지는 지프차로 갈 수 있고, 나머지 지역도 심하게 가파르지는 않다. 길이 산의 어느 쪽에 있는지만 잘 알고 있으면 된다. 눈 덮인 산꼭대기는 비전문가들에게는 수많은 위험을 감추고 있다. 이는 어쩌면 다행스러운 상황이라고 할 수 있다. 지형측량지도를 준비하지 않은 사람은 분명 등산용 아이

아무도 가르쳐주지 않는 여행의 기술

젠도 준비하지 않았을 것이다. 그러니 산꼭대기까지 가지 않을 것이다. 이것은 잠재적인 위험을 내포한 지역에 관한 특별하고 중요한 정보다. 길을 잃기 위해서는 가장 먼저 이런 지역을 발견해야 한다. 그러나 이런 지역을 찾아내지 못한 사람은 모든 위험을 아주 멋지게 피해 간다.

이 책을 여행기로 채우는 것은 별 의미가 없다고 생각한다. 초보자가 길을 잃었을 때 어떤 정신 상태를 갖고자 노력해야 하는지를 명확하게 서술하는 것이 중요하다. 즉 목적지로 가는 길을 잃고 헤매는 것이 괴롭지 않다면, 예측 가능한 상황과 목적지에 대한 세부지식에서 벗어나야 한다. 그 대신 호기심을 갖고 모든 지역을 탐색하며 재미있는 무엇을 발견하려는 행동력으로 꽉 차 있어야 한다. 이렇게 보면 결국 계획으로 잘 짜인 휴가가 아니라 예상치 못한 다른 일들이 일어난다는 사실을 분명히 알게 될 것이다.

버스가 나를 페트로우에 마을에 내려주었다. 이 마을은 화산의 동쪽 발치에 있으며, 토도스 로스 산토스 호숫가에 놓여 있다. 내가 출발한 시간과 나의 출발 지점을 기준으로 생각해볼 때, 적어도 1500미터 높이의 눈 덮인 지역까지는 도달할 수 있을 것이라고 생각했다. 하지만 위로 올라가는 편한 길들은 산의 다른 쪽에 있었다.

어쨌든 페트로우에는 해발 200미터가 채 안 되는 곳에 위치하고 있다. 그리고 내 생각에 오후 내내 가더라도 산 정상까지는 무리였다. 페트로우에 마을에서부터 화산의 동쪽 측면에 있는 용암평원으로 작은 길들이 복잡하게 이어졌다. 이 지역은 대체로 풀 한 포기 없었다. 간혹 키 작은 덤불로 덮여 있고, 호숫가에만 가느다란 띠처럼 숲이 무성했다.

용암이 깔린 길은 아주 매력적이었다. 거칠고 뾰족하게 모가 난 검은 모래가 신발 안으로 들어왔다가 빠져나갔다. 몇 미터나 될 만큼 깊고 넓게 파인 웅덩이가 길과 교차해서, 처음에는 물이 마른 강 계곡인 줄 알았다. 하지만 화산에는 물이 흐르지 않는다는 생각이 든 것은 나중의 일이었다. 나는 아무것도 갖고 있지 않았고, 걸친 옷이 전부였으며, 먹을 거라고는 껌 세 개가 전부였다.

먼저 나는 아무런 마음의 준비도 없이 산의 측면에서 북쪽으로 갔다. 모든 산은 취약한 지점이 있기 마련이다. 약 5킬로미터를 걸은 뒤 산의 약점을 찾아내는 데 성공했다. 얼추 북서쪽에 정상으로 올라갈 수 있을 것 같아 보이는 경사면이 오소르노와 옆 산 사이에 있는 일종의 구릉으로 이어졌다. 이 구릉에서부터 눈에 보이지 않는 정상까지는 엎드리면 코 닿을 정도라고 나는 확신했다. 아니면 적어도 눈 덮인 곳까지는 금방일 것이라고 생각했다. 사실 그저 눈 덮인 곳까지만 가려고 했다. 하지만 점점 그보다 더 아래쪽으로 계획을 조정했다.

프랑스 산악인 모리스 에르족과 그의 동반자들이 1950년 최초의 8000미터급 고봉 정복자로서 안나푸르나를 등반했을 때에도 이와 비슷했을 것이다. 그들의 지도는 완벽하지 않았고, 원주민들은 안나푸르나에 관해 아무것도 몰랐다. 그리고 산의 약점을 찾기 위해 몇 주일이 걸렸다.

아무도 가르쳐주지 않는 여행의 기술

“젠장 안나푸르나는 어디 있는 거야?” 이차크가 물었다.

“저 너머 삼각형의 산봉우리 뒤쪽이 분명해. 저기 지평선 오른쪽.” 레뷔파가 말했다.

“내 생각에는 아닐 것 같은데.” 이차크가 말했다.

(……)

“정확한 타이밍에 맞춰 구름이 끼었군. 구름이 산봉우리들을 다 덮었어. 우리가 전혀 보이지도 않는 것을 가지고 논의할 수는 없잖아.”

“아주 잠깐은 보았어.” 내가 말했다.

“지도들이 조금씩은 불확실하다는 것은 알고 있지만, 8000미터 높이의 산을 잘못된 지점에 그려 넣는 실수를 할 수 있을까?”

“그러니까 자네는 안나푸르나가 거대한 산맥 속에 있다는 건가?”

“그래, 우리 앞에 있는 거대한 삼각형의 산봉우리 뒤에.”

“지도에는 거대한 산맥들이 표시되어 있지 않은 거야. 내기해도 좋아.”

“길이가 20킬로미터 이상이나 되는, 높이가 7000미터인 산이 열다섯 개나 표시되어 있는데도?”

“열다섯 개라고? 무슨 말도 안 되는 소리.” 이차크가 반발했다.

“아무튼 아주 많아.”

“자네는 우리가 저기서 본 긴 능선이, 지도에 있는 능선과 같은 곳이 아니라는 말인가? 그러면 긴 능선이 두 개였다는 거야?” 내가 물었다.

“나는 그렇게 생각하네.”

길 잃은 사람들의 이야기

그에 덧붙여 이차크는 거리에 대한 몇 가지 계산을 제시했다. 그는 안나푸르나가 이 능선에 있지 않다고 주장했다. 그의 주장은 나를 머뭇거리게 만들었지만, 설득당하지는 않았다. 대체 안나푸르나는 어디에 있는 걸까?

_ 모리스 에르족, 《안나푸르나》

나는 서서히 저 위쪽 구릉을 향해 갔다. 가는 도중 몇 분마다 내리는 심한 소나기에 흠뻑 젖었다. 지난주의 날씨를 고려하면 갑자기 소나기가 내린다는 것은 말도 안 되는 상황이었다. 나무 한 그루 없이 벌거벗은 용암언덕에는 쏟아지는 비를 피할 곳이 없었고, 불쑥 솟은 지저분한 퇴적물 아래에서 억수 같은 비를 피하려는 계획은 실패했다.

구릉을 향해 위로 올라가면 올라갈수록 하늘에서 쏟아지는 비의 폭포는 점점 더 차가워졌다. 빗물의 온도로 해발고도를 정확히 산출할 수 있다면, 등산의 진척 정도를 측정할 수 있을 것이며 고도측정기를 갖고 있지 않은 상황을 보충할 수 있을 것이다. 물론 온도계가 있어야 이 모든 것을 다 할 수 있겠지만 풀리지 않는 문제다. 모래 위를 걸어 산을 올라가는 것은 아래로 내려가는 에스컬레이터를 타고 올라가려는 것과 같았다.

한 걸음을 뗄 때마다 모래가 아래로 흘러내렸다. 언덕은 점점 더 길어졌다. 더 이상 길도 없었다. 드디어 구릉이 손에 닿을 듯 가깝게 보였을 때, 내리던 비가 눈으로 바뀌었다. 나는 흠뻑 젖어 몸은 꽁꽁 얼었고, 배도 고팠다. 눈은 아직 땅에 쌓이지 않았지만 하늘에서 계속 쏟아졌다. 나는 이 정도면 충분하다고 결론을 내리고 방향을 돌렸다.

경솔하든 칠칠치 못하든, 적절한 시기에 귀환을 결정하는 것은 제대로 준비하지 않은 무계획적 시도의 근본요소라 할 수 있다. 의도적이고 고의적으로 위험을 경험하려고 이곳에 온 것이 아니다. 나는 어떤 준비도 되어 있지 않았다. 한마디로 말해 어려움을 제거할 그 무엇도 비상용으로 준비하지 않았던 것이다.

길을 잃었을 때에는 보수적으로 행동하기, 걱정하기, 일찍 되돌아가기와 같은 것들이 문제 해결의 열쇠가 된다. 제때에 길을 돌릴 수 있는 사람은 준비물이나 무계획성과 관련해서 볼 때, 어느 정도는 자유로워도 괜찮을 것이다. 무계획성과 부족한 공명심이 아주 좋은 한 쌍을 이룰 경우 이런 태도는 장점이 되기도 한다. 그러나 초보자가 위험이 숨어 있는 지역에서 길을 잃었을 때, 내면에서 공명심이 느껴지면 얼른 집으로 가는 것이 낫다.

화산 등반이라는 위대하고 큰 목적을 포기하고 길을 찾겠다는 나의 생각은 완전히 흐지부지되고 말았다. 동기가 사라졌다. 집중력도 떨어졌다. 나는 왔던 길을 되돌아가야 했다. 산비탈을 지루하게 미끄러지면서 내려왔다. 게다가 고도가 낮아져 주변을 쉽사리 살펴볼 수가 없었다. 이제까지 주변을 관찰하는 데 쏟았던 내 집중력은 다른 사물들에게로 돌려졌다. 예를 들면 신발 속에 들어간 귀찮은 모래로 관심이 쏠렸다.

이런 때가 길을 잃기에 아주 쉬운 상황이라고 할 수 있다. 하지만 나는 눈에 띄는 화산을 중심으로 해서 내가 있는 위치를 계산해보았다. 뿐만 아니라 지속적으로 관찰한 덕인지 이리저리 헤맨 산의 지형에 대해 몇 가지 사항을 알고 있었다. 워낙 고생을 한 뒤라 화산을 향한 경이로움과 감탄은 모두 잊어버렸지만, 그 와중에도 내가 어디에서 출발했는지 생각났다. 산이 나의 기준점이었다. 페트로우에에 있는 버스정류장이 기준점이 아니었다. 그렇다면 나는 지금 대략 용암벌판 남쪽 어딘가에 있을 것이다. 어쩌면 동쪽일지도 모른다.

주변 지역은 어느 방향이나 모두 똑같아 보였다. 용암이 흘러간 깊은 고랑 때문에 주변 지역의 아주 일부분만 볼 수 있었다. 이 지역들은 모두 검은 모래와 녹색 관목과 물로 가득했다. 사방이 물이었다. 물은 위쪽에서 내려와 지면에 작은 실개천이 되어 흐르다가, 호수로 흘러가는 길에 모여 시냇물이 되었다. 몇 시간 전까지만 해도 길과 발자국이 있던 곳은 이제는 자연 그대로의 황량한 불모지로 변해 있었다. 커다란 용암고랑들이 평행을 이루며 뻗어 있었다. 이 고랑들은 화산에서 시작되어 호수에서 끝났다.

나는 한참 동안 고랑들을 따라 내려갔다. 올라올 때에도 이렇게 왔기 때문이었다. 모든 것은 올라올 때와 똑같았다. 하지만 길이 사라졌기 때문에 올라올 때와는 전혀 다른 곳처럼 보였다. 정확하다고 생각한 방향은 동시에 가장 어려운 방향이기도 했다. 나는 가파른 경사면을 끊임없이 오르내려야 했다. 나중에는 지쳐서 일부러 잘못된 길을 갔다. 가장 큰 고랑을 하나 정한 뒤에 긴장을 풀고 이 고랑을 따라 호숫가를 향해 갔다.

그러자 좀 나아졌다. 내가 정한 고랑의 한가운데로는 점차 넓은 강이 흘렀고, 옆쪽의 작은 고랑에서부터 여러 줄기의 시냇물이 흘러들어왔다. 소나기도 점차 뜸해졌다. 호수에 가까이 가면 갈수록, 고랑 밖의 초목들은 점점 짙어졌다. 나는 큰 고랑 좌우로 가지치듯 연결된 작은 고랑들을 좀 더 자세히 관찰하기 시작했다. 한 시간 만에 나의 관심사가 완전히 뒤바뀌었다. 처음에는 산을 올라가려고 전투를 벌였지만, 그다음에는 정신없이 되돌아섰다. 그리고 지칠 대로 지친 상태에서 돌아오는 길을 찾으려고 애썼다. 그러나 이제는 용암모래로 된 기이한 지층들을 연구하는 데 몰두하고 있었다. 이날 처음으로 나는 어딘가 다른 곳으로 가는 길에 있는 것이 아니라 한 장소에 머물러 있었다.

내 상태도 눈에 띄게 좋아졌다. 용암고랑은 내가 그렇게 온 힘을 다해 자신을 관찰해주는 행동이 기특했던 모양이다. 그 보답으로 내게 무엇을 해줄까 고심한 것이 틀림없다. 나는 곁가지처럼 뻗어 있는 고랑 중의 하나에서 동굴을 발견했다. 동굴이라고 하기엔 뭔가 부족함이 있기는 했다. 그것은 용암지면에 있는 수 미터 깊이의 커다란 구멍이었다. 구멍의 지름은 5미터 정도였고, 위쪽에는 초목이 무성하게 자라 있었다. 시냇물이 한쪽 구멍 안으로 흘러들어가, 다른 쪽으로 흘러나가기 전에 구멍 바닥에서 몇 바퀴를 돌았다. 보통 이런 동굴은 아래쪽에서만, 즉 시냇물을 따라가다 위쪽으로 몇 미터쯤 꾸역꾸역 올라가면 그때 발견하게 되는 것이다.

동굴은 흘러내리는 물에 오래 견디지 못하는 검은 색의 무른 암석으로 되어 있었다. 동굴 암벽의 울퉁불퉁하게 튀어나온 무수한 선반 형태의 바위에는 이끼와 양치류가 깔려 있거나 느슨하게 늘어져 있었다. 이들의 색깔은 같은 초록색이어도 색조는 놀라울 만큼 차이가 났다. 동굴 위를 반쯤 덮은 덤불 사이로 하루의 첫 햇살이 비쳐 들었다. 동굴 안의 시냇물은 유난히 천천히 흐르는 것 같았다. 내가 그렇게 생각한 것일지도 모르고, 아니면 물이 흐르면서 여기까지 쓸어온 검은 모래가 물에 섞여 있어 그렇게 보였을 수도 있다.

이곳은 숨바꼭질에서 술래가 된 아이들이 다른 아이들을 찾다가 지쳐서 집으로 돌아가게 되는 그런 장소였다. 접근하기 어렵고 발견하기도 어렵지만 분명히 마을에서 10킬로미터도 떨어지지 않은 그런 곳이었다. 게다가 마실 물이 끊임없이 유입되고, 비를 피할 수 있으며, 동굴 바닥은 부드러웠다. 만일 누군가 이 강바닥을 기어가면, 추적자가 데리고 다니는 블러드하운드조차 그를 발견하지 못할 것이다. 세상은 나를 찾아내지 못할 것이고, 나는 세상을 비웃을 것이다. 이곳에서 몇 주일이라도 버틸 수 있을 것 같았다. 이론적으로만 생각하자면 말이다.

나를 동굴로 이끈 법칙은 '여기 있기Be here'였다. 즉 머릿속에서 다른 곳으로 가는 대신에 현재의 장소에 있는 것이다. 이것은 길 잃기를 전문적으로 다룰 때 중심이 되는 요소다.

세계적으로 대성공을 거둔 미국 ABC 방송의 텔레비전 시리즈 〈로스트〉에서, 비행기 추락사고 생존자들은 태평양의 열대 섬에 표류하게 된다. 이들은 일종의 현대판 수동적 길 잃기의 희생자들이다. 우리는 대중교통수단에 올라탈 때마다 방향 설정에 대한 책임을 남에게 미룬다. 우리는 버스, 택시, 비행기에 우두커니 앉아서, 핸들 앞에 있는 사람들에게 항해술을 넘겨준다. 운전사나 조종사가 길을 잃으면 승객 모두는 불확실한 방향으로 끌려간다.

〈로스트〉의 중요한 기본 테마는 생존자들 간의 불화로 한 무리는 집으로 돌아가고 싶어한다. 다른 무리는 집으로 돌아가고자 하는 사람들의 노력을 폭력으로 무산시키며, 섬에 머물기 위해 총력을 기울인다. 당연히 두 번째 무리에 속한 사람들은 소수다. 이 무리는 존 로크가 통솔한다. 그는 이전에 마비 증세가 있어 휠체어에 묶여 있었으나, 비행기가 섬으로 추락할 때 알 수 없는 이유로 다시 건강을 회복했다. 따라서 그는 섬을 유배지가 아닌 구원의 장소로 생각할 수밖에 없는 강력한 동기를 지녔다. 대부분의 사람들이 섬을 어서 떠나야 할 임시 체류지로 생각하는 동안, 존 로크는 섬에서 사는 일에 아주 빨리 적응한다.

미국의 텔레비전 시리즈뿐만 아니라 현실세계에서도 길을 잃은 사람들의 머릿속에는 여기가 아닌 '다른 곳에 있기'와 '여기 있기' 사이의 모순이 존재한다. 주위 환경이 뭔가 일이 일어나도록 강요하고, 자기 스스로 결정할 수 있는 범위가 한정되어 있으며, 또한 도망칠 수 있는 가능성이 적을 때에는 여기에 있자는 생각으로 쉽게 전환된다. 속수무책으로 바다를 표류할 수밖에 없는 조난자들은 이런 점에서는 운명으로부터 도움을 받는다고 할 수 있다. 그들은 자신들의 상황과 친해지거나 아니면 미쳐버리는 것 외에는 다른 방법이 없다. 적극적으로 그 상황에서 벗어날 수가 없는 것이다.

《표류Adrift》의 저자인 스티븐 캘러핸은 카나리아 군도에서 출발한 지 엿새째 되는 날 범선이 가라앉자 여기가 아닌 '다른 곳에 있기'를 선택했다. 그는 최소한의 물품만 챙겨 고무보트로 탈출했고, 물결에 쓸려 서쪽으로 밀려갔다. 그는 운명에 몸을 맡기고 새로운 세계를 자신의 것으로 받아들였다. 다른 방도가 없었던 것이다. 하지만 포기하지 않았다. 그는 76일 동안 모든 어려움을 견디며, 대서양을 표류했으며, 마침내 카리브해 섬 연안에서 어부들에게 구조되었다.

'여기 있기' 또한 새로운 마음가짐이기도 하다. 이것은 외부 세계의 단 한 가지 요소에만 집중하는 것이 아니다. '여기 있기'는 어떤 사람들에게는 패닉과 절망에 빠지는 것을 막아주는 약이 된다. 그리고 어떤 사람들에게는 길을 잃은 상황에서 이론적으로 한없이 오래 버틸 수 있는 열쇠가 되기도 한다. 그 대신 주위에서 많은 정보들을 동시에 인지하는 것이 중요하다. 한 가지 일에만 집중하는 것이 쓸모가 있을 때가 있다. 지금 곧 어떤 일을 실행해야 하는지 잘 알고 있는 경우다. 그러나 길을 잃은 사람은 무엇을 해야 할지 판단을 하지 못한다. 이런 상황에서는 모든 정보가 의미 있다. 되도록 많은 것을 인지하여 편견 없이 사용해야 한다.

이렇게 함으로써 보다 많은 재미를 누리는 부수적 효과를 얻게 된다.

오소르노 사건은 빨리 끝났다. 페트로우에로 돌아오기까지는 꽤 긴 시간이 걸렸다. 《표류》의 76일보다는 짧았지만, 오후 시간 대부분을 보냈다. 길을 찾으려던 절망스러운 시도는 이 사건에서 그리 중요하지 않다. 나에게는 돌아오는 길 내내 이곳저곳에서 흥미진진한 배회를 했다는 것이 중요하다. 오소르노 화산의 정상은 딱 한 번 보았는데, 그것은 산티아고로 돌아오기 위해 탄 비행기 안에서였다.

자네가 왼쪽으로 가더라도 쿠르스커 역에 도착할 것이네. 그리고 곧바로 간다고 해도 쿠르스커 역에 도착할 걸세. 또 오른쪽으로 간다고 해도 여전히 쿠르스커 역이네. 그러니 확실히 도착하기 위해 오른쪽으로 가게나. _ 베네딕트 예로페예프, 《페투슈키로의 여행》

틴드럼은 스코틀랜드에 있는 작은 마을이다. 이 마을은 두 가지 이유에서 이야기를 해볼 만하다. 첫째는 이 마을을 지나가는 웨스트 하이랜드 웨이는 도보 여행에 적합하게 잘 손질되어 있기 때문이다. 이 길은 글래스고에서부터 시작하여 고원 지대를 지나 포트 윌리엄까지 이어지며, 해마다 5만 명의 도보 여행자들이 방문한다. 둘째는 틴드럼이 다섯 개의 먼로로 에워싸여 있기 때문이다.

스코틀랜드 고지 여행자들은 3000피트, 즉 900미터 이상 되는 산들을 먼로라고 부른다. 틴드럼을 에워싸고 있는 먼로들에서는 웨스트 하이랜드 웨이와 비교할 때, 도보 여행자들을 쉽게 만날 수 없다. 이는 먼로의

아무도 가르쳐주지 않는 여행의 기술

정상에는 길이 없는 황야만 있기 때문이다. 틴드럼에서 남서쪽으로 몇 킬로미터 떨어진 곳에 네 개의 먼로가 구불구불한 산맥을 이루며 솟아 있다. 동쪽에서부터 순서대로 보면 베인 두흐레크(978m), 벤 오스(1029m), 벤 루이(1130m), 베인 예흐레브(916m)다.

우리는 틴드럼에서 출발하여 하루 안에 네 개의 산을 모두 등반할 계획을 세웠다. 당시 스코틀랜드의 산들에 대해, 특히 겨울의 스코틀랜드의 산들에 대해 실제로 아는 바가 전혀 없었다. 계획한 구간의 첫 10킬로미터는 진창과 늪지대였고, 이어지는 15킬로미터는 바위와 눈으로 덮였다. 그곳을 지나 마지막에는 벤 루이의 북동쪽 산등성이에서 다시 계곡으로 돌아올 생각이었다. 이때 바위로 에워싸인 분지를 통과할 예정이었는데, 먼로 등산 안내서에는 이 분지에 대해 '여름에는 상황을 짐작하는 데 아무 어려움이 없다. 그러나 겨울철에는 심각한 상황을 고려해야 하는 산악등산로와 맞닥뜨릴 수 있다'고 적혀 있었다. 여기서도 역시 아무것도 모른 덕분에 재난을 피했다. 나중에 우리는 안내서에 적힌 상황까지 가지 않은 것을 매우 기뻐했다.

스코틀랜드의 산들은 일종의 해면 같다. 99퍼센트가 물을 품고 있고, 얼룩을 감춘 듯한 색깔의 얇은 보호층으로 덮여 있어서 산에 절대 구멍을 뚫으면 안 된다. 자칫하다가는 산이 흘러내릴지도 모른다. 산의 표피 아래에는 갈색의 두터운 퇴적층이 숨어 있다. 산자락에 있는 숲길을 벗어난 지 5분 정도 되었을 때 우리는 서투르게도 옛 칼레도니아식 소나무

길 잃은 사람들의 이야기

숲을 통과하는 길로 들어섰다. 이 숲에 듬성듬성 나 있는 나무들은 아프리카의 사바나를 연상시켰다. 차가운 시냇물이 땅에서 솟아나와 우리의 등산화를 뚫고 스며들었다. 신발에 들어찬 물은 이후 발걸음을 뗄 때마다 고원 지대의 멜로디를 만들어냈다. 철퍽, 철퍽, 철퍽, 길은 없었다. 길이 있다고 해도 시냇물과 똑같은 모습이었다. 이곳에서 사람들이 겪게 되는 상황이었다. 물론 히말라야에는 분명 여기와는 다른 종류의 어려움이 있을 것이라는 것을 안다.

그곳은 하늘을 덮은 구름이 땅과 만나는 경계, 해발 800미터 고지였다. 산봉우리 지역의 시야가 극도로 제한되었다는 뜻이다. 서 있는 곳에서 다음 바위까지만 겨우 보일 정도였다. 이는 고원 지대에서는 아주 일반적인 상황이었다. 스코틀랜드의 분위기는 고딕 양식의 성당 분위기와 유사했다. 차고 황량하고 낯설고 안개에 젖어 있었다.

여기에 더해 나는 이곳에 속해 있지 않으며, 어떤 절대적인 힘이 내게 베푼 호의로 잠시 이곳에 존재하고 있다는 느낌이 들었다. 안개 너머에는 붕괴된 절벽들이 숨어 있었다. 하지만 그쪽으로 다가가 탐사하고 싶은 마음은 별로 들지 않았다. 얼굴은 냉장고에 넣어둔 대리석처럼 창백하고 차가워졌다.

잠시 본론에서 벗어나 지도에 관해 말해보자. 스코틀랜드에는 두 종류의 '육지 측량부 지도'가 있다. 일반적인 종류는 집에서 난로 앞에 앉아 좋은 차를 마시며 꼼꼼히 살펴볼 목적으로 만들어졌다. 다른 종류는 '익스플로러'라고 불리는 지도로서, 아주 정확하기 때문에 상당히 유용해서 코팅 처리까지 되어 있다. 그러나 우리는 일반 지도를 갖고 있었고, 이 지도는 심하게 구겨져 설거지 수세미 같은 모습이었다.

다행히도 좁은 길이 우리 눈에 들어왔다. 우리는 이 길을 따라 능선의 눈밭을 통과했다. 이 길은 커다란 돌탑을 향해 곧바로 이어졌다. 지도에 따르면 이 지역을 통틀어 단 하나의 돌무더기가 있고, 그것이 있는 곳은 벤 오스 산의 정상이었다. 우리는 분명 첫 번째 먼로는 지나쳤지만, 네 시간 뒤에 우연히 두 번째 먼로에 오르게 되었다. 이 먼로의 이름은 잘 기억나지 않지만, 발음하기 쉬운 두 음절이었다.

벤 루이 산이라고 짐작되는 장소를 목표로 벤 오스를 떠났다. 이때 우리 머릿속에 나침반이라고 할 수 있는 나 자신의 방향 감각에 의심이 들기 시작했다. 우리는 조심스레 몇 개의 눈밭을 지나갔고, 길을 잃었으며, 여기저기 헤매다가 길을 다시 찾았고, 30분 뒤에는 벤 오스 산에 있던 것과 비슷한 돌탑 앞에 서 있었다. 그전까지는 그저 당혹스러웠다면, 이제는 기분이 점점 나빠졌다.

벤 루이에 오르려는 계획은 포기했다. 우리의 목표는 이제 돌아가는 것이었다. 어느 정도는 현명한 결정이라고 생각했다. 만일 로버트 팰컨 스콧이 남극을 탐험할 때 이렇게 현명했더라면, 고난을 피할 수 있었을 것이다. 그러나 우리는 그들보다 현명하다고 자부했음에도 불구하고 벌써 세 번째로 벤 오스 산의 정상에 서 있게 되었다.

외부의 원점을 잃어버리면 인간의 두뇌는 정확한 항로를 유지하지 못한다. 특히 길에 부서진 절벽이나 얼음 구덩이가 있다면 더욱 그렇다. 우리는 안개가 낀 이 산악 지대에서 빠져나가지 못할 수도 있다는 상황에 적응해야 했다. 머릿속은 이미 하얘졌다. 아마 얼어 죽을 때에도 머릿속이 이보다 더 텅 비지는 않을 것 같았다. 아마 사람들은 신문에 이렇게 쓸 것이다. '벤 오스, 멍청한 두 희생자를 내다.'

우리는 급박해진 나머지 관리사무소로 연락을 해보려고 했지만, 연락을 할 수가 없었다. 마침 토요일이라 사무소는 두 시에는 문을 닫았다. 그 시간 이후에 산 위에 있는 사람은 어떤 지원도 받을 수 없다.

우리는 나침반 없이 어떻게 방향을 잡는지 방법을 몰랐다. 자연을 이용한 수많은 구조 방법들에 대해서도 아는 바가 없었다. 바람의 방향에도 주의를 기울이지 않았다. 눈 위에 찍힌 우리의 발자국도 그저 우연히 알아차릴 정도였다. 시야가 나쁠 때 지도에 적힌 어떤 요소들이 도움이 되고, 무엇이 쓸모없는지 몰랐다. 추측항법이나 파일럿팅 그리고 전문가가 이용하는 방법들에 대해 아무것도 몰랐다. 그 대신에 생물체의 위치나 방향을 알려주는 데 사용되는, 두뇌 각 부분에 있는 가장 기초적인 부분만 순수하게 작동하고 있었다.

모든 산에는 두개의 측면이 있다. 그리고 그것들은 완전히 다른 방향으로 놓여 있다. 벤 오스의 북쪽 측면은 틴드럼 방향인 문명으로 연결되지만, 남쪽 경사면은 길이 없는 늪지대로 이어진다. 운이 나쁘면, 물에

축축하게 젖은 채 하루 내내 걸어야 도착하는 산 아래쪽 로몬드 호수까지 내려가게 될지도 모른다. 따라서 어떻게든 아래로 내려가는 것뿐만 아니라 제대로 된 방향을 잡는 것이 중요했다.

산에서 벗어나려고 애쓰다가 우리는 제대로 된 방향이라고 생각되는 곳에서 길 하나를 발견했다. 길은 절벽의 산비탈을 지나 아래쪽으로 급경사를 이루며 뻗어 있었다. 길은 우리가 서쪽이라고 생각하는 곳, 즉 벤 루이 산이라고 생각되는 방향으로 이어졌다. 그러나 곧 날카로운 커브를 그리더니 이제 '동쪽'을 향해, 산맥의 북쪽 측면이라고 생각한 곳에서 등고선을 따라 이어졌다. 우리가 지나왔던 바로 그곳이었다.

드디어 구조될 것이라는 희망에 부풀어 길이 끝날 때까지 열심히 걸었다. 그런데 잠시였다. 길은 시냇물 앞에서 끝나버렸다. 게다가 위쪽에는 수많은 시냇물이 흐르고 있었다. 사방은 안개에 싸여 있고, 수많은 샘물이 졸졸거리며 흘러나왔다. 착잡한 마음으로 우리는 더 이상 길에 의지하지 않고 산을 내려가기로 결정했다. 곧 집에 도착할 것이라는 확고한 믿음과 함께 히터와 따뜻한 샤워를 상상하면서, 안개, 진흙, 물의 회갈색 황야를 지나 힘겹게 산을 내려왔다.

사람들은 길이 있어도 또 길이 없어도 헤맬 수 있다. 첫 번째 경우, 길이 있을 때에는 길을 잃고 헤매는 동안에도, 길이 그렇게 잘못되지는 않을 것이라고 분명한 확신을 갖는다. 대신에 길의 끝에서 당혹스러움은 더욱 클 수밖에 없다. 두 번째, 길이 없는 곳에서 길을 잃었다면, 길을 잃었다는 생각이 머릿속에서 끈질기게 정신을 괴롭힌다. 이런 괴로움은 주변 지역에 대해 상상하는 것, 즉 머릿속으로 재현할 수 없게 만든다. 결국 주변 지역에 대한 이해력을 완전히 상실해버린다.

길을 가는 동안 수백 줄기의 시냇물들은 하나의 강이 되었다. 우리는 이 강의 오른쪽 강가를 따라 계곡으로 걸어갔다. 우리는 이 강을 턴드럼으로 곧장 흘러가는 필란 강이라고 생각했다. 나중에는 이러한 추측에 대한 의심도 커져 이것마저도 믿을 수 없게 되었다. 이렇게 외부 세계에 대한 상이 허물어졌다. 머릿속 지도는 먼지가 되어 사라졌다.

우리는 처음으로 돌아갔다. 그리고 외부 세계에 놓여 있는 것들을 하나씩 하나씩 시험했다. 그 결과 우울하게도 우리의 확신이 잘못되었다는 것이 밝혀졌다. 주변의 지형, 강물의 흐름, 강가에 있는 폭포와 나무숲의 위치 등 모든 것이 스펏 밴이라고 불리는 하천과 일치했다. 필란 강과는 맞지 않은 것이다. 스펏 밴은 북쪽이 아니라, 남쪽으로 서던 하일랜드의 끝없는 습지언덕을 지나 흘러간다.

머릿속 '지도 왜곡하기'는 우리가 북쪽을 남쪽으로 알았고, 하나의 강을 다른 강이라고 잘못 생각했고, 늪지대를 진창 정도로 여겼다는 것을 보여주었다. 이런 일을 바보 같다고 생각하는 사람이 있을 것이다. 하지만 때로는 어떤 것이 다른 어떤 것과 아주 똑같은 모습을 하고 있다는 사실을 이해해야 한다. 방향을 결정할 때 산은 마치 돋보기와 같은 역할을 한다. 산 정상에서 가야할 길인 왼쪽을 택하는 대신, 단 한 번 오른쪽으로 잘못 들어서면, 아래로 내려갈수록 어디쯤이라고 감지하고 있는 현 지점과 실제 지점과의 거리는 상당히 벌어진다.

왜곡된 머릿속 지도를 원래대로 복원시키는 것은 많은 노력을 필요로 한다. 하지만 그냥 내버려두면 나중에는 틀렸다는 신호가 명확히 울릴 것이고, 외부 세계와 머릿속 지도를 내면에 그려내는 것 사이의 모순이 너무 커진다. 우리는 벤 오스에서 실수란 실수는 다 저질렀다.

몸을 데워줄 히터를 그리워하며 다섯 시간이나 진창의 언덕을 헤맸다. 힘든 시간이었지만 그 와중에 일상에서 얻을 수 있는 교훈을 듬뿍 얻었다. 우리는 여기서 여러 가지 결론을 얻을 수 있다. 방향을 잡아야 할 때 머릿속이 텅 비었다는 것을 빨리 인정하는 것이 좋다. 처음에는 방향 감각의 부족 때문에 직접적인 위험이 발생하지는 않는다. 체계적으로 주변을 살펴보고, 모든 것을 정확하게 기억하고, 지도와 비교하고, 깨우치기 위해 노력할 시간은 충분하다. 특히 성급하게 결정을 내리고 이때 '감으로 잡은 방향'을 절대 믿어서는 안 된다. 이런 방식의 신중함을 배우는 것이 결국 길 잃기의 전문가가 되는 길이다.

유감스럽게도 이 사건의 재구성도 길 잃은 경로를 묘사한 그림도 모두 잘못되었다. 이 장의 이름도 옳지 않다. 이 책이 인쇄에 들어가기 직전 열린 설명회에서 그날 올라간 산이 실제로는 베인 두흐레크였다는 사실이 밝혀졌다. 베인 두흐레크의 정상에도 돌무더기가 있었으나 지도에는

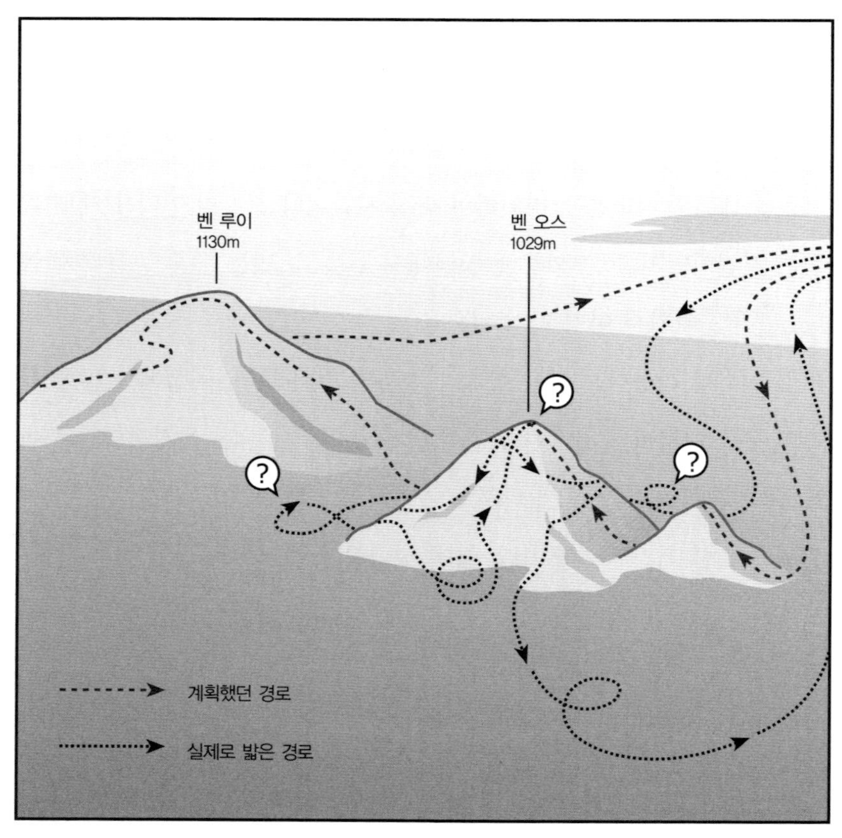

벤 오스 산에서 길 잃기

빠져 있었고, 스코틀랜드의 높은 산에는 모두 그와 같은 돌무더기가 있다는 사실을 우리는 몰랐다. 정상으로 올라가면서부터 우리의 머릿속에서는 방향이 180도 바뀐 것이다. 그래서 우리는 서쪽에 있는 벤 루이에 도달하기 위해 베인 두흐레크를 떠나려고 몇 번이나 동쪽으로 향했던 것이다. 이 계획이 실패한 뒤에는 동쪽에 있는 따뜻한 숙소에 도달하기 위해 서쪽 방향으로 되돌아온 것이다. 길 잃기를 연구하는 와중에도 미로에 빠졌던 것이다.

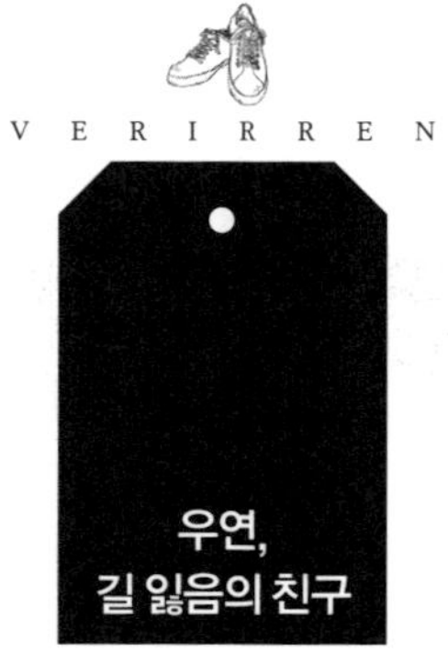

나는 모스크바에서 베를린으로 가던 비행을 기억한다. 그때 우리는 이탈리아의 숲 위에서 길을 잃었고, 철도를 따라 낮게 날아가면서 다음 역의 이름을 추측하는 것 외에는 할 수 있는 일이 없었다. _ 산도르 라도, 《도라가 알리다》

1932년 2월 독일 비행사인 한스 베르트람과 정비사 아돌프 클라우스만은 쾰른에서부터 기억에 남을 만한 비행을 시작했다. 20대였던 두 사람의 목표는 수상비행기인 '아틀란티스'를 타고 독일을 출발하여 오스트레일리아에 착륙하는 것이었다. 즉 유럽과 서남아시아를 거쳐, 아시아 해안선을 따라 페르시아와 인도를 지나고, 남태평양을 통과해 수마트라와 여러 섬으로, 그런 다음에는 오스트레일리아를 한 바퀴 돌고, 왔던 길을 되돌아가는 것이었다.

당시는 비행이 시작된 지 얼마 지나지 않은 때였다. 지구는 낯선 나라들로 가득했고 손쉽게 모험을 경험할 수 있었다. 온 세계가 베르트람과

아무도 가르쳐주지 않는 여행의 기술

클라우스만의 발 아래 펼쳐졌다. 1년 뒤에 이 모험에 관한 책을 출간했는데, 책 제목은 《지옥으로의 비행Flug in die Holle》이었다. 이 특별한 여행기는 사람이 살지 않는 오스트레일리아 북서쪽 해안에서의 53일간의 모험담을 다루고 있다. 베르트람과 클라우스만은 멋진 계획을 가지고 출발했지만, 이내 자신들의 힘으로는 도저히 이길 수 없는 위협적인 상황에 빠졌다.

5월 13일, 베르트람과 클라우스만은 자바에서 티모르 해를 지나 오스트레일리아를 향해 비행하기로 결정했다. 우연히 만난 한 남자로부터 남태평양의 아름다운 밤에 대해 장황한 말을 들었기 때문이었다. 밤 비행의 출발지는 인도네시아 티모르 섬의 도시 쿠팡이었고, 목표 지점은 오스트레일리아의 다윈이었다. 출발지에서 남동쪽으로 800킬로미터 떨어진 곳이다. 비행은 다섯 시간 반 정도 걸릴 예정이었다. 연료는 일곱 시간 비행을 할 만큼 채웠다. 일기예보에서는 맑은 밤이 될 것이라고 했다.

5월 14일에서 15일로 넘어가는 밤에 베르트람은 어둠 속에서 이륙했다. 그들이 탄 '아틀란티스'는 한 시간 뒤에 짙은 구름 속으로 들어갔다. 베르트람은 3000미터 높이로 올라가 구름에서 벗어나려고 했지만 소용이 없었다. 베르트람과 클라우스만은 하는 수 없이 네 시간 동안 세찬 바람 속에서 나침반만 따라 비행했다. 그들은 새벽 여명 속에서 수평선을 보고 바람이 남동쪽 방향에서 불어온다고 결론내렸다. 그리고 자신들이 밤새 북쪽으로 방향을 벗어났다고 추측했다. 이를 조정하기 위해 그들은 남쪽으로 다시 방향을 잡았다. 아침 일곱 시쯤 남쪽에서 육지가 보였다. 베르트람은 안전한 만灣에 착륙했다. 이 지점에서 상황을 꼼꼼히 따져본 것은 잘한 일이었지만, 목표 방향에서 북쪽으로 벗어났다는 잘못된 판단을 하고 말았다. 이륙 직전에 대충 그려본 해안 형태와 가지고 있던 부정확한 해양지도를 비교하고는, 자신이 티모르 해의 멜빌 섬의 북쪽 해안에 있다고 결론을 내렸다. 그리고 그들 나름대로 확신을 가지고 추측하기 시작했다. 멜빌 섬은 원래의 목적지인 다윈 항 북쪽에 있다. 따라서 가장 가까운 주거 지역은 포트 코크번일 것이다. 이곳은 멜빌에서 최대 100킬로미터 떨어진 서쪽 해안에 있다. 그래서 그들은 곧 구조될 것이라는 기대를 하면서 계속 서쪽으로 갔다. 하지만 23일이 지난 뒤에야 이런 추측이 완전히 틀렸다는 것이 밝혀졌다.

그러나 실제로 구조의 가능성은 동쪽에 있었다. 베르트람은 북쪽이 아니라 남쪽으로 벗어났던 것이며, 따라서 멜빌 섬이 아니라 오스트레일리아 대륙에 착륙했던 것이다. 정확히 말하면 킴벌리 고원이었다. 이 고원은 사람이 살지 않는 숲으로 독일 면적만큼이나 넓은 지역이다. 이들의 목적지인 다윈은 이곳에서 500킬로미터 떨어진 곳에 있고, 다음 주거지역인 윈드햄은 200킬로미터 떨어진 동쪽에 있었다.

베르트람은 그들만의 확실한 정보 하나, 즉 아침에 불었던 바람의 방향만 믿었다. 그들은 몇 시간 동안 앞을 보지 않고 계기만 조정해서 비행한 뒤에, 착륙 지점을 약 500킬로미터나 잘못 계산했던 것이다. 이런 실

아무도 가르쳐주지 않는 여행의 기술

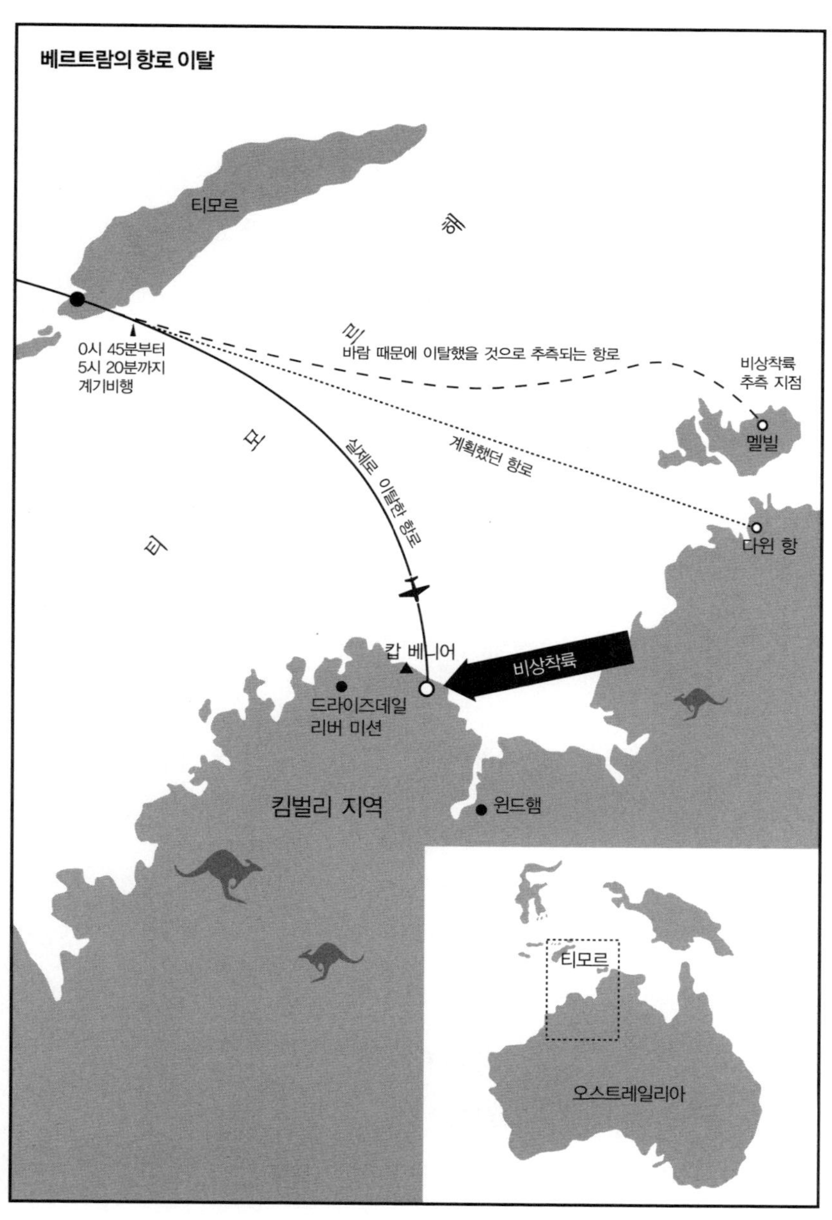

베르트람의 항로 이탈
티모르
0시 45분부터
5시 20분까지
계기비행
바람 때문에 이탈했을 것으로 추측되는 항로
비상착륙
추측 지점
멜빌
계획했던 항로
다윈 항
실제로 이탈한 항로
칩 베니어
비상착륙
드라이즈데일
리버 미션
킴벌리 지역
윈드햄
티모르
오스트레일리아

수를 두고 여러 가지 해석을 할 수 있다. 그 밤에 불었던 바람이 북쪽에서 남쪽으로 방향을 바꾸었다고 생각할 수도 있다. 아니면 높은 상공에서 부는 바람의 방향이 해수면에서 부는 방향과 다를 것이라는 설명도 가능하다. 이런 가능한 실수의 원인들을 베르트람은 분명히 알고 있었을 것이다. 그럼에도 불구하고 그는 3주일 이상이나 자신이 내린 결론을 조금도 의심하지 않았다.

불시착을 한 그날, 베르트람과 클라우스만은 마지막 기름 한 방울까지 이용해서 자신들이 멜빌 섬이라고 생각한 곳을 따라 서쪽으로 비행하기로 결정했다. 10분 동안 약 30킬로미터를 날아갔지만 마을도, 배도, 사람도, 그 무엇도 발견하지 못했다. 연료가 다 떨어지자 다시 착륙했다. 그때야 비로소 자신들이 사람이 살지 않는 지역, 길도 없는 황야에 있다는 것을 알았다.

그들에게 비행기의 냉각수는 마실 수 있는 유일한 식수였다. 따라서 맨 먼저 해야 할 일은 물을 찾는 것이었다. 이튿날 베르트람과 클라우스는 몇 리터의 물이 든 배낭과 가장 필요한 물품들만 챙겨서 동쪽으로 길을 떠났다. 착륙하던 날 잠시 마주쳤던 원주민들을 다시 찾아볼 생각이었다. 베르트람은 《지옥으로의 비행》에서 "이 땅은 끔찍했다"고 썼다.

두 사람은 진흙투성이의 협만峽灣을 비켜가기 위해 점점 더 내륙 깊은 곳으로 들어갔다. 길은 거대하고 날카로운 절벽, 키 높은 풀, 늪으로 막혀 있었다. 게다가 열기는 견디기 힘들었다. 정오 무렵, 그들에게는 너무나 귀한 물주머니가 돌에 걸려 찢어졌다. 그럼에도 불구하고 그들은 계속 이동했다. 목은 바짝바짝 타 들어가고 입술에는 거품이 말라붙었다. 길을 떠난 지 사흘째 되던 날, 만을 헤엄쳐 건너다가 악어의 습격을 받았다. 간신히 목숨은 구했지만 옷과 신발을 잃어버렸다. 그들에게 최후의 탈출구는 비행기로 돌아가는 것이었다. 식량도 물도 없었으며, 벌거벗고 맨발인 채였다.

베르트람과 클라우스만은 햇볕에 그을리고, 바위와 사막의 풀에 살이 베였다. 곪아가는 상처에 수많은 파리와 모기가 달려들었다. 혀는 퉁퉁 부었다. 그들은 넘어지고 기어가면서도 계속 앞으로 걸어갔다. 발은 형태가 없는 살덩어리로 변해가고 있었다. 무엇보다도 견디기 힘든 것은 밤이었다. 모기떼로부터 몸을 보호하기 위해 두 사람은 모래를 파고 들어가서 얼굴을 모자로 가렸다. 그러나 둘 중 한 사람의 팔은 모래 밖으로 나와 있을 수밖에 없었다. 두 사람을 완전히 모래로 덮어줄 사람이 없었기 때문이다. 밖으로 나온 팔은 밤새 모기에게 끔찍한 공격을 당했다.

이런 고통을 겪은 뒤에 비행기로 돌아오자, 처음에는 말할 수 없이 행복했다. 새 옷이 있었고, 어느 정도의 냉각수도 남아 있었다. 물론 비행기 객실에서 모기도 피할 수도 있었다. 이 시점에서 그들은 중요한 결정을 내려야 했다. 비행기에 남아서 구조를 기다리느냐, 아니면 자신을 구하려는 시도를 계속하기 위해 움직이느냐.

'그대로 있기'는 좋지 않은 환경이지만 끝까지 참고 견디며 도움을 기다리는 것이다. 이것은 길을 잃었을 때 도움을 받을 수 있는 효과적인 방법 중 하나로, 구조대가 권유하는 방법이다.

길 잃기 전문가인 케네스 힐은 이에 관해 다음과 같이 썼다.

"'그대로 있기'는 수동적이지만 탁월한 전략이다. 전제 조건은 조난자가 사람들이 곧 자신을 찾을 것이라고 믿어야 한다는 것이다. 유감스럽게도 아주 소수의 사람들만이 이 방법을 사용한다. 사실 길을 잃은 사람들이 발견되었을 때에는 그들이 더 이상 이동하지 않고 있을 때였다. 그 까닭은 그들이 지쳤거나 잠들었거나 의식을 잃었기 때문이다."

힐의 연구에 따르면 뉴 스코틀랜드에서 발생한 800명의 조난자 가운데 단 두 사람만이 계획적으로 한 장소에 머물러 있었다. 이보다 더 중요한 사실은, 참고 견디며 '그대로 있기'가 좋은 해결책이라는 것을 많은 사람들이 알고 있으면서도 계속 움직인다는 것이다. '그대로 있기'는 구조대를 돕는 것일 수 있다. 방향을 잃은 사람들이 모두 제자리에 얌전히 앉아 구조를 기다린다면, 구조대의 출동 횟수가 상당히 늘어날지도 모른다. 구조대는 조난자가 바로 그 자리에 있기를 바랄 것이다. 하지만 늘 그런 일이 일어나지는 않는다. 따라서 '수동성'이 일반적으로 통용되는 전략일 수는 없다.

자신만의 독자적인 행동은 언제나 게임을 구성하는 요소다. 길을 잃은 사람에게 '그대로 있기'는 별로 인기가 없다. 왜냐하면 그것은 길을 잃은

아무도 가르쳐주지 않는 여행의 기술

사람의 감정 상태와 갈등을 일으키기 때문이다. 길을 잃었을 때는 마음이 요동을 친다. 그런데 그냥 앉아서 기다린다는 것은 이런 감정을 무시하는 것이다. '뭔가를 하는 것이 아무것도 안 하는 것보다 낫다'고 많은 사람들은 말한다. 게다가 그 자리를 지키고 있는 것은 처음에는 구조될 수 없다는 생각과 연결된다. 스스로를 능동적으로 구조해야 하는 책임을 포기하고, 이런 책임을 눈에 보이지 않는 문명의 손에 넘기는 것이라고 생각한다.

도대체 사람들은 왜 황무지에 가는 것일까? 이는 문명에서 눈을 돌려 자신을 스스로 규정하고자 하는 시도라고 할 수 있다. 이런 계획을 포기하려면 극기가 필요하다. '그대로 있기'는 자기 부정, 자기 약점의 고백이다. 그것도 자기 혼자만의 고백이 아니라, 타인인 구조대에게 하는 고백하는 셈이다.

미국의 심리학자이며 산악 구조대원인 할 릴리화이트는 이런 내면의 저항과 어떻게 싸워야 하는가에 관해 실용적인 조언을 해준다. "은신처를 만들고, 남들이 알아볼 수 있는 표지들을 늘어놓는 것은 중요하다. 이 것은 피난처를 표시하여 구조대에게 도움이 될 뿐 아니라, 자신에게도 그 자리에 머물고 싶다는 생각을 들게 한다. 머물고 싶은 생각 없이는 계속 어디론가 가고 싶은 욕구를 억누르기 어렵다. 왜 머물러야 하는지, 자신이 어디에 있는지 등을 말해주는 합리적인 이유보다 가끔은 감정의 욕구가 훨씬 더 강할 때도 있다. 물론 이 경우에도 이동의 욕구가 완전히 사라지지는 않는다. 그러나 욕구에 더 쉽게 맞설 수는 있다."

어쨌든 베르트람이 무엇을 바랐는지는 뚜렷했다.

"아무것도 안 하고 누워서 구조를 기다리면, 분명히 절망이 엄습할 것이다. 용기도 사라질 것이다. 그러나 우리 힘으로 헤쳐나가야 한다는 것, 생존을 위해 싸워야 한다는 것쯤은 알고 있다. 모든 것이 우리에게 달려 있다. 생각이 우리를 강하게 만들어준다."

'머물 것인가 계속 갈 것인가'에 대한 결정은 자신의 현재 상황과 구조될 기회를 현실적으로 평가하도록 만든다. 하늘에서 볼 때 숲속에 있는 두 사람보다는 당연히 비행기가 더 또렷이 보인다. 게다가 그 자리에 머물 경우, 신호를 보낼 수 있는 불을 지피는 등 눈에 띌 기회를 더 많이 만들 수 있다.

조난 뒤 일주일이 지나자 베르트람은 구조될 가능성이 별로 없다고 생각했다. 비행기 주변에는 그 어디에도 식수가 없다.

"사람들이 우리를 찾고 있다면 분명 벌써 비행기를 보냈을 것이다. 세상이 우리를 잊은 것 같아 나는 몹시 실망했다."

하지만 이런 생각조차 자신들이 멜빌 섬에 있다는, 즉 문명 가까이에 있다는 가정에 기인한 것이다. 베르트람이 자신이 정말 어디에 있는지 알았더라면, 구조 조치가 재빨리 취해지지 않은 것에 놀라지 않았을 것이다. 불완전한 지식을 가진 조난자는 삶에서 중요한 결정을 내리기에 좋은 상황에 있는 것이 아니다. 그렇다고 결정을 내리지 않을 수도 없었다. 이런 상황에서 내리는 결정은 사실상 중요하지 않다는 것이 나중에 밝혀졌다.

두 사람이 살아남은 데는 다른 요소들이 결정적인 역할을 했다. 특히 훗날까지 이야기가 될 만한 우연의 연속이 그들의 목숨을 구했다. 베르트람은 며칠 뒤에 비가 와서 식수 문제가 해결될 것이라고 예상하지 못했다. 또 나중에 구조가 된 뒤에 알았지만, 비행기에 탄 두 사람은 원주민들에게 계속 관찰되고 있었다. 선교사들의 말에 따르면 원주민들은 식인 풍습을 가지고 있었고, 두 명의 하얀 악마들을 "죽여서 구울" 생각이었다고 한다. 그대로 있었다면 낭패를 당할 뻔했다.

그들은 결국 계속 움직이는 것을 실행했고, 그 역시 같은 결과를 가져왔다. 베르트람과 클라우스만은 비행기의 플로트를 이용해 돛배를 만들어, 포트 코크번이 있는 서쪽으로 가려고 했다. 최악의 경우 50킬로미터를 가면 될 것이라고 생각했다. 그들은 그 자리에 앉아 있을 수만은 없었다.

5월 30일. 불시착을 한 지 15일째 되던 날, 베르트람과 클라우스만은 비행기가 있는 안전한 장소를 떠났다. 그들은 자신들이 만든 배를 타고 닷새 동안 바다에 있었다. 플로트 안에 있는 작은 칸에 몸 아랫부분이 끼어 다리로 피가 몰렸고, 바닷물의 염분이 피부를 상하게 했다. 비행기의 기수와 후미 쪽의 칸에는 장비와 식수가 들어 있었다. 몇 시간이 지난 뒤에 두 사람은 밀물과 썰물 때 배가 점점 더 바다로 밀려간다는 사실을 알았다. 곧 육지가 보이지 않았다. 파도는 더욱 거칠어졌다. 유난히 큰 파도에 방향타가 부서졌다. 방향타도 없이 베르트람과 클라우스만은 티모르 해로 점점 더 멀리 떠내려갔다.

둘째 날에 여객선 '쿨린다'가 약 600미터 떨어진 곳에서 그들을 지나갔다. 한낮의 열기 때문에 갑판 위에는 아무도 없었다. 그래서 두 사람이 탄 작은 보트는 발견되지 않았다. '쿨린다'는 이 해안을 정기적으로 지나다니는 유일한 배였다. 두 달 뒤에야 다시 이곳을 지날 것이다. 바람이 약해지자 베르트람과 클라우스만은 노를 젓기 시작했다. 나흘 밤낮을 쉬지 않고 육지 쪽을 향해 노를 저었다. 항로를 유지하기 위해 밤에는 별을 찾았다. 불시착한 지 20일째 되는 날 그들은 육지로 되돌아올 수 있었다.

또다시 식수가 바닥났다. 클라우스만은 좌절과 함께 정신착란 증세를 보였다. 그러나 베르트람은 포기하지 않았다. 그는 배를 타고 서쪽으로 20킬로미터를 더 왔다고 추측했다. 이제 멜빌 섬의 서쪽 끝까지 그리 멀지 않을 것 같았다. 포트 코크번은 거기서 곧장 남쪽에 있을 것이었다. 아마 15~20킬로미터 떨어져 있을 것이다. 그까짓 거리는 간단하게 숲을 지나 걸어가면 될 것이고, 곧 구조될 것으로 믿었다.

첫날 그들은 숲에서 거대한 물웅덩이를 발견했다. 근방 수 킬로미터의 범위 안에서 유일하게 물이 고여 있는 곳이었다. 셋째 날에는 섬의 정상에 도달했다. 그곳에서 바다가 보였다. 그들은 바다를 보았다고 생각해

아무도 가르쳐주지 않는 여행의 기술

함성을 지르고 서로 껴안았다. 하지만 곧 바다가 움직이지 않는다는 것을 깨달았다. 그들 앞에 놓인 것은 바다가 아니라, 수천 제곱킬로미터나 되는 죽은 원시림이었다. 베르트람은 이렇게 썼다.

"내 눈앞에 지옥이 있었다."

드디어 이곳에서 베르트람은 자신들이 멜빌 섬이 아니라 킴벌리 지역에 있다는 것을 깨달았다. 불시착한 지 23일째 되는 날이었다. 이제 그는 문명 세계가 그저 몇 날 걸어서 도착할 수 있는 거리에 있는 것이 아니라, 수백 킬로미터 넘게 떨어져 있다는 것을 알았다. 3주일 이상이나 베르트람과 클라우스만은 문명 세계로부터 멀어지는 데 혼신의 힘을 기울인 것이다. 희망이 사라졌다.

"더 이상 구조에 대한 희망은 가지지 않았다."

두 사람은 또 돌아갔다. 첫 번째는 식수를 찾으려던 시도 뒤의 고통스러운 귀환, 다음에는 바다로부터의 귀환, 이제는 바닷가로의 귀환이다. "'귀환'이라는 단어로부터 희망을 만들어내기는 아주 어려웠다."

사흘 뒤에 두 사람은 바닷가에 도착했다. 하지만 그 어디에도 배가 보이지 않았다. 그들은 반나절 동안이나 엉뚱한 방향에서 배를 찾다가 자신들의 잘못을 알아차렸다. 결국 배는 다른 곳에서 발견되었다. 30일째 되던 날 그들은 새로운 결정을 내렸다. 배를 타고 더 멀리 가보기로 한 것이다. 이번에는 바닷가에 바짝 붙어 해안선을 따라 동쪽으로, 200킬로미터 떨어진 윈드햄으로 가기로 했다. 그러나 몇 킬로미터 항해한 뒤 그

길 잃은 사람들의 이야기

계획도 실패했다. 배가 바다에서 별로 쓸모가 없었기 때문이다.

나쁜 경험들을 반복한 뒤, 멀리 떠밀려간 바다 위에서 그들은 더 이상 용기를 낼 수 없었다. 다음날에는 비행기 한 대가 바로 위를 날아 지나갔다. 하지만 머리 바로 위쪽이어서 유감스럽게도 조종사가 그들을 보지 못했다. 불시착을 한 뒤로 베르트람과 클라우스만이 먹은 것이라고는 도마뱀 두 마리, 작은 물고기 한 마리와 달팽이 몇 마리가 다였다.

더 이상 자력으로 구조될 희망이 보이지 않았다. 베르트람과 클라우스만은 마지막 시도 때 배를 놓아두었던 그곳에 머물렀다. 캅 베니어라는 곳이었다. 비가 자주 내려서 갈증은 해소되었지만, 대신 굶어죽을지도 모를 상황이 되었다. 32일째 되던 날, 클라우스만은 녹슨 집게와 못을 이용해 베르트람의 썩어서 곪은 이를 빼주었다. 다행히 염려했던 패혈증은 일어나지 않았다. 36일째 날 그들은 웅덩이가 있고 바다를 보이는 널찍한 동굴을 발견했다. 그들은 그곳에서 죽음을 기다렸다.

39일째 밤도 그렇게 지나갔다. 동굴 속의 불이 꺼졌다. 베르트람은 잠이 들면서 깨어나지 못할 것이라고 확신했다. 그런데 다음날 아침 고함 소리가 그를 깨웠다. 클라우스만이 눈앞에서 고함을 지르고 있었다. 동굴에서 몇 미터 떨어지지 않은 곳에 사람이 서 있었던 것이다. 몇 분 뒤 원주민이 동굴 입구로 다가와 그들에게 물고기 한 마리를 주었다. 그 남자는 서쪽에 있는 드라이즈데일 리버 미션에서 보낸 구조대의 일원이었다. 물고기 한 마리는 생명을 의미했다.

아무도 가르쳐주지 않는 여행의 기술

곧이어 원주민이 몇 사람 더 나타나서 음식을 또 가져다주었다. 베르트람과 클라우스만은 며칠간 오스트레일리아 원주민들의 세심한 보살핌을 받고 회복되었다. 그러나 클라우스만의 정신력은 한계에 이르러 착란 증세를 보였다. 이 증세는 첫 번째 백인이 동굴에 나타날 때까지 일주일 동안이나 계속되었다. 불시착한 지 53일째 되던 날 드디어 모터보트 한 대가 캅 베니어에 도착했다. 이제 베르트람과 클라우스만은 문명 세계로 돌아가는 길에 발걸음을 들여놓은 것이다.

베르트람은 빨리 회복되었지만, 클라우스만은 오스트레일리아에 남아 몇 년 동안 정신치료를 받아야 했다. 베르트람은 오스트레일리아로 비행을 출발한 지 1년 뒤인 1933년, 마침내 자신의 비행기로 오스트레일리아를 일주했다.

두 독일인은 어떻게 구조될 수 있었을까? 언급했듯이 캅 베니어는 마을로부터 수백 미터 떨어지고, 독일만큼 넓은 지역에 인구는 200명 남짓인 지역이었다. 공중에서나 바닷길에서나 사람이 실제로 보일 리가 없었다. 체계적인 수색 작업은 불가능했다. 사람들은 비행기 '아틀란티스'가 5월 15일 아침 다윈에 도착하기를 기다리고 있었다. 그러나 야간비행의 결과에 대해 어떤 정보도 없었기 때문에, 베르트람과 클라우스만의 행방에 관해서도 아무런 정보가 없었다. 사람들은 그들이 티모르 해에 난파했거나 다윈과 윈드햄 사이의 해안에 있을 것이라고 추측했고, 그보다 더 서쪽에 있을 것이라고는 예상하지 못했다. 베르트람은 훗날 다음과 같은 말을 들었다.

"당신이 한밤의 폭풍우 때문에 항로에서 그렇게 멀리 벗어났을 것이라고는 누구도 생각하지 못했습니다. 사람들은 당신을 찾으러 해안을 뒤질 생각은 하지도 못했던 겁니다."

자바에서 출발한 지 3주일이 지났을 때 두 비행사들이 사망한 것으로 발표되었다. 사람들은 놀라운 우연으로 실종자의 몇 가지 흔적을 찾게 되었다. 베르트람은 악어를 피해 도망치면서 옷, 신발과 함께 그의 이름 첫 글자 HB가 새겨진 금속 담배상자를 잃어버렸다. 악어의 등장은 불운이었지만, 이곳에서 낚시를 하던 원주민에게 담배상자가 발견됨으로써 불운은 행운으로 바뀌었다.

우연히도 같은 날 모터보트가 바로 그곳에서 닻을 내렸다. 선교기지 드라이즈데일의 배로서, 윈드햄에서 기지로 돌아가는 길이었다. 이 배는 2년 만에 처음으로 이 해안에 근접항해 중이었다. 그러다가 우연히 정박한 곳이었다. 우연히도 여기서 베르트만이 담배상자를 잃고, 우연히 원주민이 담배상자를 발견한 것이다. 이것은 불시착 후 30일째 일이었다. 이제야 베르트람과 클라우스만이 대충 어느 지역에 있는지 분명해졌다. 비로소 포괄적인 구조 활동이 킴벌리 숲 지대에서 시작되어, 마침내 열흘 뒤 성공적으로 끝난 것이다. 이 역시 기적이라 할 수 있을 것이다.

"독자 여러분은 이 모든 것을 우연이라고 또는 기적이라고 부르셔도 됩니다. 여러분이 원하는 대로 부르실 수 있습니다. 동료인 클라우스만

아무도 가르쳐주지 않는 여행의 기술

과 나는 우리가 살아난 것이 어떤 힘 덕분인지 알고 있습니다."

베르트람이 《지옥으로의 비행》에서 '어떤 힘'을 말하고 있는지는 명확하지 않다. 진실은 이렇다. 베르트람과 클라우스만이 목숨을 구한 것은 통계 덕분이다. 운이 좋은 우연의 축적에 의해 구조된 실종자들이 그들뿐인 것은 아니다. 조난자들은 항상 자신을 죽음에서 지켜준 위대한 기적에 대해 말한다. 그들은 뭔가 기적으로 가득한 것, 설명할 수 없는 것이 자신들과 함께했다고 생각한다. 당연히 그럴 수 있다. 왜냐하면 모든 사람은 자기 자신만의 삶을 갖고 있기 때문이다. 각자의 삶에 동반되는 상황들은 우리 각자에게 고유하며, 따라서 그에 상응하는 가치를 갖는 것이다.

그러나 이런 주관적인 관찰 방식은 과학적이지 않다. 생존자들의 보고를 읽을 때 사람들은 결정적인 사실을 쉽게 잊어버린다. 즉, 이 보고의 주인공이 생존자라는 사실이다. 이렇듯 행운을 몰고 다니는 우연들이 일어나는 것은 불가능하지 않다. 단지 흔치 않을 뿐이다. 그런 우연들은 조난을 당한 사람들의 생명을 지켜준다. 하지만 '우연'이라는 행운이 따르지 않는 사람들은 사망했다. 《생존》의 저자인 로렌스 곤잘레스는 후자에 대해 간결하게 설명한다.

"우리가 단 한 번만 죽는 것은 유감스러운 일이다. 최종적으로 습득한 경험이 중요하기 때문이다."

오스트레일리아의 숲속에서 설명할 길 없는 상황에 놓여 목이 타 죽고 수십 년이 지난 뒤에야 발견된 사람들의 이야기는 기적 같은 구조에 관한 이야기보다 알려지지 않은 것이 사실이다. 가혹한 상황에서 살아남는 것은 '우연한 행운'이 있었기 때문이다. 이런 행운은 어떤 숭고한 힘의 결과가 아니다.

우리는 여기서 문제가 있는 선택의 결과를 보게 된다. 조난 상황에 관한 조언들을 포함한 경험담은 항상 생존자들에게서 나온다. 하지만 이런 조언들이 반드시 옳지 않다는 것을 기억해야만 한다. 베르트람과 클라우스만은 혼신의 힘을 다해 자신을 포기하지 않았다. 그들은 그렇게 할 수 있는 잠재력을 갖고 있었다.

그러나 그 계절에 이례적으로 비가 자주 내리지 않았다면, 수풀 속에서 우연히 발견한 웅덩이가 없었다면, 두 사람은 갈증으로 사망했을 것이다. 베르트람은 자신을 구하고자 했고, 자신의 운명을 책임지려고 했으며, 불굴의 의지로 이를 실행했다. 그러나 나중에 밝혀진 바에 따르면, 그의 행동은 구조받기 위해 꼭 필요한 것은 아니었다. 세상은 그들에게 주사위 놀이와 같은 게임을 시작했고, 베르트람과 클라우스는 행운을 움켜쥔 것이다.

여기에서 일반적인 길 잃음에도 도움이 될 만한 하나의 교훈을 끄집어낼 수 있다. 행운은 길 잃은 자들의 친구다. 사람들이 행운을 반드시 숭배할 필요는 없다. 다만 길 잃은 사람은 베르트람과 클라우스만이 모범을 보인 것처럼, '행운'이 작동할 수 있는 어떤 여지를 주어야 한다. 행운은 많은 사건, 많은 숫자를 필요로 한다. 그렇지 않으면 행운은 작동하지 않는다. 선택할 수 있는 상황이 적을수록, 가망이 없으면 없을수록 행운이 일어날 확률은 점점 낮아진다.

행운이 일어날 기회를 더 늘리기 위해 사람들은 여러 장소에 많은 물건을 떨어뜨려야 한다. 가장 좋은 것은 이니셜이 새겨진 소지품을 잃어버리는 것이다. 무의미해 보이더라도 되도록 많은 길을 실험하고 많은 장소를 탐색해야 한다. 많은 장소를 탐색하면 할수록, 행운은 뭔가 필요한 것과 맞닥뜨릴 가능성을 더 많이 만들어준다. 상황이 엎친 데 덮친 격으로 안 좋아질수록, 가능한 한 오래 생명을 유지해야 한다. 왜냐하면 새로운 행운이 나타날 수 있기 때문이다.

길 잃은 사람들의 이야기

세계 최고의 방향 잡이

여인은 이 어둠 속에서 대체 어디로 방향을 잡는 것일까? 우리는 장님의 지팡이조차 갖고 있지 않다. 어쩌면 이미 오래전부터 오스트레일리아를 향해 노를 젓고 있는지도 모른다.
_ 헤르베르트 포이어슈타인, 《포이어슈타인의 여행》

폴리네시아는 삼각형 모양이다. 이 삼각형의 꼭짓점은 각각 하와이, 뉴질랜드, 이스터 섬으로, 전체 빗변의 길이는 약 1만 킬로미터가 된다. 인공위성 사진에서 폴리네시아를 보면 유난히 푸르게 보인다. 5000만 제곱킬로미터가 모두 물이다. 사진을 가까이 보면 경치 속에 작은 초록색 점들이 보인다. 이 점들 중 대부분은 아주 작아서 독일의 소도시보다도 크지 않다. 이 점들 중 소수만 마을이다. 예를 들어 피지와 하와이 최대의 섬 빅아일랜드, 이 두 섬은 직경이 약 100킬로미터다. 뉴질랜드를 제외하면 폴리네시아는 99.95퍼센트가 바다로 되어 있다. 거대한 바닷물 사막이라고 할 수 있다.

　전문가들은 이곳에서 길 잃기의 이상적인 전제조건들을 발견한다. 폴리네시아는 남극의 두 배, 사하라의 다섯 배, 그린란드의 스물다섯 배 크기다. 인류가 지구에 터전을 잡으면서 아프리카에서 아시아, 유럽, 아메리카로 진출하는 동안 유일한 방해물은 강과 산맥과 협만들이었다. 이것들은 태평양과는 견줄 수도 없이 작았고, 협만은 부분적으로 여전히 얼어 있었다. 수천 년 동안 정말 추웠다. 인류는 점점 더 먼 곳의 새로운 지역에 마을을 만들었다. 그런 점에서 볼 때 폴리네시아로 이주하는 것은 어디로 가는지, 그곳에서 무엇이 기다리고 있는지도 모르는 채 머물 곳 하나 없는 태평양을 수천 킬로미터나 항해하는 것이었다. 인류는 그곳으로 가다가 멈추어서는 더 이상 앞으로 가지 못하고 있다.

　폴리네시아로의 이주는 기원전 3000~기원전 1000년 사이에 시작되었고, 타이완에서부터 시작되었을 것이라고 한다. 기원전 1000년경에는 피지, 사모아, 통가에 이르렀고, 약 700년 뒤에는 타히티까지 다다랐다. 300~500년 사이에는 폴리네시아의 남동쪽 꼭짓점인 이스터 섬에도 사람들이 살게 되었다. 삼각형의 다른 꼭짓점인 북쪽의 하와이, 남쪽의 뉴질랜드로는 500~1000년 무렵에 이주했다. 그리고 또 시간이 흐른 뒤에, 폴리네시아인들은 남아메리카 대륙으로 건너갔을 것이다. 다른 쪽에서 온 유럽인들보다 100년 이상 앞섰다. 2007년의 연구는 칠레의 바닷가에서 발견된 닭뼈로 이런 결론을 내렸다. 아메리카 대륙의 첫 번째 닭은 분명 폴리네시아에서 왔을 것이다.

우리는 폴리네시아 사람들이 호화 증기선이 아니라, 노가 달린 카누로 항해했다는 것을 염두에 두어야 한다. 이 배는 오늘날 쌍동체 범선의 시초로, 하나의 선체로 된 것이 아니라 가로버팀목으로 연결된 두 개의 선체로 이루어졌다. 오늘날 레저용으로 타는 배와 달리 고대의 쌍동체 범선에는 깨지지 않는 플라스틱이나 인공위성전화, GPS, 상해보험이나 헬리콥터를 이용한 하늘에서의 긴급구조 옵션도 없었다. 유럽의 항해가들이 해안에서 보이는 범위 밖으로 나가는 것은 엄두도 못 내던 시절, 폴리네시아인들은 육지가 보이지 않는 어마어마한 구간을 정기적으로 횡단했다.

이때 이미 위험 요소들은 탐지되었다. 그래서 고대의 타히티인들은 그들의 왕이었던 투무누이 시대에 이미 항해의 여덟 가지 위험을 알고 있었다. 산호초, 바다괴물, 긴 파도, 짧은 파도, 물고기 떼, 타아로아(고대 폴리네시아의 최고신으로 삶과 죽음의 창시자다)의 명령에 따라 행동하는 두루미, 수평선에서 입을 벌리고 있는 거대한 조개가 그것이다. 다행히 그중 여섯 가지는 투무누이의 조카인 라타가 물리쳤다. 그래서 길고 짧은 파도만이 위험 요소로 남아 있었고, 이것들이 항해자들의 진짜 위험이었다.

폴리네시아 탐험가들의 태도를 더 이해하기 위해 다른 것을 살펴보자. 고대의 배들은 길이가 아마 최고 20미터였고, 용도에 따라 나무줄기 전체나 두꺼운 나무 판자로 만들어졌다. 카누는 주로 간단한 돛으로 움직였고, 이에 더해 짧고 넓적한 노를 사용해 가끔 물살을 갈랐다. 방향타가 없어 노나 돛으로 방향을 잡았다. 두 개의 선체는 가로버팀목으로 연결하여 밧줄로 단단히 고정했다. 나무 판자로 생활을 위한 간단한 갑판을 만들었지만, 자주 젖고 항상 좁았으며 개인 공간은 없었다. 사람들은 보통 네 시간 간격으로 노를 젓거나 돛을 잡는 일을 교대로 했고, 그 뒤를 이어 여덟 시간 동안 자유시간을 가졌다. 폭풍이 칠 때에는 알려진 방식대로 배 전체를 물속에 가라앉혔다. 바람에 내맡겨져 부서지는 것을 피하기 위해서였다. 죽는 것보다는 젖는 것이 나았다.

폴리네시아의 지리학은 결과적으로 항법사를 중요하게 여기게 되었다. 오늘날 우리는 경영에서 이런 항법사와 같은 역할을 중요시한다. 세계가 바다로 구성되어 있다면, 바다에서 길을 찾을 수 있는 능력에 따라 사회적 신분이 규정될 것이다. 오랫동안 연구자들은 폴리네시아인들의 머릿속은 뭔가 다르며, 그들은 자면서도 북쪽과 남쪽을 구별할 수 있는 재능을 타고났고, 비밀스러운 나침반 유전자로 무장했다고 생각했다. 사실 비밀은 없으며 대대손손 형성되고 점점 증가하며 계속 전해진 커다란 지식이 있을 뿐이다.

폴리네시아의 항법은 잘 구성된 방향 감각에 기초를 두고 있다. 이 방향 감각은 서로 검증하기도 한다. 처음에는 천체만 있다. 해뜰 녘과 해질 녘은 하루의 가장 중요한 시간이다. 폴리네시아 사람들은 서른두 가지의 방향을 기준으로, 수평선 위를 일정하게 나눈다. 방향은 '궁흠'이라고 불리며, '북북동'과 같이 기술만능적인 이름이 아닌 독창적인 이름을 갖는

다. 수평선은 마치 오래전부터 해, 달, 행성, 별, 바람, 새, 물고기들의 집
인 것 같다.

카누의 선체는 방향표시를 갖추고 있어 많은 방향 가운데 한 곳을 가
리킨다. 태양이 수평선 위에 아주 가깝게 떠 있으면 카누의 방향은 태양
의 위치에 맞게 수정된다. 이를 위한 전제는, 서른두 개의 방향 중 어느
곳에서 태양이 뜨고 지는지를 정확히 알아야 한다는 것이다. 유감스럽게
도 이는 계절에 좌우될 뿐만 아니라 지리적 위도에 따라 다르다. 우주에
서 지구는 태양을 향해 비교적 비스듬한 방향에 놓여 있기 때문이다. 폴
리네시아인들에게 득이 되는 것은, 적도 부근에서는 지구에서의 원 위치
에 예속된 상태에서 태양을 향한 방향이 최소한만 변한다는 것이다. 이
것이 폴리네시아인들의 일을 쉽게 해주었다. 그러나 단점도 있다. 태양
은 일몰과 일출 무렵의 몇 시간을 제외하고는 수평선 위에 높이 떠 있어,
항법에는 별 쓸모가 없다는 것이다.

여러분은 별에 대해 얼마나 많이 알고 있는가? 맑은 밤하늘 어느 방향
에서 아는 별들을 찾을 수 있는가? 혹시 오로지 하나, 북극성만 알고 있
는가? 천문학자라 해도 100개 이상의 별 이름을 대는 것은 어려울 것이
다. 폴리네시아인들이 사용하는 별 나침반은 200개 이상의 별로 작동하
며, 항법사는 이 별들이 뜨고 지는 것에 대해 잘 알고 있다. 그러나 별들
의 위치는 시간이 지나면서 바뀌므로 이것 또한 배워야 한다. 각각의 별
에는 고정된 자리가 있다. 어떤 별은 그 고정된 자리에서 항상 뜨기만 하

거나 지기만 한다. 별을 많이 알고 있다면 맑은 밤 성능 좋은 나침반을 사용할 수 있다.

구름 긴 밤이나 태양이 수평선 위에 높이 떠 있을 때면, 항법사는 바람이나 폭풍 전후에 나타나는 파장이 길고 고른 파도에 맞추어 배를 조종한다. 눈으로 알아볼 수 있는 파도의 표면적인 움직임과는 달리, 이 큰 파도 아래에는 오래 지속되며 안정적인 바다의 조류가 있다. 예를 들어 남태평양에서는 이 지역을 지배하는 남동계절풍이 남동쪽에서부터 큰 파도를 일으키고, 파도는 이 폭풍에 따라 오랫동안 계속된다. 파도는 나침반의 한 궁에서 반대쪽에 있는 궁, 즉 180도 방향에 있는 궁으로 밀려간다. 이 파도는 때로 눈으로는 볼 수 없다. 카누의 바닥에 누워 물결의 규칙적인 움직임을 탐지하려고 하면 그때 느껴진다.

항법사는 태양이나 별들의 도움을 받아 파도와의 관계 속에서 카누의 방향을 정한다. 어떤 방향에서 파도가 오는가에 따라 처음에는 뱃머리, 다음에는 배의 중간 부분, 다음에는 선미가 올라간다. 혹은 선미가 먼저 올라가거나 배의 측면이 먼저 올라가기도 한다. 항법사는 배의 움직임에 익숙하며, 배가 큰 파도 속에서 큰 물결과 함께 어떻게 오르내리는지, 배의 어느 부분이 어떤 순서로 올라가고 내려가는지를 감지한다. 그런 다음에는 모든 것이 그대로 유지되면서 카누가 항상 동일한 리듬으로 움직이도록 신경을 쓴다. 그러나 지역풍이 큰 파도에 덧붙어 오거나 큰 파도를 일으키는 여러 가지 시스템이 격돌하면 상황이 복잡해진다. 바람의 방향은 큰 파도를 일으키는 폭풍보다 안정적이지 않은 부가정보 정도로 사용될 수 있다.

여기까지는 비교적 간단하다. 노력을 많이 하면 풀리는 과제와 같다. 그러나 폴리네시아의 항법 기술은 이 기술이 아무 소용없는 육지에서 먼저 개발되어야 했다는 사실을 분명히 알아야 이런 기술의 근본 핵심에 더 가까이 접근할 수 있다. 별들이 특정한 계절에 하와이 바로 앞쪽에 어떻게 떠 있는지, 태평양 한가운데에서 조류들이 어떻게 흘러가는지, 이 섬들 모두가 대체 어디에 있는지를 알려는 것이라면 항법 기술에 관한 지식은 사용하지 않고 그냥 출발해야 한다. 목적지에 도착했거나 다른 장소지만 어쨌든 도착한 항법사들에게만 이런 지식이 계속 전달될 수 있었다는 사실을 잊어서는 안 된다. 태평양을 건너려다 실패한 사람은 수도 없이 많을 것이다. 이런 사람들에 관해서는 어떤 것도 알 수 없다. 세계 최고의 항법사인 폴리네시아 항해자들은 무엇보다도 먼저 길을 잃었다.

길 잃기는 폴리네시아 방향 설정 기술의 핵심 구성요소다. 다른 중요한 항법조력자, 즉 바다의 표시를 살펴보면 이 사실이 분명해진다. 육지의 표시들은 먼 거리에서 보면 분명히 인식되는 방향 감각점들이다. 이것들은 산, 절벽이나 지형과 같은 것으로서 시간에 따라 크게 변하지 않는다. 바다의 표시들은 육지의 표시와 다르지 않다. 다만 바다에 있을 뿐이다.

잠깐, 끊임없이 변하는 것이 바다의 특징 아닌가 하고 사람들이 이론

아무도 가르쳐주지 않는 여행의 기술

을 제기하지 않을까? 원양 부표가 없던 시절에 어떻게 바다의 표시를 나타냈을까? 바다의 표시는 한 무리의 바다거북일 수도 있다. 아니면 날치 떼, 눈에 붉은 반점을 가진 가오리, 커다란 상어, 바닷물에 떠다니는 통나무가 있는 지역, 바다 표면의 특징적인 무늬, 해파리나 제비갈매기가 있는 지역, 온도나 맛이 다른 물, 고래일 수도 있다. 파푸아뉴기니 북쪽 미크로네시아의 두 산호섬 풀루와트에서 이아우리피크까지 700킬로미터나 되는 해로에서는, 규칙적인 거리를 두고 헤엄치는 일련의 고래 떼가 발견된다고 한다. 각각의 고래는 저마다 특징이 있어 한 마리 한 마리를 분명하게 구분할 수 있다. 물론 고래나 날치는 한곳에 머물러 있지 않는다. 그래서 이들을 신뢰할 만한 방향 설정 도구로 사용하기에는 의문의 여지가 있는 듯 보인다.

바다의 표시에 대한 구상은 달리 생각할 필요가 있다. 즉 고래를 찾는 일은 시도하지 않는다. 하지만 길을 잃었다가 우연히 고래를 찾았다면 육지를 기준으로 자신이 현재 어디쯤 있는지 대강 알 수 있다. 사람들은 아무것도 모르는 채 시작하여 현재의 위치를 알게 되고 이를 거쳐 대략적인 지식에 도달하게 된다. 방향 설정 지물을 찾기 힘든 지역에서는 부정확한 정보들이라고 해도 아예 없는 것보다는 낫다.

별, 해, 조류, 고래, 모두 멋지고 훌륭하다. 하지만 정확한 기기도 없이 수천 킬로미터가 넘는 거대한 물 사막에서 어떻게 섬을 만난단 말인가? 사람들은 처음부터 섬을 찾으려 하지는 않는다. 자연의 도구를 이용한

길 잃은 사람들의 이야기

항법은 정확한 과학이 아니다. 예를 들어 며칠 동안 지속된 폭풍은 작은 보트를 항로에서 수십 킬로미터 벗어나게 만들 수 있다. 하늘은 몇 주 동안 계속 구름에 덮여 있을 수도 있다. 여러 이유로 항법사는 실수를 하게 된다.

물론 일을 쉽게 해주는 요인도 있다. 그중 하나는 대부분의 태평양 섬들이 고립되어 있지 않고 사슬을 이루거나 군도를 이루고 있다는 것이다. 다른 하나는 수백 킬로미터 밖에 있는 육지를 미리 알 수 있다는 것이다. 예컨대 섬의 영향을 받은 구름의 형태와 모습에서, 그리고 섬에 부딪친 파도를 통해 육지를 감지할 수 있다. 어떤 종의 새들은 아침에 육지를 떠나 망망대해로 먹이를 찾아 날아간 뒤, 저녁이면 둥지로 다시 돌아온다. 육지를 에워싼 주변 지역에서 50킬로미터까지 이 새들을 관찰할 수 있다. 새들의 습성을 잘 안다면 새의 행태에서 다음 섬의 방향과 최대 거리를 읽어낼 수 있다.

세계 최고의 항법사들은 마술같은 방법으로 길을 찾는 기적의 인간들이 아니다. 그들은 주변 지역에 대해 우리의 생각을 뛰어넘는 많은 경험을 갖고 있는 것이다. 그리고 그들은 길 잃는 것을 부끄러워하지 않는다. 폴리네시아인들이 자연을 극복하고 이동한 것은 수세기에 걸친 시도와 과오의 방식으로 이해해야 한다. 그들의 이동은 책 앞부분 '길 잃음의 시작'에서 서술한 것과 같은 단순한 길 잃음이었으며, 다만 더 위험했을 뿐이다. 그들은 모호한 지식을 가지고서 알지 못하는 지역으로 항해했고,

아무도 가르쳐주지 않는 여행의 기술

최고의 것을 희망했다. 이 일에 성공한 사람은 흰고래가 어떻게 길을 가르쳐주었는지 자신의 아이들에게 들려줄 수 있었다. 새로운 폴리네시아 모험 길은 이렇게 발견되었다.

태평양에서 길을 찾기까지는 정말로 오랜 시간이 걸렸다. 중부 유럽에서 길을 찾는 것보다 더 오래 걸렸다고 할 수 있다. 길고 힘든 폴리네시아 항법 훈련은 오늘날에도 계속되고 있다. 폴리네시아 항해협회 소속 항법사인 나이노아 톰슨은 미크로네시아 출신 마우 피아일룩에게서 교육을 받았다. 톰슨이 그의 최초 항해인 타히티에서 하와이로의 여행에서 돌아왔을 때 마우는 이렇게 말했다.

"네가 아주 자랑스럽다. 바다는 지금 네가 더 알아야만 하는 모든 것을 갖고 있다. 하지만 네가 그 모든 것을 알기까지는 앞으로 20년이 더 걸릴 것이다."

톰슨이 위에서 언급한 방법만으로 범선으로 태평양을 가로질러 7000해리나 항해를 마친 뒤에 들은 말이었다.

VERIRREN

"그래, 그래. 난 드디어 구조되었어."
무민트롤은 이렇게 말하며 놀라워했다.
"처음에는 두려웠던 것들이 이제야 비로소 흥미롭게 느껴지기 시작했는데,
모든 게 끝나버렸군. 정말 유감이야."

_토베 얀손, 《무민 골짜기의 겨울》

'길 잃기'를 배우는 사람들은 역설적이긴 하지만, '어떻게 하면 길을 잃지 않을까'에 대해 더 많은 것을 배우게 된다. 물론 이것이 이 책의 목적은 아니다. 여기저기 자유롭게 길을 잃고 또 찾는 사람들에게 어디가 북쪽인지, 남쪽인지는 중요하지 않다. 지도도 필요 없다.

"북쪽은 저 너머야"라는 말을 듣는 순간 사람들의 인식 체계는 대단히 빨리 행동을 개시한다. 그리고 지도를 펼쳐든다. 만약 북쪽이 어디인지 알고 싶은 것이라면, 집 밖으로 나올 필요가 없다. 집에서 지도를 펴놓고 나침반만 보면 된다. 시간도 절약되고 진흙 바닥에 발을 버릴 일도 없다. 하지만 길을 제대로 잃으려고 하는 사람들은 지도에 표시된 산이 어디에

있는지 중요하지도 않고, 알고 싶어 하지도 않는다. 그들이 오르고 싶은 산은 오직 머릿속에만 존재한다.

방향에 관한 지식은 마케팅 교수인 테드 레비트가 말한 드릴을 구매할 때의 상황과 비슷하게 설명할 수 있다.

"사람들은 6밀리미터 드릴을 가지기 위해 드릴을 사는 것이 아니다. 그들은 6밀리미터의 구멍을 원하는 것이다."

하지만 실제로 6밀리미터의 구멍을 가지려고 하는 것도 아니다. 그들은 자신의 집을 꾸미는 일에 관심이 있는 것이다. 이런 생각을 한두 단계 더 추적하다보면 마지막에는 '행복'이 자리 잡고 있다. 드릴을 사는 사람은 행복을 얻으려는 것이다. 삶은 가끔 이렇게 복잡하다.

그렇다면 사람들이 방향감에 관한 질문을 하면서 기대하는 것은 무엇일까? '길 잃기'는 은근히 학문의 기본 질문, 문제 해결 전략, 인식 과정이라는 통찰 속에서 진행된다. 인간이 사고 과정을 시작할 때 영향을 미치는 것은 무엇인가? 이 생각이 우리를 최종 목적지로 이끌지 어떨지를 어떤 근거로 판단할 수 있는가? 무엇을 아는지 모르는지에 대한 안목은 어떻게 가질 수 있는가? 혼란에 빠진 뇌가 자신이 범한 실수를 인식하고 스스로의 힘으로 수렁에서 빠져나올 수 있을까?

길을 잃은 사람과 학자들은 비슷한 태도를 취한다. 인간이 문제 해결을 위해 비슷한 방식을 사용한다는 점에서 볼 때, 어떤 형태로 문제가 제시되는지는 관계없다. 학술 이론은 놀랍게도 학문이 대체 무엇이며 어떻

아무도 가르쳐주지 않는 여행의 기술

게 기능하는지에 대해 아직도 결론을 내리지 못하고 있다. 여기에 대한 수많은 이론이 있다. 하지만 이런 이론들이 현실에 깔끔하게 적용되는 경우는 거의 없다. 학문의 방법은 여러 가지라고 하더라도, 연구의 재료는 늘 동일하다. 즉 학문은 미지의 것과의 만남이다. 학자들은 질문을 제시하고 자료를 수집하고, 경우에 따라 대답이 어떻게 보일 수 있는가에 따른 이론을 구성한다. 그리고 그에 따라 새로운 자료를 수집하고 다시 이론을 제시한다. 그리고 행운이 따르면 불확실의 안개가 걷히고 질문이 명쾌하게 해명된다.

길을 잃은 사람들은 근본적으로 이들과 비슷하게 행동한다. 즉 처음에 하나의 문제에 봉착한다. 그런 다음 이리 저리 헤매다가 자료들을 수집한다. 예를 들어 강이 흐르는 방향, 주변 절벽의 배치에 대한 자료들을 모으는 것이다. 이 모든 것이 경우에 따라 어떻게 요약되는지 생각하고, 머릿속 지도를 만들고 수정하는 등 순수한 학술 과정이 진행되는 것이다.

두 영역 모두 발견의 과정이나 길을 잃는 과정 이론을 서술해주는 일반적인 규칙은 없다. 학자든 길을 잃은 사람이든, 이후의 모든 상황이 이전에 시행착오를 겪었던 상황과 일치할 것이라고는 기대할 수 없다. 두 영영의 행동 방식은 자료, 주위와의 관계, 적용할 수 있는 생각과 자신의 능력에 좌우된다.

학자와 길 잃기 전문가들을 특징짓는 본질적인 능력은 불확실성을 참아내는 것이다. 학문은 불확실함의 마르지 않는 샘이다. 게다가 학자들은 우선 완결된 대답을 제시하고, 자신이 제시한 대답의 문제점에 대해서는 언급하지 않는다. 이렇게 해야 대답이 결과로서 손쉽게 팔리기 때문이다. 그러나 의혹과 무지가 학문 활동의 발판이라는 사실을 단호하게 반박하는 사람은 아무도 없다. 이론이 '완성'되고 그것이 '진실'일 경우 혹은 객관적인 측정이 가능할 경우에는 이런 사실에 대해 논의조차 하지 않을 것이다.

사람들이 모두 하이젠베르크의 불확정성의 원리를 알 필요도 없다. 다만 가능한 수많은 대답이 존재할 수 있다는 것을 알기만 하면 된다.

우리는 지도 없이 낯선 곳에 서 있다. 이런 불확실성을 참아내는 것이 길 잃기의 핵심이다. '여기' 있는 것 그리고 '여기'라고 하는 이 장소에 대해 걱정하지 않는 것, 머릿속 지도에 대한 의심을 억지로 억누르지 말고 이 의심과 함께 사는 것, 아니면 한 걸음 더 나아가 의심에서 만족을 만들어내는 것이 중요하다.

불확실성을 견딜 수 있는 사람은 어떻게 하면 목적지에 가장 잘 도달할 수 있을지에 관한 새로운 이론을 전개하지 않는다. 따라서 정신이 혼란스러운 상태로 주변을 헤매고 다니지 않는다. 자신의 무지를 한동안 인내심 있게 참아내는 것, 그것이 '길 잃기'가 가르쳐주고자 하는 가장 중요한 핵심이다.

어쩌다가 길을 잃었을 때, 가끔 한 지역을 비껴가는 대신 훨씬 재미있는 다른 지역에 도착하는 것처럼, 학문에서도 이런 일이 일어난다. 사람

아무도 가르쳐주지 않는 여행의 기술

들은 질문에 대답하는 도중에 뭔가 새로운 다른 것을 발견하기도 한다.

비아그라는 원래 협심증을 위해 개발된 약이었고, 프랑스 물리학자 앙리 베크렐은 인광을 연구하던 중 부수적으로 방사능을 발견했다. 스위스의 화학자 알베르트 호프만은 의학적으로 사용 가능한 맥각(지혈제 혹은 자궁 수축제로 사용) 유도체를 연구하던 중, 실수로 세계 최초의 LSD(환각제) 복용자가 되었다. 인도 물리학자 사티엔드라 나드 보스는 어떤 이론의 취약점을 학생들에게 설명하는 과정 중 사소한 실수를 범했는데, 이 실수는 이론의 취약점을 극복하게 하여 이론을 궁극적으로 완성시켰다. 그래서 결과적으로 '보스아인슈타인 통계'를 확립하게 되었다. 만약 이들이 안전한 방법만으로 연구의 길을 따라갔다면 결코 인류의 위대한 발견은 없었을 것이다.

이제 마지막으로 한 가지 사실을 고백할 시간이다. 지금까지 이야기한 무수한 장점에도 불구하고 '길 잃기'는 적절한 생각이 못 된다. 숲이나 황야, 학문에서도 끊임없이 '길을 잃는 것'은 제대로 된 생존방식이 아니다. 실제의 주변 환경과 환경에 대한 생각이 서로 일치해야만 사람들은 생존할 수 있다. 길 잃기는 절반의 기술이다. 다른 절반의 기술은 우리가 일반적으로 '방향감'이라고 부르는 것이다. 지도, 방향, 상상에 대한 예측과 이런 모든 가설을 포기하는 '길 잃기'는 이상적인 학습 과정에서 동시에 진행된다.

눈앞에 보이는 풍경에는 계획된 길과 우회로나 잘못된 길들이 함께 무질서하게 상존한다. 금방 내린 눈길에서는 토끼의 흔적을 따라가도 된다. 토끼의 흔적 아래에 사람의 흔적이 있기 때문이다. 사람의 흔적 아래에는 먼저 내린 눈이 다져져 있다. 산토끼는 몸통이 온통 눈에 파묻힐 염려가 없기 때문이 이 길을 선택한 것일까? 아니면 여름에 풀밭에서 토끼가 뛰어다닌 흔적을 쫓았던 사람의 흔적 아래 또 다른 토끼의 흔적이 있어서일까? 누가 누구를 따라간 것일까? 결국 우리는 아무것도 모르는 사람의 흔적 위에 난 수많은 길을 가는 것일지도 모른다. 흔적을 남긴 그들 또한, 아무것도 모르는 사람의 흔적을 따라갔을 것이다.

  가을이 물들기 시작한 어느 날 북한산에 올라갔다. 산 중턱에서 일정이 바뀐 탓에 한 번도 간 적이 없는 대남문 쪽으로 방향을 돌려야 했다. 우리에게 길을 알려준 사람은 여리고 고상한 인상을 가진 40대 여성 분이었다. 대남문을 알려주더니 비봉으로 가는 길로 가면서 "이쪽으로 가시면 경치가 너~무 아름다워요"라며, 우리가 함께 가지 않아 아쉽다는 듯 사라졌다. 그 낭랑한 목소리가 한참을 귓가에 맴돌았다.

  얼마가 지난 뒤 또 다시 북한산에 올랐다. 이번에는 마치 그때 그 여자 분의 목소리라도 따라가듯, 길도 모른 채 비봉 쪽으로 등산 방향을 잡았다. 그런데 이게 무슨 일이란 말인가. 무시무시한 암벽 코스는 아니지만, 고소공포증이 있는 사람이라면 혼비백산할 정도의 난코스였다. 헤매던 중 우연히 만난 친절한 등산객의 안내 덕분에 완전히 길을 잃지는 않았지만, 바위틈을 기어 올라가야 했고 사방이 트인 곳에서는 어지럼증에 시달려야 했다. 동행까지 해주시며 안내해주시던 분이 왜 이 코스를 택했는지 물으셨다.

"너무 여성스러운 분이 아주 예쁜 목소리로 이 길이 아름답다고 해서 만만하게 생각했어요."

산은 절대 만만히 보면 안 된다는 충고를 들으며 산을 내려오는 내내 우리는 정말 운이 좋았다는 말을 수도 없이 했다. 아무 사고 없이 산을 내려왔고, 길을 잃은 덕분에 예상하지 못한 많은 즐거움을 맛보았다. 그리고 물론 약간의 고생을 동반하기는 했지만, 길을 잃었다가 무사히 돌아온 덕에 길 잃음의 묘미를 자랑할 수 있는 에피소드를 가지게 되었다. 아마 어딘가 다쳤거나 불쾌하고 곤란한 경험을 했더라면, 두 번 다시 산에는 오르지 않겠다는 속 좁은 결심을 했을 것이다.

《아무도 가르쳐주지 않는 여행의 기술》의 저자들이 내 경험을 들었다면 기뻐했을 것이다. 그들이 권했던 예상치 못한 새로운 경험으로서의 길 잃기를 경험한데다가, 저자들이 서술한 길 잃었을 때 범할 수 있는 여러 실수들을 넘기고 무사히 집으로 돌아왔지 않은가.

그러나 이 책에서 저자들은 길을 잃는 것만을 주장하고 있지는 않다. 길을 잃는 것은 결국 다시 돌아오지 않으면 아무 의미가 없기 때문이다. 그래서 길을 잃지 않고 무사히 돌아오기 위해, 길을 잃었을 때를 대비한 훈련과 모든 것을 긍정적으로 받아들이는 마음가짐에 대해 조언한다.

또한 이 책의 내용은 의도적으로 길을 잃을 때 혹은 어쩔 수 없이 길을 잃었을 때를 대비하는 것으로 한정되지 않는다. 책을 읽다보면 어느덧 저자들의 조언을 삶에 적용하게 된다. 여행 안내 책자가 소개하는 여행이 재미없어 무계획의 여행을 떠나듯, 남들과 똑같은 삶이 지루하면 무계획의 일탈도 좋을 것이다. 단 일상으로 돌아와야 한다. 길을 잃어 사고를 당하거나 최악의 경우, 생명까지 잃게 된다면 길 잃기는 절반의 성공만 거둔 셈이 된다. 일탈 뒤 돌아오지 못하면 일탈만 성공한 것일 뿐, 인생은 제자리를 찾지 못하게 되기 때문이다. 또는 많은 계획을 세우고 충실히 살던 삶이 한순간 본인의 실수이건 외부 환경의 탓이건, 예측 못한 방향으로 빠질 때도 있다. 이럴 때 이 책에서 말하는 길을 잃었을 때의 여러 대처 방법들을 떠올려면 좋을 것이다. 때로는 침착하게 그 자리에 앉아서 기다리거나, 때로는 최선을 다해 용기를 잃지 말고 역경을 헤쳐나가야 한다. 어떤 경우에도 절대 당황하거나 패닉에 빠져서는 안 된다.

저자들은 길을 쫓는 우리를 다음과 같이 표현한다.

"결국 우리는 어쩌면 아무것도 모르는 사람이 낸 흔적 위에 난 수많은 길을 가는 것일 게다. 흔적을 남긴 그들 역시 아무것도 모르는 사람이 낸 흔적을 쫓아갔을 것이다."

이런 길을 가는 우리들이니 산속에서건 인생에서건 길을 잃지 않는 것이 더 이상하다. 어디서건 길을 헤맨다 싶을 때면 한 번쯤 저자들의 조언을 떠올려보자. 길을 잃어라는 저자들의 당부는 곧 삶을 여유 있게, 순간순간을 즐겁고 의미 있게 살라는 말과 같은 말일 것이다.

참고문헌
—

Rachael Antony, Joël Henry: The Lonely Planet Guide to Experimental Travel, Lonely Planet Publications, London 2005.

Hans Bertram: Flug in die Hölle, Welt im Buch, Verlag Kurt Desch, München 1955.

Tom Brown, Jr.: The Tracker, Berkley Books, New York 1978.

Merlin Coverley: Psychogeography, Pocket Essentials, Harpenden 2006.

Ross Dawson, Richard Watson ("What's Next" / "Future Exploration Network"): Extinction Timeline, www.rossdawsonblog.com/extinction_timeline.pdf (2007).

Colin Ellard: You Are Here. Why We Can Find Our Way to the Moon, but Get Lost in the Mall, Doublrday, New York 2009.

Gene Fear: Surviving the Unexpected Wilderness Emergency, Survival Education Association, Tacoma 1975 (Kenneth A. Hill에서 인용).

Harold Gatty: Finding Your Way Without Map or Compass, Dutton, New York 1958.

Reginald G. Golledge (Hrsg.): Wayfinding Behavior: Cognitive Mapping and Other Spatial Processes, The Johns Hopkins University Press, Baltimore 1999.

Laurence Gonzales: Deep Survival, W. W. Norton, New York 2005.

Holger Th. Gräf, Ralf Pröve: Wege ins Ungewisse-Reisen in der Frühen Neuzeit 1500-1800, S. Fischer Verlag, Frankfurt am Main 1997.

Peter Grupp: Faszination Berg-Die Geschichte des Alpinismus, Böhlau Verlag, Köln 2008.

Kenneth A. Hill: "The Psychology of Lost" in: Kenneth A. Hill: Lost Person Behavior, Ottawa, National SAR Secretariat 1998.

Martin Hodgson: "Warum kehren wir nicht um?" in: Stadtansichten, Januar 2002, S. 19-23.

아무도 가르쳐주지 않는 여행의 기술

Earl Hunt, David Waller: Orientation and Wayfinding: A Review, Office of Naval Research, Arlington, Virginia 1999.

Giuseppe Iaria, Nicholas Bogod, Chrisyopher J. Fox, Jason J. S. Barton: "Developmental topographical disorientation: Case One" in: Neuropsychologia 47, 2009, S. 30-40.

Colin Irwin: "Inuit Navigation, Empirical Reasoning and Survival" in: The Journal of Navigation 38, 1985, 178-190.

Erik Jonsson: Der innere Kompass–Warum wir uns verirren und wie wir unseren Weg Finden, Walter Verlag, Düsseldorf 2004.

Friedrich August Köhler: Eine Alb-Reise im Jahre 1790 zu Fuβ von Tübingen nach Ulm, herausgegeben und kommentiert von Eckart Frahm, Wolfgang Kaschuba und Carola Lipp, texte verlag, Tübingen 1978.

Robert J. Koester: Lost Person Behavior-A Search and Rescue Guide on Where to Look for Land, Air and Water, dbs Productions, Charlottesville, Virginia 2008.

John Krakauer: Into the Wild, Anchor Books, Random House Inc., New York 1996.

John Krakauer: Into Thin Air, Anchor Books, Random House Inc., New York 1999.

Hansjörg Küster: Geschichte der Landschaft in Mitteleuropa, C. H. Beck, München 1995.

David H. Lewis: We, the Navigators: The Ancient Art of Landfinding in the Pacific, University of Hawaii Press 1994.

David H. Lewis und Mimi George: "Hunters and Herders: Chukchi and Siberian Eskimo Navigation Across Snow and Frozen Sea" in: The Journal of Navigation 44(1), 1991, S. 1-10.

Hal Lillywhite: Getting Lost, www.anbg.gov.au/instructions/lost.html (Stand Oktober 2009).

Wolfgang Linke: Orientierung mit Karte, Kompass, GPS, Delius Klasing, Bielefeld 2003.

Jack M. Loomis et al.: "Nonvisual Navigation by Blind and Sighted: Assessment of Path Integration Ability" in: Journal of Experimental Psychology: General, 122(1), 1993, S. 73-91.

Enos A. Mills: The Adventures of a Nature Guide, Doubleday, Page & Company, New York 1920.

Ian R. Mitchell: Scotland's Mountains Before the Mountaineers, Luath Press Ltd., Edinburgh 1998.

Mark Monmonier: Eins zu einer Million. Die Tricks und Lügen der Kartographen, Birkhäuser, Basel u. a. 1996 (Schlögel에서 인용).

John Muir: The Wild Muir, hrsg. von Lee Stetson, Yosemite Association, Yosemite National Park, California 1994.

Eric Newby: A Short Walk in the Hindu Kush, Picador, London 2008.

Joseph Peterson: "Illusions of Direction Orientation" in: Journal of Philosophy, Psychology and Scientific Methods XIII(9), 1916, S. 225-236.

Martin Scharfe: Wegzeiger –Zur Kulturgeschichte des Verirrens und Wegfindens, Jonas Verlag, Marburg 1998.

Karl Schlögel: Im Raume lesen wir die Zeit, Carl Hanser Verlag, München 2003.

Bob Sharp: Scottisch Mountaineering Incidents (1996-2005), www.mountaineering-scot land.org.uk/documents/mountain-incidents-report.pdf.

Robecca Solnit: Afield Guide to Getting Lost, Penguin Books Canada 2005.

Joseph Sonnenfeld: A Field: "Social dimensions of geographic disorientation in Arctic Alaska" in: Études/Inuit/Studies 26/2, 2002, S. 157-173.

William G. Syrotuck: Analysis of Lost Person Behavior –An Aid to Search Planning, Barkleigh Productions, Mechanicsburg, Pennsylvania, 3. Auflage 2000.

Henry David Thoreau: Walden, 1854, Erika Ziha의 번역에서 인용.

H. W. Tilman: The Seven Mountain-Travel Books, Baton Wicks, London 2003.

Paul Weßels: Hesel, Risius, Weener 1998.